宮部美幸作品集

宮部美幸作品集 01

模倣犯　（一）

（中文版全四冊）

作者：宮部美幸
譯者：張秋明
責任編輯：戴嘉宏

發行人：陳雨航
出版：一方出版有限公司
地址：台北市 100 中正區博愛路 193 號 4 樓
電話：886-2-23703026　傳眞：886-2-23121263
e-mail: editor@ifront.com.tw
劃撥帳號：19732111　戶名：一方出版有限公司

總經銷：遠流出版事業股份有限公司
地址：台北市 100 中正區汀州路三段 184 號 7 樓之 5
電話：886-2-23651212　傳眞：886-2-23657979
遠流博識網：http://www.ylib.com
印刷：一展彩色製版有限公司

ISBN：986-7722-25-6
初版一刷：2003 年 8 月 5 日

定價：129 元

The 模 Copy 仿 Cat 犯

宮部美幸 著
張秋明 譯

推薦序
純純日本風　推理超長篇

賴明珠

宮部美幸的《模倣犯》原著上下冊共1400頁〔編注：中文版全四冊〕的鉅著，震驚全日本。

不僅因爲書這麼厚，還能長久高掛排行榜第一名，而且因爲極犀利眞實地暴露日本泡沫經濟後，家庭、學校、社會、男女的眾生相，而引起各方譁然矚目。

《模倣犯》的暢銷，不得不讓人聯想村上春樹，然而兩位作家是這麼不同！一男一女，完全從不同性別和角度觀看人生。村上春樹的作品顯示相當程度超現實的西洋風格，宮部美幸的作品卻呈現極寫實的純純日本氛圍，成爲有趣對比。然而卻同樣碰觸到潛意識的深層心理和神秘的靈魂深處。

宮部美幸和中島美雪的名字，日文發音同樣是Miyuki。兩人一樣冰雪聰明，一樣纖細敏感，甚至同樣帶有一點殘酷淒美的調調，只是美雪的歌詞極短，美幸的小說超長。兩個人選擇了兩極化表達形式。

宮部美幸也令人聯想源氏物語的作者紫式部。一位古代一位現代，但同樣擅長書寫綿綿不絕的超長情節。一位寫的是古代貴族的感情糾葛，一位寫的是現代男女的離奇心理糾結。喜歡阿嘉莎克莉絲蒂小說的讀者，從宮部美幸的文體和對白氛圍，也可能會訝異於阿嘉莎英國風味與宮部日本風味的對照是多麼不同趣味。

書中女編輯緊追不捨的查訪推理，同時挑戰了警方的和犯人的高度智商。

爲什麼少女紛紛離家出走？一一失蹤？她們都到什麼地方去了？

是什麼樣的心魔作祟，驅使犯人不由自主地一犯再犯？

當你走錯了一步時，還有沒有機會可以回頭？

當金錢和權力扯上兩性關係時，會演變出什麼樣的扭曲面貌？

幼年的經驗對一個人一生能造成多長遠的影響？

犯人也是受害者嗎？值不值得同情？

揮不去的夢魘到底來自什麼樣的前因後果？

被殺的都是女人嗎？爲什麼？

英俊瀟灑的笑臉背後，隱藏著什麼樣的眞面目？

媒體在犯罪報導中，爲讀者提供的是娛樂還是資訊販賣？扮演的是正義呼聲？警察幫手？還是助長罪行推波助瀾的殺手幫兇？

在轉個彎的地方早已危機四伏，在你即將踏進的下一步也已布下不可預知的陷阱，而你竟毫無警覺，毫不設防地奔赴死亡的約會。

什麼才最恐怖？當黑暗與邪惡竟逐漸滲透你的心，迫使你置身於罪惡深淵，親眼目睹並參與那血腥的暴力和罪行。當你身邊最親近的家人，最信任的朋友，有一天卻忽然變成傷害你最深的人？親情、友情、愛情你還能相信什麼？待宰羔羊憨厚天眞渾然不覺，你卻不得不一路爲他們提心吊膽，陪他們步步踏入陷阱。

作者花了五年漫長時間書寫，你不能急著三天兩夜讀完，太不公平！

一種耐心與毅力的賽跑。

一種全新的閱讀經驗。

◎　本文作者賴明珠爲日本文學翻譯家，主要譯作包括多本村上春樹作品，如《海邊的卡夫卡》等。

導讀
東京傳奇，上演中
——日本的「國民作家」宮部美幸

章蓓蕾

左手寫現代東京的推理小說，右手寫古典江戶的神怪傳奇，被封為日本當今「國民作家」的宮部美幸以一支健筆，傲然跨越兩個迥然的不同時代與類型，在兩種小說書寫領域大放異彩，且產量豐富、廣受歡迎，為日本文壇創造了一個空前的奇蹟。

宮部美幸這個名字，對台灣讀者來說，也許十分陌生，然而，她卻堪稱日本文學史上罕見的奇蹟創造者。

最受矚目的實力派作家

到目前爲止，能像宮部美幸這樣一手寫現代推理小說，一手寫江戶神怪故事的日本作家，而且獲得多項文學大獎、連續締造暢銷佳績的，不僅是前無古人，即使是在往後，恐怕也很難再出現第二人。難得的是，宮部美幸今年才四十三歲，但創作速度驚人，踏入文壇至今的短短十五年當中，她已經完成了三十多部作品，其中還包括好幾部百萬字以上的長篇大作。

如果勉強要用比較具體的方式來形容宮部所創造的奇蹟，或許可以說，**她等於是一個歷史小說大師高陽，再加上一個「推理女王」阿嘉莎．克莉絲蒂**，是在兩個類型小說領域中，兼具開創性和暢銷實力的作家。

宮部美幸的書寫範圍極廣，下筆迅速俐落，她在極短的時間裡，從「最被期待的年輕作家」變成「最受矚目的實力派暢銷作家」，許多日本作家公認，她最有資格繼承吉川英治、松本清張和司馬遼太郎的衣缽，還將她封爲「平成國民作家」。

像宮部美幸這樣一位年輕的新時代女性，爲什麼會有興趣書寫江戶小說？爲什麼會熱中創作推理科幻故事？她憑什麼被稱爲「國民作家」？而她的題材爲什麼總是源源不斷、寫也寫不完？這些問題的答案，或許必須從宮部美幸的出生背景、成長過程追溯起。

生於下町的正牌「江戶子」

宮部美幸的出生地是東京的深川（現江東區門前仲町附近）。這個地名從江戶時代一直沿用至今。從今天的東京地圖上，可以看到深川隔著隅田川與日本橋遙遙相望，是鄰近商業金融重心的老街區。今天東京人所說的「下町」，即是指深川、淺草、兩國、日本橋等隅田川沿岸的工商業地區。

根據宮部美幸自己的說法，她的家族在四代之前便已定居深川。她曾在散文集《平成徒步日記》（新潮社，一九九八）裡介紹：「雖說我家已經四代定居於此，其實眞正住在深川的，是我母親那邊的祖先；而我父親的祖先，則是住在深川東邊的砂村。」江戶時代的砂村，是現在江東區的砂町，離門前仲町只有地鐵兩站的距離。

宮部美幸的父親常常自豪地在女兒面前誇耀說，幕府末期在駿河地方有個姓矢部的小官，天保年間（一八三〇—一八四四）鬧飢荒的時候，被派到大阪當巡查，抓了不少大米蟲，「那個矢部啊，就是咱們家的老祖宗！」（宮部美幸的眞實姓氏是矢部。）從這段敘述可以推測，宮部家族大約是在十九世紀到深川定居的。當時深川已經是個具有兩百年歷史的市集。

深川的歷史，幾乎就等於是江戶的歷史。四百年前（一六〇三年），征夷大將軍德川家康進入江戶城，開始建設「江戶幕府」的時候，深川還只是隅田川入海處的一片海沼地。當時江戶城的人口約有一半是商人、小販、勞工和手工業者，這些被稱爲「町人」的庶民，最初都聚居在以日本橋爲中心點的隅田川西岸，憑著勞力與汗水從事生產，提供江戶另一半人口——貴族、武士——的日用所需。

一六五七年，江戶城裡發生了一場歷史有名的「明曆大火」，前後延燒三天，由於市街的房舍過於密集，居民死傷極爲慘重，燒死的人口超過十萬人。這場大火之後，德川幕府記取慘痛教訓，決定開發隅田川東岸地區，並將城中過於擁擠的人口疏散過去。這也是江戶開府之後第一次大規模擴展市區，深川和鄰近的本所（現在的墨田區）就是那時在海邊「零公尺地帶」（海埔新生地）開闢出來的新市區。

從日本橋周邊移居到深川和本所的町人，仍然是以體力維生的勞工階層爲主。在當時以「士農工商」爲階級順位的社會裡，町人的身分低微，看到身配長刀的武士就得低頭行禮。町人也沒資格受教育，孩童長大到七八歲時，父母把孩子送進「町」的寺子屋，學些讀寫算等基本知識之後，就得靠自己的能力出外謀生。然而這些自稱「江戶子」的江戶小市民，並不因爲出身卑微而看輕自己，他們彼此扶助，講信重義，自成一套專屬庶民的人情義理。

包括日本人在內，許多人都以爲凡是在江戶長大的人，就可稱爲「江戶子」。但事實上，要當「江戶子」的條件比這嚴格得多。「江戶學」的開山鼻祖三田村鳶魚（一八七〇—

一九五二）認爲，夠資格自稱「江戶子」的人，必須祖上三代都生於江戶、長於江戶。從這個條件來看，宮部美幸毫無疑問可算得上是如假包換的正牌「江戶子」。

深川——宮部美幸的起點

「江戶子」宮部美幸生於一九六〇年，此時日本已經從戰敗的廢墟中站起來，並逐漸朝向高度經濟成長的目標邁進。一九六〇年的日本，爲了迎接四年之後即將在東京舉行的奧林匹克運動會，全國各地都正在進行各項重大建設，譬如新幹線、羽田機場捷運系統、首都高速公路等，都是在那段時期建設的。

宮部美幸的家庭環境並不富裕，父親是鋼鐵廠的上班族，母親因爲身體不好，患有肺病，所以初中畢業就進洋裁學校學做裁縫。宮部在《所以推理很有趣——四大推理新秀對談集》（有學書林，一九九五）一書裡，形容自己的家庭是「高度成長時代的一個平凡的下町家庭」。她也在另一篇文章裡描述過自己的母親：「從前那些上班的女性被稱做ＢＧ（business girl），我母親就是一個下町ＢＧ。」

現代東京的深川，跟三百五十年前一樣，仍然是勤勞小市民的聚居之地。而我們在宮部的許多小說裡，隨處都能發現那些汗流浹背的勞動者身影，或許就是因爲她從小就在那些勤奮的下町庶民環繞中長大。

「勞動」在宮部美幸的心目中是崇高而神聖的。她也承認自己寫小說，是帶著一些江戶職人埋頭苦幹的精神。她曾在接受雜誌訪問時說：「對我來說，做一件工作，一定要流汗用力，才算是工作。」而對於自己整日坐在書桌前書寫，宮部認爲：「不論寫得多麼疲累，都還不夠資格稱得上是『工作』。」她說：「我總是隨時隨地提醒自己，如果哪天這種感覺沒了，那我就很危險了。」

或許也是因爲自幼養成這種崇尚勞動的態度，一九七九年宮部美幸從東京市立墨田川高中畢業之後，便決定先學習一技之長，因爲這樣才能儘快開始從事自己所嚮往的「工作」。宮部曾在前面提到的《所以推理很有趣》書裡回憶說：「當時那個年代，大學女生很難找工作。」而她的父母也認爲求職比求學更重要，所以十九歲的她也沒多想，只覺得自己「不討厭寫字，就決定去當個速記員。」

宮部美幸進了速記專門學校，爲期兩年的課程很快就結束了，畢業之後，她先到一家私人企業當ＯＬ（office lady，女性上班族），兩年之後，也就是二十三歲那年，宮部轉到一間法律事務所去當速記員。

「法律事務所有兩種，一種是薪水很高，整天忙得不得了；另一種是薪水很低，整天閒著沒事幹。」宮部在介紹自己的第二個職業時說：「我剛好進的是後面這種事務所。算很幸運吧。也因此我才有很多時間用來唸書，有時老闆出門辦事，我閒得無聊，甚至把《判例時報》從頭到尾一字不漏地唸完呢。」

在律師事務所工作的這五年之間，宮部美幸考取了一級速記員的資格，這可能也是她日後能在極短時間內寫出百萬字鉅作的理由之一。

而另一方面，律師事務所的經驗，也等於是給宮部美幸的人生開了一扇窗，她從這扇窗裡，看到了許多原本不屬於自己世界的人生悲喜劇。宮部美幸獲得直木賞的作品《理由》（一九九八年），是描寫冒名購買不動產的現代犯罪手法，她的另一部暢銷作《火車》，則敘述信用卡消費者的多重債務所造成的悲劇。而宮部美幸本人也承認，她在律師事務所的工作經驗，對她書寫現代推理小說「具有絕對的參考價值」。

社會經驗為小說家催生

事實上，宮部美幸對寫小說發生興趣，也是在律師事務所上班的這段時期。她開始利用晚上的閒暇時間，到「講談社」主辦的小說寫作研習班學習寫作。研習班的負責人是日本推理作家協會理事長山村正夫，講師都是當時的著名作家，如南原幹、阿刀田高、石川喬司等。宮部美幸後來在〈教室的空氣〉一文裡回憶說：「那兩年的時間，眞是愉快而又充實。」

宮部美幸的第三個工作，是在「東京瓦斯」收費部門擔任催繳員。她在今年一月和作家淺田次郎對談時表示，這段工作經驗讓她有機會直接面對社會大眾，當時她每天必須寫催繳信，或是直接打電話給客戶，「就了解社會層面的角度來看，收穫實在是非常豐富。」（《小說SUBARU》，二〇〇三年一月號）

成爲職業作家之後，宮部美幸回憶說，在進小說寫作班之前，她從來沒想過自己日後會走上小說寫作這條路，她在小學、中學的作文成績並不出色，也從來沒被老師稱讚過。唯一可以將她跟文學扯上一點關係的，是她小時候很喜歡看書，也很愛聽故事。

據宮部美幸在〈教室的空氣〉一文記述，她到小說研習班上課的第一天，講師中村讓學生一個個上台自我介紹，輪到宮部的時候，她老實地招認說，自己從來都沒有創作的經驗。中村聽了歪著腦袋，想了半天，然後像是很爲難地對她說：那妳就隨便先寫寫看吧。

如今回顧宮部美幸的創作記錄，可以很明顯地看出，她是從一開始就以同時並進的方式，書寫現代小說和時代故事的。一九八七年，宮部的處女作《鄰人的犯罪》贏得了《ALL讀物》主辦的推理小說新人賞。而她的另一部江戶推理小說《鎌鼬》（殺人狂之意）也在第二年得到歷史文學賞的佳作。四年後的一九九二年，宮部美幸一舉以《本所深川神怪草紙》（草紙是「冊子」同音字，即筆記之意）獲得吉川英治文學新人賞，另一部作品《龍眠》也同時獲得日本推理作家協會賞。

正式踏入作家圈之後，宮部美幸最常被人問到的問題之一是：「怎麼會想寫江戶時代的小說？」對於這個問題，宮部美幸認爲，除了因爲自己從小生長在深川之外，她的父親也給了她極大的影響。

宮部在《所以推理很有趣》書中曾透露：「父親最喜歡聽『講談』和『落語』。記得在我小時候，父親總是在睡前講很多鬼故事給我們姊妹聽。」在另一次由雜誌主辦的訪談裡，宮部還開玩笑說：「我是被江戶怪談餵養大的，所以寫作江戶神怪故事對我來說，簡直是輕而易舉，不費吹灰之力。」

「講談」和「落語」是江戶子最喜愛的庶民娛樂。「講談」很像中國的「說書」，「落語」則類似中國的「單口相聲」，是江戶特有的說談藝術，也是一種口頭文學。江戶的落語家最愛講神怪故事，許多今天在全世界廣爲流傳的日本怪談，都是出自江戶落語家們的傑作。

宮部美幸在訪談裡並沒提到她父親最愛講哪些鬼故事，但我可以肯定的是，古今亭志生（一八〇九－一八五六）的作品《本所七怪》，一定是她父親的最愛之一。我們甚至可以想像，當年幼的宮部傾聽著父親描述這七個發生在本所周邊的靈異現象的同時，她那幼稚的腦袋裡早已開始編織屬於自己的神怪場面。或許這也是她從寫作班畢業後，馬上就迫不及待地把《本所七怪》改寫成《本所深川神怪草紙》的理由。

隅田川——東京庶民人生劇的舞台

儘管宮部美幸認爲自己走進作家這一行純屬意外，但若踏著她成長的軌跡，尋尋覓覓，來到她家附近的隅田川畔時，我們不禁恍然大悟：原來，打從出生在這條被稱爲「日本近代文學搖籃」的大河之濱的那一刻起，這位平成的「國民作家」的命運，早在冥冥之中就已註定了。

隅田川對江戶——東京來說，就像巴黎的塞納河，倫敦的泰晤士河，是孕育江戶——東京大眾文學的溫床。幾百年來，數不盡的文學藝術作品都把隅田川當作舞台。宮部美幸以出身庶民爲傲，當她在描繪小說的藍圖時，很自然的就把身邊從小看慣的市井百態放進故事裡。

從早期作品開始，不論是實景或是虛構，宮部美幸的小說裡經常出現下町的景象，譬如讓她得到日本推理懸疑小說大賞的《魔術在低語》（一九八九），是描寫下町「零公尺地帶」的連續僞造自殺事件；《東京殺人暮色》（一九九〇）是書寫下町位於隅田川和荒川之間地區的分屍懸案；《寂寞的獵人》（一九九三）裡的「田邊書店」，其實就在宮部父親的老家附近南砂町，是一家實際存在的舊書店；而在《Cross Fire》（一九九八）裡，宮部則虛構了一個家庭工廠林立的「田山町」，整條街上都是東京下町居民所熟悉的印刷廠、建築商、裝訂廠、送貨商。

宮部美幸小說最吸引人之處，正是活在她筆下的現代小市民。這些書中的角色大抵都屬於社會基層份子，在時代背景和社會環境的限制下，他們的人生充滿變數，百味雜陳，而宮部用她細膩體貼的筆，將這些市井小民生活裡的辛酸、歡笑、憤怒、衝突等各種場面，描繪得生動而又傳神。就像《宮部美幸之謎》（情報中心出版局，一九九九）的作者野崎六助所說：「宮部的小說像是一座文字的迪士尼樂園。」她用文字築起一個立體且令人回味無窮的世界，這裡的遊戲規則有點複雜，但卻讓遊客流連忘返。

力作《模倣犯》創下「六冠」榮譽

隨著作品的累積，宮部美幸對小說人物的描寫技巧更趨圓熟。二〇〇一年完成的《模倣犯》，可說是宮部自我挑戰布局能力所得到的勝利成果。在這部厚達一千四百頁的長篇大作裡，宮部精心設計了四十三個角色，每個人物不只是有姓名、有個性，甚至連過往人生、童年經歷，都有詳盡的描述。

而這部費時五年才大功告成的作品，不僅創下了暢銷一百三十萬冊的紀錄，也爲宮部帶來了日本出版界史無前例的「六冠」榮譽。「六冠」的六項大獎當中，包括爲宮部美幸的文壇地位背書的第五十二屆藝術選獎「文部科學大臣賞」，和第五屆「司馬遼太郎賞」。（另外四項則是每日出版文化賞特別賞、達文西月刊「BOOK OF THE YEAR 2001」第一名、「週刊文春十大推理」第一名、「最佳推理小說」日本國內篇第一名。）

《模倣犯》和宮部美幸以往的作品一樣，是一部庶民小說。但這回，宮部不再像許多書評家所說的「筆下只寫好人」，而是企圖藉由《模倣犯》的故事對話，來探討人性的「至惡」。宮部過去發表的作品裡，故事人物的犯罪動機通常不外是報仇、由愛生恨、或見財起意。但《模倣犯》裡眾多無辜的少女之所以一個接著一個遇害，卻是出於犯罪者人性的至惡。一連串被殺的少女和家屬從不認識兇手，更不了解自己爲什麼會變成被害者。直到後來兇手開始利用媒體，一次一次演出預告殺人的恐怖連續劇時，被害者家屬和社會大眾才發現，「模倣犯」的殺人動機只是「因爲我喜歡」。

然而，邪不勝正是千古不變的常理。像「模倣犯」這樣壞到骨髓的「惡」既然膽敢現身，世界上自有「正義」跳出來與之決鬥。這可以說是庶民世界的定律，也是宮部世界的遊戲規則。《模倣犯》裡正面迎戰犯人的主要角色有兩個，一個是外孫女被殺的下町豆腐店老闆，一個是滅門慘案唯一倖存者的孤兒少年。在這兩個同病相憐的受害者家屬和冷血殘酷的犯人之間，宮部美幸穿插了幾十個人物：子承父業的鐵工廠少東、精神恍惚的藥店老闆娘、認眞辦案的警察、鍥而不舍的記者、關愛學生的中學老師、熱心的印刷廠工人、無辜的蕎麥麵店女兒……等，這些角色人物的對話與互動，也就是善與惡、正與邪、明與暗的對抗，同時也是宮部想藉著故事傳遞給讀者的訊息。

說故事的高超功力

《模倣犯》故事人物的多樣性，也吸引日本名導演森田芳光決定將小說改拍爲電影。森田芳光在接受《每日新聞》訪問時表示，《模倣犯》不是單純的推理偵探故事，這部小說除了深刻描繪犯罪的「表」、「裡」兩面之外，更對廣大庶民的人間百態進行詳盡的描述。「讀者經由閱讀小說，而開始深思社會不同層面的各種問題。」森田芳光說：「只有宮部小姐才有這種眞本事。她能用一個事件，引出幾十個人的人生故事。」

森田所說的「事件」，也就是《模倣犯》的開場戲：塚田少年清晨帶狗出門散步，他順著明治大道往西走，穿過白髭橋東的十字路口……。宮部美幸筆下曲折離奇的超長篇故事，就是以這樣一個日常隨處可見的平凡鏡頭揭開了序幕。當少年走進故事的中心舞台「大川公園」的時候，他做夢也想不到自己會在公園的垃圾桶裡發現一截女性的手臂，更想不到這隻斷臂又牽扯出一連串的犯罪。

宮部美幸的文字之所以引人入勝，也是許多日本讀者一致公認的，是她能像落語家一樣，以極爲明確而流利的辭句，把複雜曲折的故事情節，交代得清晰又透徹。譬如描寫假兇手的妹妹由於出身蕎麥麵店而養成善體人意的性格，宮部是這樣寫的：

高井由美子是做生意人家的女兒，很清楚生意好壞會影響商人家庭內的空氣。上班族的人家，就算爸爸被貶職、薪水少三成，只要沒聽見媽媽抱怨經濟狀況出問題，孩子們根本不會感覺生活的變化。但是做生意人家的小孩不同，店面經營的狀況，直接表現在爸媽的笑臉大小、聲音的明朗度、動作的大小、甚至動筷子、穿脱拖鞋時的行爲上。這就是做生意人家小孩的宿命，必須眼觀四面、耳聽八方地生活。

這明明就是江戶落語的描述方式。我們彷彿看到宮部美幸搖身一變，成了手拿摺扇的說書人，唯一的不同之處，只是這些珠璣錦繡的辭句，是從她的筆，而不是她的嘴，源源不斷地流洩出來。

宮部美幸在《模倣犯》裡仍然借用了她一向偏愛的東京下町景點。譬如事件的舞台「大川公園」，實際上就是位於隅田川畔的隅田公園。而大川也是隅田川的古名。正如宮部在小說裡所形容的，「這座公園從江戶時代起就是賞櫻的名所」。打從十八世紀八代將軍德川吉宗下令建園種花之時起，隅田公園一直是江戶——東京庶民最親近的遊樂場所。當《模倣犯》的讀者爲犯人的殘忍行徑感到背脊發寒的那一刻，隅田公園的身影或許能給讀者帶來一絲如慈母懷抱般的暖意。這可能也是宮部選擇隅田公園作爲故事舞台的理由之一。

忠於本我，譜寫古今庶民傳奇

「隅田之川是我師，日夜不停往前奔。」大正時代的文豪幸田露伴（一八六七—一九四七）曾寫過這兩句歌詞，這也是隅田川兩岸揮汗耕耘、勤奮生產的無數東京庶民的人生寫照。

露伴在一九二四年爲他自己的母校——墨田川高中的前身「東京府立第七中學」——撰寫校歌時，一開頭就寫了上述的兩句詞。而宮部美幸的高中時代，正是在露伴的這所母校中度過的。今天這所高中的前院立著一塊石碑，上面刻著露伴的手書墨跡和親筆簽名。

似乎可以想像，當年還是少女的宮部美幸每天經過石碑旁邊時，露伴手寫的「胸懷大志比富士」，也曾日復一日，不斷躍進宮部的眼簾。如果說，那些同在隅田川畔走過的文人前輩，曾在宮部美幸的人生裡留下過些許不著痕跡的暗示，那麼，最直接地給予過宮部美幸潛移默化的影響的，應該就是同樣以庶民爲寫作對象的幸田露伴了。

飽受江戶傳統文藝滋養，並曾親身經歷現代東京種種社會層面的洗鍊，庶民階級出身的宮部美幸，如今成爲廣受大眾歡迎的實力派暢銷小說家。無論寫古寫今，她都忠於本我，寫出屬於庶民獨有的故事。而她的傳奇，至今仍在上演中。

◎本文作者章蓓蕾生於台北市，一九八一年起定居日本，「江户東京博物館」義務解說員，譯作二十餘部，包括柳美里的《命》、《魂》、《生》等。

模倣犯

第一部

「這是不公平的！」

「幹吧！還是幹吧！各位。」

——查理・傑克森

《抽籤》

1

一九九六年九月十二日。

儘管經過了許久，塚田眞一還是可以清楚地從頭到尾記得那一天早上自己的行動。包含當時自己心裏在想什麼、那種剛起床的情緒、一向走慣的散步路上看見了什麼、和誰擦身而過、公園的花壇裡開著怎樣的花朵……，鉅細靡遺的小事他都記得。

這種記住大小瑣事的習慣，是最近一年才養成的。一如拍照一樣，將每天每一瞬間發生的景象翔實記憶下來。就算是與人交談，依然不放過任何一小片掠過的風景，確實保存在腦海裡或心中。你問爲什麼要這麼做？那是因爲這些景物脆弱得不知在何時何地會遭人破壞，所以必須好好地捕捉下來才行。

於是這一天早上，他從二樓的房間走下樓梯時，突然聽見信箱裡有報紙丟進來的聲音。他心想：怎麼比平常要晚呢？藉由樓梯轉角用來採光的窗戶對外望去，一名捲起灰色運動衫袖子、騎著偉士牌機車的微胖送報生正好經過他的視線下方。送報生的運動衫背後印有浦和球隊的標誌和吉祥圖案。

拉開大門的鏈條時，已感覺到他存在的洛基開始在前院吠叫了起來。洛基高興地拉扯鏈子，發出金屬撞擊的聲音。眞一才一開門，在鎖鏈長度可及的範圍內，洛基用力伸展自己的身軀，用全身表達出喜悅之情，想要飛奔過來。這時眞一發現洛基腹部底下的毛有些脫落，幾乎可以透視到皮膚，他想：該不會是受傷了吧？於是努力想要抓住洛基仔細觀察，然而此刻的洛基正爲主人要帶牠出去散步而興奮不已，根本不是眞一可以抓得住的。沒辦法眞一只好邊想：等散步回來，再叫叔叔看看，必要時還得送到獸醫那裡診治；一邊將洛基身上的鏈子從庭院角落的木樁上解下來。他還清晰記得當時的鏈子因爲昨夜的雨而濕滑、手中則是冰冷沉重的感覺。

洛基住進石井家比眞一還要早半年，現在正是貪玩、喜歡惡作劇、精力旺盛的時期。一身柔順長毛的洛基活似蘇格蘭牧羊犬的塡充玩偶，但眞一聽石井夫婦說洛基並非純種狗。這麼說來仔細一看，洛基的鼻子的確比蘇格蘭牧羊犬要短些，身體的尺寸也縮了一圈，不過反而顯得嬌小而可愛。

眞一住進石井家將近十個月了，早晚帶洛基出門散步，近來已完全成爲他的任務。本來石井夫婦就好像不怎麼喜歡養狗，帶洛基散步對他們夫妻來說是種負擔。實際上眞一也常常覺得：嬸嬸大概眞的很怕大型犬吧！所以當洛基熟悉了眞一、眞一也願意負起照顧洛基的責任時，他們夫妻不禁異口同聲說道：「太好了！」

既然如此，當初爲什麼要養洛基呢？如果說照顧狗是那麼累人的事，又何必自找麻煩呢？眞一好幾次都想問，但終於話還是湧到喉嚨後又吞了回去。雖然問他們也會作答，但毫無疑問的氣氛會搞得很僵。

「那是因爲這隻狗很可憐呀，所以……」他們夫妻回答。沒錯！石井夫婦的個性就是看不過去可憐的事物。於是眞一也點點頭回說：「對呀，洛基大概也沒有其他人家想養吧。」心中則想著：「就像我一樣。」石井夫婦看著眞一的表情，臉上的神色透露著：「我們知道你一定是認爲洛基自己和你一樣。」眞一也很清楚他們夫妻知道他內心裡的想法。只是大家都裝作不知道的樣子。

解下項圈上的鏈條，換上散步用的皮繩，眞一牽著洛基踏上街道。洛基開始用力拉著眞一走。散步的路線早已固定，但這隻狗每次總想朝不同的方向前進。而且最喜歡跑到沒有柏油覆蓋的地方去，肯定是因爲腳底接觸泥土的感覺最棒吧。眞一有時也會順著洛基的意被拖著跑，但今天早晨可不行，畢竟昨晚一夜的雨弄得到處積水。眞一心想：還是走柏油路比較安全吧；於是強拉著洛基走向一貫的散步路徑。

穿過小巷來到明治路上。大清早的，馬路上的車流量固然不大，但經過的車子都是風馳電掣。一如抗議般地，洛基對著從眞一他們身旁擦身而過的計程車大聲吠叫。

他們從明治路向西行，越過白鬚橋東的十字路口，朝向大川公園前進。深秋時節的黎明來得晚，就在他們走到公園的附近時，朝陽才開始在背後升起，陽光照射在右手邊的高樓社區玻璃窗上發出閃閃金光。

眞一拉住走在前面的洛基，回頭看著緩緩升起的太陽。

要是眞一過去的朋友聽說他每早都會這樣子眺望朝陽升起，一定會大吃一驚吧！因爲以前的眞一就跟大多數的高中生一樣是夜貓子，早晨要在規定的時刻內起床根本是件痛苦的事；還常常抱怨：爲什麼學校上課不從十點才開始呢？

然而現在的他完全變了。他自己發現到這個事實是在住進石井家以後，心想：「什麼時候開始居然我也能起得這麼早，還能站在這裡欣賞朝陽升起……。」

他也曾自己問自己：「爲什麼呢？」但是還沒有找到明確的答案。換句話說，他還無法邏輯性提出理論回答，只是感覺上好像很能理解自己的行動意義。

那是一種確認，確認一天的開始，確認每一天、每一個早晨自己還活著……，不對，應該說是又活過了昨天，能夠迎接另一個今天。他要確認自己的人生還沒有走到終點；儘管未來是無法控制的新的一天，總之昨天已經過去了，昨天的我平安地存活了過來。因爲不這麼做，就沒有生存的眞實感受；就好像探險家走在風景一成不變的大漠中，必須時時回頭確認自己的足跡，否則會分不清楚自己是不是停止前進了一樣。

可是就算是經常像這樣仰望朝陽，還是不免陷入一種空虛的情緒中，懷疑自己是不是已經死了，不過是在陽光下踩著死屍前進罷了。

佇立在馬路上，眯著眼睛迎向朝陽，身邊的洛基大叫一聲。回過頭看，從大川公園的方向跑來一位穿著運動服的女性。

「早呀！」她對眞一打聲招呼。眞一稍微點了一下頭作爲回應；動作不大，甚至感覺不出來是種回禮。

「早安，洛基！」

洛基高興地搖著尾巴，穿著運動服的女性轉爲笑容。

「雨停了，眞好呀！」繼續跑動的她規律地擺動著束在腦後的頭髮，經過眞一他們身旁時說道。

和她每天早上都會在這附近相遇，卻不知道她的名字和住在哪裡。年紀——大約是三十多歲，想來是住在這一地區的居民吧，但是看她跑步的樣子倒像是個賽跑選手，說不定是從隔壁城鎭或更遠的地區跑來的。眞一也沒告訴過她洛基的名字，或許是在什麼時候聽見眞一呼喚洛基時記住的吧！

不管對方如何打招呼，眞一除了點頭以外不作任何回應，但是她還是會打招呼，眞一依然保持沉默，就這樣不斷重複。

「洛基，我們走了！」一出聲，洛基便興高采烈地奔馳。四腳蹬著地面、壓低耳朵、伸長鼻子向前邁步。抓著緊張的皮繩，眞一也跟著追上前去。

他在大川公園門口先停下來，讓洛基緩一緩腳步後才進入園內。這固然只是一所有著狹長草坪、花壇和遊園道路舖設完整的公園，用來散步正好。一走進公園就會看見其他好幾組蹓狗同好；有些人雖然每天都會遇見，但眞一壓根也不想出聲跟人家問候，對方似乎也能感受他的想法，從來沒有像那位慢跑的女性一樣主動打招呼，讓眞一也鬆了一口氣。

遊園道路呈大的S字型，公園西邊正對著隅田川。爬上石階來到河堤上，可以一眼望見墨綠的河面和對岸的淺草街市。由於上頭是六號高速公路，總覺得有一種壓迫感，而眞一就是喜歡這種感覺而偏好爬上河堤眺望。來到石井家居住之前，他從來沒有住過河川旁邊；所以從護岸公園眺望的風景，對眞一而言是一種新鮮的經驗。

眞一帶著洛基在河堤上奔跑，右手邊就是隅田川。秋意正濃的晨風冷冷地吹拂在臉頰上，吹漲了洗得發白的襯衫袖口，也吹起了洛基身上的長毛飄動。河面上的挖泥船發出引擎聲行駛著，洛基聽見後立刻停下腳步對著船隻吠叫擺尾。如果對方是水上巴士，甲板上的乘客便會搖手回應，洛基就是喜歡這一點。然而挖泥船是不會有這種熱情的回應，反而飄散著一股淡淡的臭泥味，不管洛基逕自駛去。

「那上面沒有乘客啦，洛基！」眞一笑著撫摸洛基的頭說，洛基回過頭來舔他的手。狗的舌頭舔得忙亂，傳遞著一些溫暖。

在河堤上奔跑一陣子後，他們再度衝下石階回到遊園道路上。穿過波斯菊迎風搖曳的花壇，朝著出口的方向邁進時，前面傳來激烈的狗叫聲。雖然因爲樹叢遮著看不見，狗叫的聲音聽見來像是在打架。洛基也豎起了耳朵，擺出一副必要時自己也要下場的架勢。眞一緊抓著洛基的項圈，一邊制止牠不要輕舉妄動，一邊繼續前進。

繞過樹叢往前走，終於看見吠叫的主體。那是一隻西伯利亞哈士奇狗，正站在遊園道的入口處吠叫。旁邊的主人努力想要安撫牠，狗兒卻叫得興起，完全沒有收勢的打算。

狗的主人是個年輕女孩，之前曾經見過。大概和眞一一樣年紀，也或許大他幾歲。身材修長、小腿細瘦，看起來很有力氣，不像是弱不禁風型的女孩；這時女孩正用盡全身力量好不容易拉住狂吠的西伯利亞哈士奇狗。

「國王，怎麼了？不要叫了，國王！」女孩大聲叱責狗兒，並將重量施壓在腳跟，抓緊鏈在狗身上的粗皮繩。然而狗兒還是繼續狂吠，幾乎快要牽動女孩向前移動。

國王狂吠的對象是公園裡的垃圾箱，那種覆有蓋子的大型箱。箱子上寫著「可燃性垃圾專用」，蓋子底下則露出了一個半透明的垃圾袋。

「國王，你到底是怎麼了嘛？」女孩顯得很困擾的樣子。一副求救的眼神迅速環視四周，當眼光和眞一四目相對時，她說：「我家的狗有點奇怪。」

眞一有點畏縮，他不想跟女孩子——尤其是不認識的人說話。這是眞一目前的人生中所最不願意碰到的事情，所謂的擴展人際關係——即便是任何小事也都一樣。

「國王，爲什麼要這樣子亂叫呢？」狗主人發出怯弱的聲音詢問，但狗兒反而更加興奮地用前腳搭在垃圾箱上，搖動著蓋子。

一如被國王影響一般，洛基也開始叫了起來。眞一出聲叱責，並敲牠的頭想讓牠當場坐下。洛基改成低聲吼叫，眞一再次敲牠的頭，於是洛基才垂著耳朵坐下。眞一抱起洛基走到步道的旁邊，動作俐落地將皮繩綁在樹叢底下的圍欄上。

國王已經整個身體趴在垃圾箱上，鼻子不斷靠向蓋子的縫隙，好像是在找尋什麼東西似的。

「國王！不可以做這種事！」女孩尖叫著制止。儘管一切就在眼前發生，眞一還是不想出手幫忙女孩，卻也不知該如何是好。他不想和別人有任何糾葛，最好什麼都沒有。

受到國王狂吠的刺激，一時安靜的洛基又開始叫了起來。眞一回頭叱責洛基，這時國王終於將垃圾箱給推倒了。

國王和垃圾箱同時倒在地面上，女孩手上的皮繩也順勢被拉開。恢復自由的國王，飛奔到倒地的垃圾箱中，將裡面半透明的垃圾袋拖了出來，並用腳爪和牙齒撕開。壓爛的紙杯、速食店的包裝袋……，一股垃圾的臭氣撲鼻而來。

「討厭！臭死人了！」皮繩離手、跌作在地上的女孩皺著鼻頭。

「這是什麼臭味？」她對著眞一詢問：「該不會是因爲這個臭味才讓國王叫個不停吧？」

可是眞一不理女孩的問話，只是看著國王。他的眼光無法離開，無法從國王正自破爛的垃圾袋中拖出來的東西上面離開。

那是個褐色的紙袋。國王咬著紙袋的一角，雖然國王的下顎不斷晃動，牙齒仍緊緊咬著紙袋。接著紙袋破了，他想窺探裡面是什麼；異臭味更加強烈了，眞一不禁皺起了眉頭。這時國王堅強的下顎咬著紙袋，將紙袋的東西甩了出來，東西出現在眞一的眼前。

那是人類的手，手肘以下的一隻手，指尖指著眞一的方向。手勢看起來像是呼喚，又像是在傾訴著什麼。

國王的主人發出尖銳的叫聲，劃破了清晨的寧靜空氣。眞一僵直的身體呆立著，雙手不禁反射性地掩住耳朵。同樣的情景就在一年前也發生過。同樣的事再度發生，尖叫、流血、還有只知道呆然佇立的自己。

不知不覺中眞一開始一步一步向後退，但是眼光卻離不開向他招手的死屍手臂。那手上的指甲染著淡淡的紫色，就像盛開在花壇裡的波斯菊花瓣一樣。

2

電話響的時候，他正好抬起頭看了工廠牆上的時鐘，時間剛過上午九點。今天的工程還沒有全部結束。有馬義男站在強鹼的水槽前，將兩手手肘以下泡在鹼水裡清洗作木棉豆腐用的木框。

「該不會是桔梗亭打來的吧？」站在炸鍋旁的木田孝夫回過頭，笑著問義男。

「差不多是時候也該打來了吧。」義男脫下橡膠手套，掛在旁邊的水管上，直接走向辦公室。這之間電話鈴聲繼續在響，第六響、第七響、第八響……。義男走到辦公室和工廠交界的拉門時，電話鈴聲響了十一響。

「不對，應該不是桔梗亭。」義男回過頭表示：「那裡的老闆沒有這麼好的耐性呀。」

木田或許答了什麼話，因爲抽風機的聲音遮住了，義男的耳裏什麼也沒聽見。

兩個裝大豆的桶子便占據了辦公室一半的空

間，必須繞過桶子才能伸手拿到放在辦公桌盡頭的電話。費了這麼大功夫才能接電話，而電話卻依然響個不停，想來應該是眞智子打來的；義男心中這麼想著，舉起話筒一聽果然是女兒的聲音。

「喂…是爸爸嗎？看了電視沒有？」連問聲早都沒有，劈頭就是問話。義男反射性地瞄了一下辦公室旁邊的客廳。那裡有一架十二吋小型電視，當然現在並未開著。

「沒有呀。」義男回答：「發生什麼事了嗎？」

「你先打開電視嘛，不過可能在報別的新聞吧。」眞智子的聲音沙啞，感覺有些興奮。大概是哭過了吧，義男心想。

「電視新聞播報了什麼嗎？」

應該是忍不住了，話筒裡傳來眞智子嗚咽的聲音。

「不要哭嘛，哭了爸爸什麼也不知道。電視新聞播報了什麼嗎？」

「他……他們說發現了屍體……。」

義男沉默地握著話筒呆立著。工廠裡傳來木田將油網從炸鍋裡撈起來的聲音，接著抽風機也關掉了。照理說應該是要讓抽風機繼續轉動的，他大概是爲了怕影響我聽電話吧。

「妳說屍體，究竟是怎麼回事？」

眞智子還在哭，只能聽見她抽搐的聲音。義男重新抓好話筒；因爲鹼水的關係，手很滑。就算是帶了橡膠手套，還是一樣。

「警方說了些什麼嗎？」

「沒有，什麼都沒有。」眞智子邊吸鼻子邊回答，聲音有些顫抖：「我只是看了電視新聞，不過新聞報導說是女性的屍體。」

「是晨間新聞嗎？」

「嗯。」

「在哪裡？」

「說是在墨田區的大川公園裡。」

義男眨了一下眼睛，他知道大川公園在哪裡。不過是隔壁的行政區，開車過去只要二十分鐘的車程。那裡是賞櫻花的名勝，就在前年他才去過那裡參加工會的賞花大會。

「一大早起來就很熱鬧。」眞智子小聲地說話：「來了一大堆記者。」

聲音聽起來已經平靜許多。最近這一陣子都是這樣，突然之間會情緒激動地悲傷哭泣，馬上又會看破一切地安靜下來，然後又開始興奮。義男心想：這是不好的傾向吧。

「那個……那個怎麼樣了呢？」屍體兩字實在不好發音，義男說得結結巴巴：「說是女人，是年輕女孩嗎？」他不敢問說是不是鞠子的年紀。

「好像是。只是屍體……是散的。」

「散的？」義男不禁大聲反問。由於工廠裡安靜無聲，他的聲音在水泥地裡迴盪。

「是的，而且他們說今天早上發現的是隻手。」

木田來到辦公室門口，看著義男。一臉困惑的表情，眉頭是皺著的，他大概聽見剛剛的說話內容了吧，所以不出聲地動嘴唇問：「是鞠子嗎？」

義男搖搖頭，出聲回答說：「不知道，倒是眞智子有些慌亂了。」

「我才沒有慌亂呢！」電話那頭，眞智子在抗議，聲音又開始不穩定了：「誰叫他們說發現的是一隻女人的手。」

「那也不一定就是鞠子呀，妳不需要窮緊張，知道嗎？」

「可是……爸爸……。」

「有什麼事，警方會跟我們聯絡的，我們不是一直都在等消息嗎？妳不要想太多了。」

突然間眞智子開始放聲哭叫：「什麼叫做不要想太多嘛！」

義男閉上眼睛。說是父女，義男今年已經七十二歲，眞智子也將四十四歲。兩個人都是大人了，說自己是大人，聽起來都很難爲情；可是他這個作爸爸的卻不知如何安慰女兒。女兒對自己像針山一樣的心，也痛苦得不知如何處理呀。

「我女兒不見了……已經快三個月了。叫我不要想太多，那怎麼可能嘛。」

「我知道，我當然知道。」

「你根本就不知道。爸爸又沒有丟過女兒的經驗！」眞智子開始胡言亂語，聲音也逐漸沙啞，不用看她的臉就知道她已淚流滿面。義男十分清楚現在的眞智子只能以父親爲對象發洩情感，也知道是自己讓女兒如此的不幸福。也因爲如此他更不知道該說些什麼來安撫女兒。

「要不從我這裡去警察局問看看？」好不容易提出意見：「既然是在大川公園發現的，負責的警察局也是這裡的。我陪妳一塊去吧，還是妳先跟坂木先生聯絡一下？」

「嗯……。」眞智子小聲回答：「我馬上就跟坂木先生聯絡，他應該已經知道今天早上的新聞了。」

「他應該知道吧。對了，順便問他要確認……怎麼說……確認那個的話該怎麼做？」

「我會問他的，然後我再去爸爸的店裡。店裡沒問題吧？」

「有孝夫在，沒問題啦。」

「喔！說的也是。」眞智子的喉嚨哽住了：「我在說些什麼嘛。」

「妳鎭定一點。對了，有沒有通知阿茂呢？」

眞智子悶不吭聲，義男也沉默地等待她的回答。

過了一會兒，眞智子說話了：「不需要跟那個人說了。」

「那怎麼行，他是孩子的爸爸呀。」

「我哪裡知道他現在人在哪裡！」

「打電話到公司去不就得了。」

眞智子頑固地辯說：「通知他，他也不會來，只是白費工夫。算了，只要爸爸陪我，我一個人就可以了。」

義男看著電話旁邊立著的旋轉電話簿。造型還不錯，就是不太好用，裡面應該記有眞智子的丈夫古川茂的電話號碼。還是我來跟他聯絡吧……。

這時眞智子聲音尖銳地表示：「爸爸你也不要打電話給古川！」

義男嘆了一口氣說：「我知道了。」

從此電話便陷入沉默，當眞智子表示待會兒見的時候，她的聲音是顫抖的。

「對了，爸爸……。」

「什麼事?」

「他們發現的一定是鞠子吧!」

義男強壓下湧起的感情波動，冷靜地回答：「不是叫妳不要隨便亂說，何必自己先在那裡瞎擔心呢。」

「一定是鞠子。萬一眞的是鞠子，那該怎麼辦?」

「眞智子……。」

「我就是知道，憑著當媽媽的直覺。那一定是鞠子，我……。」

「總之妳先問一下坂木先生，我們再一起去警局。妳去準備吧，聽見沒有?」

就像回到女兒小時候一樣，眞智子溫順地回答一聲：「是。」便掛上了電話。隨著一聲嘆氣，義男也放好了話筒。

「老爹!」木田隨即來問話：「是不是發現了鞠子的消息?」

義男搖搖頭，一時之間說不出話來，只是雙手低垂著發楞。木田雙手抓著掛在脖子上的毛巾，一副等待下文的姿勢。

「你知道墨田區的大川公園嗎?」

木田立刻點頭道：「知道呀，以前去那裡賞過花。」

「今天早上在那裡發現了一部分的女人屍體，這是電視新聞說的。眞智子擔心會不會是鞠子。」

「噢。」木田發出沒有意義的聲音，接著用毛巾擦了一下臉又發出一聲：「噢。」

「可是根本都還沒有確定的事，眞智子何必那麼焦躁……。」

「也難怪呀，畢竟是自己的女兒……。」說了之後，木田才意識到這種事情義男也知道，所以停頓了一下改說：「老爹也不好受吧。」

義男將視線移向電視，原想打開來看新聞報導，立刻又改變主意，反正待會兒就要去警察局了。去之前看這些無謂的報導，變得跟眞智子一樣情緒波動反而不好。

「已經過了三個月吧，鞠子不見的事。」木田抬頭看著辦公室牆上掛著豆腐工會印的月曆，喃喃問道。

「今天已經是第九十七天了。」義男回答。

木田一臉像是被毛巾打到一樣，他問：「老爹都有在計算日子嗎？」

「嗯。」

工廠上面的房間也掛有一份跟辦公室一樣的月曆，自從唯一的孫女不見以來，義男每天都在那份月曆上打斜線作記號。

「要是鞠子能回來就好了。」木田說，旋即又改口道：「她一定會回來的。」

義男看著木田的臉，不知道該說些什麼來回他鼓勵的話語。該做的都做了，所以他說：「這裡收拾一下吧，爐火關掉了嗎？」

現在回到九十七天前，六月七日的晚上。名叫古川鞠子的二十歲女孩，在JR山手線的有樂町車站前打公共電話回家，時間是深夜十一點半。比起新宿或六本木等鬧街還要早睡的銀座地區，這時候路上的行人還很多，車站也顯得明亮，更何況今天是星期五。接電話的是媽媽眞智子，由於鞠子身邊十分吵雜，她必須重複好幾次問話。

鞠子說：「本來不會搞到這麼晚的，對不起啦。我現在人在有樂町，馬上就要回家了。」

「妳一個人嗎？不是跟公司的同事一起嗎？」

「今天……我……」鞠子的聲音有些明朗無邪，好像有點酒醉。

「路上小心點。」

「是，我知道了。先幫我準備洗澡水，還有我想吃茶泡飯。那就拜託媽媽了。」

說完後，鞠子掛上電話。她大概不是用卡片而是投幣，在電話掛上之前，眞智子聽見了錢幣即將用盡的警告聲響。

聽完電話，眞智子開始準備洗澡水、重新熱過晚餐——怎麼可以只吃茶泡飯，一點營養也沒有，然後到客廳看電視。夜間新聞正在播出低利率時代的理財特別整理報導。

古川家距離JR中央總武線東中野車站約五分鐘步行路程。車站到家裡的路上沿著鐵軌，夜裡不太有人走動。眞智子就像普通的媽媽一樣，只是普通程度地一個人坐在客廳裡擔心夜歸的女兒。一開始她並不是那麼在意牆上的時鐘，四月分剛上班的鞠子已經開始適應職場，也有了可以一起玩的同事。一到週末假日，立刻回家反而成了稀奇的事。眞智子多少也已經習慣了女兒生活型態的轉變，畢竟這是個黃金星期五！

從有樂町到東中野，加上轉車的時間，一般大概要花四十分鐘。就算是深夜，計算走路所需的時間，一個小時後鞠子也該到家了。因此眞智子如此暗算著，從十一點半等到了凌晨零點半。

過了零點半，門鈴還是沒響。眞智子心想該不會是鞠子沒趕上接好的班車吧？

她看了一下時鐘，時間是零點四十分，接著又將視線移回電視畫面。

之後又看了一下時鐘，零點五十二分。她站起身來，走到大門口，確認一下門口的燈是否亮著，然後又回到客廳裡。這一次她坐上椅子後點了一支菸，眞智子菸抽的不兇，一天頂多是十根淡菸。

抬頭看時鐘，這一次她的視線沒有移開，零點五十五分。眼睜睜地看著秒針無聲地轉了兩圈。

這時她才覺得：太慢了吧！

她再度將視線移回電視，可是根本無法集中精神在畫面上。反正新聞報導已經結束，這時間播放的都是些吵吵鬧鬧、沒什麼好看的節目。

這麼說起來，鞠子邊看報紙邊吃早餐時，還說過今天深夜播的長片不錯，她一定要看。還對眞智子說她沒有信心能撐到半夜兩三點，請她幫忙錄下來。鞠子還說必須要用新的錄影帶錄，家裡的帶子不知道重複錄過幾次了，畫質根本不行，她會買新的回來。

眞智子心想：「對呀，那孩子不是打算要買新的錄影帶回家嗎，路上有便利商店，她大概是繞過去了。所以才會這麼慢回家，一定是這樣子沒錯。」

就在她這麼想之際，時鐘已經過了凌晨一點。過了一點十分。分針正要指向一點二十分。便利商店有那麼多人嗎？需要花這麼久的時間？

眞智子穿上拖鞋走到門外。街道上一片寂靜，只有街燈亮著，不見半個人影。一回頭，透過蕾絲窗簾可以看見客廳裡的電視畫面閃爍，同時也能看見旁邊的時鐘，時間已經接近一點半。

明亮的家裡，昏暗的街道。

我的女兒卻還不回家。

「鞠子！」眞智子發出聲音低喚著。而這才是長夜的開始而已。

眞智子打電話過來後兩個小時，義男站在工廠旁邊的冰庫裡，突然聽見外面停車場有車子的聲音。他從門口探出頭去觀望，看見一輛白色的可樂娜正在倒車。

是眞智子和坂木達夫。坂木坐在駕駛座上，一邊彎著身體回頭倒車，當他看見義男的臉，更加深了一臉的皺紋跟義男點頭致意。

「早安。」

義男也跟著回禮，這時胸口感覺落下一顆重塊。不是太大的重塊，就像是釣鯽魚時，隨便用手捏成型的鉛塊一樣。

最大的重塊從鞠子失蹤的那晚起便開始下沉，如今還在沉落。既不動也不浮出水面，連一絲水紋也不驚動。重塊就一直落在那裡，透過幽暗的水面可以確知它的存在。義男心想要是將它舉起來，應該會很重吧，而且下面好像睡著一個被打得很慘的東西，舉起重塊的同時，也會舉起那東西，屆時就必須與之面對了。義男一邊這麼想者，眼光始終注視著沒有變化的水面。這就是一心一意等待離奇失蹤家人歸來的親屬每天所過的日子。

然而義男一看見坂木的臉，心中落下的重塊竟在水面上激起了小小的漣漪；兩個小時前眞智子精神錯亂地打來電話，都沒有在水面上激出波浪。

他想坂木先生會不會也認爲在大川公園發現的屍體就是鞠子呢？

如果不是的話，坂木先生就不需要特別跟著一起過來了。

坂木達夫是警視廳東中野警署生活安全課的刑警。由於頭髮較稀薄，外表顯得比較老氣。實際問過他年紀，其實才四十五歲。對義男來說，他就像是兒子一樣，而且兩人的體型相似，都是矮胖型，有一次還被誤認爲是父子。

九十七天前，過了六月七日的深夜，直到八號的清晨，鞠子還是沒有回家。眞智子打了電話給義男，當時她已經和所有鞠子的好朋友都聯絡過了，確認沒有人和鞠子在一起。

義男立刻要她跟警方聯絡。鞠子是獨生女，沒有兄弟姊妹的競爭，從小就倍受寵愛。周圍都是大人的關係，簡直就像是個小寵物；也因此成人之後，有時對四周的人表現得也很任性。

但相對地，鞠子也知道自己對父母、爺爺和所有親戚而言，是多麼重要的存在。她的一舉手一投足都會讓大家瞠目結舌、忽左忽右地忙亂。

所以鞠子不管什麼時候的行動都必須按表操課，要是晚一點到達哪裡，或是不能照原計畫必須取消什麼行程時，毫無例外地她習慣很神經質地以正確的方法向行動的對象報告。例如與人見面遲到時，儘管只是慢了十分鐘，她一樣會通知。在鞠子的心中她認爲，一旦自己不能夠守時或不遵守約定，就會有很多人擔心她。要不然的話，一個二十歲的小女孩利用浪漫的週末約個會或和女性朋友吃個飯、出去玩，到了要回家的時候，有誰會那麼費心專程打電話通知家裡的老母親呢？這是義男的想法。

這樣的鞠子不說一聲就離家出走，實在有些奇怪；不，應該說是十分怪異才對。假如說她在車站打電話給眞智子後，那個已經跟她揮手道再見的男朋友又回來了，說今晚還是想跟她在一起，於是鞠子也改變了心意，那她也應該會跟眞智子報告，也許她不會明說晚上要和男朋友上賓館；但至少會說計畫改變了，回家時間會拖到更晚。這才是鞠子的做法，鞠子是這樣的一個女孩。她在青春期最反叛的時候，都沒有不說一聲就離家出走。即便跟媽媽大吵一架跑到朋友家借住一晚，她還是會先打個電話回家知會一聲。雖然她一副吵架的口氣說：「我只是不想讓妳們以爲我在街上鬼混！」但她還是通知家裡一聲。她就是這樣的女孩。

何況從去年年底，眞智子的丈夫阿茂離家後，古川家實際上只剩下母女倆一起住。生活上沒有其他什麼牽掛，母親眞智子的每天幾乎都以女兒鞠子爲中心運轉。儘管鞠子不怎麼喜歡這樣，卻也沒有必要故意打破到目前爲止的習慣，造成母親不必要的擔心。

所以義男才要眞智子立刻跟警方聯絡，結果眞智子竟然不太理會；於是他再三說明鞠子在這些方面是很有規矩的，根本不可能沒有聯絡就擅自外宿。最後他還把店面交給木田看，自己也衝到東中野署報案。

當時遇見的就是坂木達夫。在一間狹小的會客室裡，面對著兩眼紅腫、垂頭喪氣的眞智子，坂木一副都是他的責任的神情低頭站著。

打從接到坂木的名片起，義男就對他的一切感到不滿。不論是渾身窮酸相的氣氛，還是他所隸屬的生活安全課，聽起來就像是區公所的申訴課一樣，不幹什麼正事的單位。一個二十歲的女孩子家半夜突然消失在東京市中心，沒有回到她應該回去的家裡。面對來報案的家屬，出面處理的竟是生活安全課？又不是丟了小貓要他們幫忙尋找！

義男的憤怒在坂木慢慢說明該課就是負責處理離家出走案例的時候，達到了頂點。

「鞠子不是離家出走。有哪個笨蛋要離家出走了，還專程打電話說現在就要回去了。那孩子本來就要回家了，卻沒有回家呀！」

是不是被捲入什麼案件了——這句話義男連忙吞下喉嚨，因爲眞智子整個臉已經埋在手帕之中。

「你們的心情我很了解。」坂木安慰說。義男心想：「說話眞是有夠遲鈍。」就連他一雙小眼睛不斷眨動的樣子也很惹人厭，難道沒有其他更厲害的刑事了嗎？

「不過年輕人有年輕人的想法，太早下判斷搞得人仰馬翻，最後反而會讓鞠子小姐丟臉也說不定。」

「所以說我們鞠子不是那種人。」

「每個父母都是這麼說的。」

「你怎麼……。」

義男一時之間說不出話了，本來他就不是會說話的人。一般開店當老闆的人，大致可分爲兩類；一種是能言善道型的，另一種則是立刻語塞型的。前者多半是開超市、電器行等專門做修理與販賣的商店；後者就像是義男所經營的製造與販賣並行的店舖。

坂木刑警看著哭泣的眞智子和一臉不高興的義男，重新抓了一張椅子坐好後，繼續慢慢地說明下去：「可是年輕女孩突然失蹤，是件大事，有可能變成案件。這一點我們也很清楚。只要稍微有可能，就會發動大規模的搜索。但是目前的階段，進行搜索還算太早。請媽媽和爺爺——稱呼您爺爺沒有錯吧？」

「沒錯。」說完，義男抹了一下額頭上的汗水。刑警說的話他能理解——都是些藉口——可是……。

「我了解你的擔心，但請不要盡往壞的方面想。剛剛請教過你們。」刑警面對著義男詢問：「鞠子小姐的父親是古川茂先生，目前分居中吧。」

「是的，他住在杉並。」

「有沒有可能鞠子小姐是到他那裡去了呢？」

「不可能！」一如被敲了一下，眞智子立刻抬頭說：「那是絕對不可能的。」

坂木不爲所動，只是微微一笑安慰說：「是不是絕對還不知道，也有可能在打電話給媽媽後，偶然和爸爸在有樂町遇見。彼此說話之際，夜色更晚了，於是就有住在爸爸家的可能呀。只是打電話通知媽媽的時機太晚了而已。」

眞智子閉著眼睛，搖頭否定：「這是不可能的。」

「妳先生是在哪裡上班呢？」

「丸之內。」

「那在有樂町遇見……。」

「這種事當然不是沒有。」眞智子開始焦急了，拉高了聲音說：「她有時會跟爸爸吃過飯才回家，畢竟那孩子也會擔心我們夫妻之間的事。可是那孩子會跟爸爸一起喝酒晚歸、甚至住在那裡的事從來沒有過。她爸爸也不會讓她住的，一定會送她回家。」

「可是……。」

「阿茂和別的女人住在一起。」義男說：「所以不可能將女兒帶回去。我也曾去找過他，也沒有讓我進去過。」

眼看坂木的目光有些渙散，義男心想：「他一定認爲這個家庭的狀況有些複雜，所以更會認爲離家出走的可能性很強，那可不行。」於是接著說：「這對他們夫妻來說是個問題，但是和鞠子沒有回家毫無關係。她可不是那種因爲父母即將離婚而鬧離家出走的女孩。而且都已經是這步田地，未免太奇怪了吧！」

一口氣說完這些，義男覺得有點膽戰心驚。萬一在這裡惹火了坂木可不太好，畢竟這裡是刑警的窗口。

可是坂木心裡怎麼想不知道，外觀看起來倒是不怎麼在意。表情還是一副焦距模糊的樣子，感覺上好像正在思考跟現在話題無關的其他事情。

「總之。」輕輕咳了一下，坂木刑警睜大眼睛說：「今天這一天先觀察再說，請繼續聯絡鞠子小姐有可能去的地方。我也會密切跟你們聯絡的。這樣子可以嗎？很有可能鞠子小姐會一臉愧疚地回到家的。」

之後坂木刑警一直都是這種態度跟他們應對。過了一個禮拜、十天、半個月、一個月——鞠子沒有回家的日子繼續增加，東中野署認定是失蹤案件才開始搜查，並在都內的警察局貼出鞠子的照片和記錄失蹤當時服裝等的傳單，但坂木的態度依然沒變。還不知道是不是出事了、不要想太多呀、警方已經在盡力了、不可往壞的方面想喲……。好像一旦認爲可能出事了，那一瞬間想像就會變成事實。

這麼說來，坂木在這九十七天裡一直都很專心將落在義男和眞智子心湖裡的重塊撈出來往外丟。

然而就在今天早上他卻不一樣了。

「您也一起來了呀。」義男邊說邊招呼兩人進入客廳，他也知道自己的聲音很緊張。

「剛好今天沒有當班嘛。」坂木的聲音還是跟平常一樣的沉穩。他和隨後進來垂頭喪氣、一臉疲憊的眞智子恰成對比。坂木回過頭看了眞智子一眼說：「因爲古川女士有些情緒不穩，我想還是陪她一起來比較好吧。而且如果待會兒要去墨東警署的話，有我在比較好說話。」他似乎努力讓自己說話的方式沉穩。

眞智子走進客廳時，義男輕拍了一下她的肩膀。才一大早，紅腫的眼眶裡又飽含著淚水。

「坂木先生也說了，還不能確定是鞠子呀。」

眞智子點點頭說：「我去泡茶了。」說完便消失在廚房的方向。確定她已關上客廳和廚房間隔的玻璃門後，義男面對著坂木問：「說眞的，你們是怎麼判斷的？」

坂木看著義男的臉，從正面直視著義男的臉。儘管如此，視線卻沒有咄咄逼人的感覺。這就是這個男人的特點，面對周遭他只投射方便接球的球速。義男突然認爲這男人的家小應該很幸福吧，同時他也認爲這男人其實不適合當刑警。

「不能立即斷言吧。」坂木回答。看他的眼神正在看著菸灰缸，於是義男遞上了菸盒子，自己也拿起一根來抽。今天早上才開封的，沒想到這已經是最後一根了。在等待眞智子來之間，他竟像管煙囪似地不斷呑雲吐霧。

「古川女士好像已經認定那是鞠子小姐了。」

「她有點歇斯底里了。」義男小聲說：「只是她的第六感一向很準，鞠子失蹤的時候也是。」

「今天已經是第九十七天了。」

義男吃了一驚，他問：「坂木先生也有數日子嗎？」

坂木點點頭，呼出了一口煙——坂木輕輕地吸菸，就像在吸紙片一樣，然後他說：「出門前我試著跟墨東警署聯絡過，到目前爲止除了那隻右手腕外還沒有發現什麼。他們正在大力搜索當中，正在徹底搜查整座公園。」

「我們對這種事情不懂……。」義男說到一半，他實在沒辦法像電視上推理劇場的演員一樣，流利地說出分屍案的殺人狀況。

「屍體被……被分屍過，應該不可能丟在同一個地方吧？就是爲了分開處理，所以才會分屍的吧？」

「沒錯，不過爲了謹愼起見，所以才這麼做的。何況大川公園也很大，又有很多的垃圾箱。」

「垃圾箱？」

「您還不知道嗎？那隻右手腕就是被丟在公園入口附近的垃圾箱裡，外面包著紙袋，褐色的紙袋，很像是超市常用的那種。」

眞智子端著裝有咖啡杯的托盤從廚房走出來。她的眼睛還是有充血現象，但是已經不再流淚了。

「我找不到日本茶……。」她一方面請坂木用咖啡一邊問：「究竟放在哪裡了呢？」

「噢……我最近都只喝健康茶。」

那是能有效抑制高血壓的一種茶，最初在雜誌上看見買來給他喝的就是鞠子。義男猛然想起……

「爺爺，聽說你血壓高到超過兩百？那哪裡是人的血壓，根本就是長頸鹿嘛！」鞠子嘴裡笑著，眼光卻滿溢著擔心。

她還說：「不可以吃太鹹的東西。還有吃豆腐的時候，記得不要加醬油，沾柚子醋好了。聽見了嗎？」

一時之間胸口好像被針錐刺到一樣，義男痛得雙手掩面。幸虧眞智子只顧著自己的事情，沒有注意到他。義男緊閉著眼睛喝下咖啡。

可是坂木注意到了。他故意將視線移開，伸手端起了咖啡杯。

萬一那隻右手腕眞的是鞠子的，那該怎麼辦？義男的心緒如同眞智子般的動搖，腦海中不斷翻騰這個問題。如果是親生父母，光憑一隻右手腕也能認出來吧。是不是鞠子，只要去看看就能知道。問題是現在能否擠出前去確認的勇氣？

「好像有客人來了。」坂木說。

抬起頭一看，店門口站著一位穿著黃色馬球衫的女人，她一看見義男便堆起了笑臉說：「老闆，我要豆腐。」

「馬上來。」義男站起身走到店裡去。

「給我絹豆腐一塊、木棉豆腐一塊。」

是住在這附近的主婦，每天下午到傍晚的時間會騎腳踏車到十分鐘距離的牙醫那裡打工。半個月前，義男去拿牙齦發炎的藥時，對方出聲喊他：「這不是賣豆腐的老闆嗎？」他才知道的。

「今天有沒有炸豆腐呢？」

「對不起，還沒做呢。」

義男的店裡，夏天是不賣炸豆腐的。就算是秋天，不到深秋也是沒有上市的。

「差不多也該上市了吧，晚上已經開始變涼了呀。一旦吃過老闆賣的炸豆腐，那些超市賣的根本就不能入口。」

「謝謝妳呀。」

隔著玻璃櫃將裝在塑膠袋的豆腐交給客人，並接下零錢。說完「下次再來」正要送客時，對方卻停下腳步說：「老闆最近好像沒什麼精神，出了什麼事嗎？」宏亮的聲音連坐在客廳裡的兩個人都聽得見。

義男故意笑著回答：「我只是年紀大了呀。」

「討厭，老闆才沒那麼老呢。」女客人笑著走出店門。義男再一次說聲「下次再來」後，便轉身在旁邊的小洗手台洗手，順便將水潑在臉上。

一回到客廳，看見眞智子又在哭泣。

「爸爸你也有所預感吧！」

義男默不做聲地坐下，喝完杯裡的咖啡。

「木田先生去哪裡了呢？」坂木問。

「他去送貨了，十二點以前會回來。」

「那我們就那時候再出發吧！」坂木語氣輕鬆說完後，轉過頭對眞智子說：「剛剛在路上我就說過了，畢竟只是隻右手腕，能不能夠確認還是個問題，妳不要想太多了。」

眞智子一邊點頭一邊拿起身邊的手提包，打開蓋子說：「坂木先生說要我帶樣有鞠子指紋的東西去。」

她拿出東西給義男看，那是裝在塑膠袋裡的一把小梳子。

東中野家中鞠子的房間，自從她失蹤以來始終保持著現狀。即便沒有人要求，眞智子也會這麼做；但之前坂木便交代過了。

「這只是爲了謹慎起見。」坂木立刻補充說：

「畢竟整體狀況還不很明朗，也不知道發現的右手腕能否檢查出指紋來。」

義男看著眞智子小心翼翼地收好梳子，他說：「眞智子，不好意思，可不可以幫我買包菸，剛好抽完了。我必須看著店才行。」

「好呀。」眞智子站起身來問：「賣香菸的在哪邊？」

「走出店門向右，就在郵筒的旁邊。」

義男等著眞智子出門，直到看不見她的身影才面對著坂木的臉，坂木正好看著茶櫃上整條的香菸包。

「我想眞智子不在比較好說話吧。」義男說：「看見你也一起陪她過來，我心想大概沒錯了。」

坂木的杯裡還留著沒喝完的咖啡。他看著咖啡杯，輕聲問：「香菸舖會很遠嗎？」

「就在附近，可是今天沒開。找其他店買香菸回來，大概要花十分鐘吧。」

義男正是這麼打算才讓眞智子出門的。

「坂木先生那裡的消息應該比電視台快吧。請跟我說實話，現在情況怎樣？大川公園的……那個被發現的手腕……有沒有什麼特徵？」

坂木低著頭，用手摩挲著臉。看起來就像是不想讓義男發現他臉上浮現多餘的情感才這麼做的。

「還不清楚，只能確定是年輕女性的右手腕。但這麼一來，是鞠子小姐的可能性便增多了。」

「只有這些嗎？可是坂木先生也在懷疑吧？」

「我是擔心萬一的可能。」

兩人的會話難以繼續。坂木的肩膀垂落著，義男總覺得坂木應該是隱藏著什麼新的——而且是關鍵性的線索；但是他不知道該如何套出話來。

這時正好有客人上門，結伴同行的兩位的客人。就在他招呼客人之際，木田回來了。他將有馬商店的箱型車停在坂木的車子旁邊時，眞智子也回來了，除了香菸外，手上還提著超市的紙袋。

「妳還買了不少嘛！」

「因爲剛好看見巨峰葡萄。」她打開袋子讓大家看：「這是鞠子最愛的水果，所以我買了好多。」

父親看著女兒的臉，女兒也看著父親的臉。眞智子的眼睛裡都是淚水。

義男心想：說不定眞智子的精神狀況已經接近正常的邊緣了。

到墨東警署的路程很遠，車上的三人幾乎沒有什麼言語。眞智子看著窗外，連呼吸聲都很壓抑，處在自己一個人的世界裡。靜靜擺在膝蓋上的雙手，只有指尖不時會因爲心事而抖動。

墨東警署的五層樓建築，看起來像是剛蓋好不到一年的新大樓。地下室大概是作爲巡邏車、警車的停車場，在坂木將車停在警署前的訪客專用停車場時，看見兩輛巡邏車連著從大樓地下室開出。假如義男的記憶和方向感沒有錯誤的話，兩輛警車都是開往大川公園的方向。

一下車，義男便挽著眞智子的手臂，她看起來似乎無法一個人走路。穿著制服、右手執木刀、擔任警衛的警員注視著三人朝大門口接近。

這時義男發現在警衛警員的旁邊，樓梯的背面處，有一個少年縮著身體坐在那裡，好像在防備什麼似的，兩手抱著頭。

塚田眞一和國王的主人女孩是被警車從大川公園載到墨東警署的。兩人肩並肩坐在車子的後座，一路上女孩都在哭，眞一則顯得垂頭喪氣。看見他們兩人被帶上警車的人群中，有人喊說：「搞什麼嘛！又是學生幹了什麼壞事吧。」

看見垃圾箱裡的紙袋中掉出人類的手腕，眞一當場嚇呆了，女孩則蹲下身來又哭又叫，什麼也幫不上忙。最後打電話通知一一〇的是聽見女孩尖叫飛奔過來的一對中年夫婦。他們很冷靜而且做事很有效率，隨著警車警報聲的接近，圍著看熱鬧人群越來越多，這對夫婦不僅保護他們倆，還在警察到達之前，努力看守著垃圾箱不讓好奇又不小心的旁人接近。而且因爲光是現場查問還不夠，眞一他們還必須到警署偵訊，這對夫婦便主動說要幫他們照顧國王和洛基，並送牠們回家。

「問了他們的住址，兩個人都剛好住在我們家附近嘛。」中年夫婦說。

最後決定在一位警察的陪同下，他們夫婦先跟眞一和女孩的家人說明情況。這時眞一整個人身體還很僵硬，說不出話來只能用點頭表示感謝。看他如此，那位先生便低聲安慰眞一說：「你一定嚇了一跳吧，我能理解你的心情。不過你是男生，應該要鎭定點、振作些。必須讓女朋友看到你勇敢的一面。」說時還用力拍了眞一的肩膀才離去

眞一很想辯解：那女孩才不是我的女朋友、你們根本不知道我為什麼這麼吃驚的理由……。如果說清楚，對方應該就能理解吧，可是他卻說不出話來；只是一個人面紅耳赤，而背部越來越冷，膝蓋顫抖不已。

一同搭乘警車的刑警——身上穿著有淡淡樟腦丸氣息的西裝，臉上還有剛刮過鬍子的青色痕跡——在車上並不多話。他有報過自己的名字，但是眞一沒有聽清楚。耳朵裡充斥的是看見紙袋內容時女孩的尖叫聲，和自己的叫聲。而且不管怎麼眨眼睛，眼前還是出現從垃圾袋裡掉出手指的景象，指尖直指著眞一，就像是指名說：就是你！眞一。我又回到你身邊了。雖然讓你逃過一次，但我還是又回來了。這次我一定要抓住你！

眞一心想：那隻手一定是死神的手！

到了墨東警署，他和女孩一起被帶進二樓盡頭的一間會議室。不久有許多穿著便服的刑警進進出出，有些人會瞄他們一眼，有些人則上前安慰說：「辛苦了，再等一下就好。」看他們交談的樣子也很匆忙。在這中間，有一位穿著制服的女警端給他們裝有咖啡的紙杯。

或許是年輕女警散發的溫和氣氛所致，女孩抬起了頭，兩眼哭得通紅，她問：「對不起，可以給我面紙嗎？」

她想擦一下鼻子，可是連條手帕也沒有。女警立刻點頭，不知從哪裡拿來一包新的面紙。

「其他還需要什麼嗎？要不要上洗手間呢？」

「不用了，謝謝。」女孩笑著回答女警。女警也報以微笑，接著猛然將視線移向眞一問說：「你還好吧？看起來好像很不舒服。」

眞一沉默不語，只是動了一下下巴。女警似乎

還想說些什麼，但立刻又改變主意走出房間。

會議室的門開著，可以聽見外面人們說話的聲音。當這裡只剩下眞一和女孩獨處時，女孩迫不及待地跟他說話：「怎麼好像我們兩個都遇上麻煩似的。」

眞一點點頭，並沒有看著對方的臉。女孩改變坐姿，身體靠前地小聲對眞一說：「早上出門散步的時候，誰會想到遇見這種狀況嘛？世事眞的是很難預料耶。」

「嗯。」眞一點頭稱是。聽見女孩可愛聲調的說話聲，他尤其感到困擾，心中直納悶：爲什麼她可以發出這麼明朗的聲音呢？

眞一用手抹去額頭上的汗水，並大大地呼了一口氣。

因爲是別人家的事吧。對她而言，這件事跟自己沒有什麼直接關係吧。所以只要從震驚中恢復後，又是原來的自己。她和我是不一樣的！

「我還沒對你自我介紹呢，我叫水野久美。」說時女孩表情認眞地看著眞一。她又問：「你也是高中生嗎？」

眞一默默地點頭，久美的表情變得很擔心：「討厭……，你還好吧？臉色很不好耶。」

「我沒事。」

「眞是嚇死人了。」久美的聲音聽起來像是在演戲：「我覺得好像是在作夢。」

接著又吐了一下舌頭說：「不過也有點刺激。」

終於眞一受不了了，他推開椅子，猛然站起身來，並直接衝向門口。

久美吃驚地跳起來問：「你怎麼了？你要去哪裡？不可以亂跑呀！」

眞一無視於她的制止，跑到走廊上。在那裡撞上了正要走進房間的大塊頭中年刑警。對方嚇了一跳，動作很大地向後退。

「怎麼了？你要去哪裡？」

「對不起，我有點想吐。」眞一簡短地回答：「我想到外面吹吹風，可以嗎？」

嘴裡還在問可以嗎，腳步卻沒停地衝下樓梯。

大塊頭的刑警立即抓住眞一的手臂說：「等一下！」

「我馬上就回來，請讓我去。」

這時從走廊那頭走來另一位刑警，既沒有打領帶，又是穿著涼鞋，頂著一個大肚子，顯得很邋遢的樣子。

「喂……喂……！」那個刑警走過來關心出了什麼事。眞一簡短地對他說聲：「我不會跑太遠的。」便快步走下樓梯。在轉角的地方，他的眼角瞄見沒打領帶的刑警制止了本來要跟上的大塊頭刑警。

走出自動門來到室外，明亮的陽光十分炫目。走下三階大樓前的水泥階梯，眞一靠往旁邊，坐在最下面的石階上，雙手掩住眼睛。門口負責警衛的警察走過來看了一下，因爲眞一蹲坐著動也不動，警察沒有做聲只是察看。在這難得的沉默中，眞一痛苦地置身於腦海裏重現的所有影像與音響中。一旦開始回憶，就必須從頭到尾走過一遍，無法中斷。眞一雖然不喜歡卻早已認命。

經過了五分鐘還是十分鐘吧，眞一抱著自己的身體動也不動。記憶的狂風暴雨吹過之後，他才能站起身來，這時他發現自己沒有哭泣。雖然全身顫抖，卻沒有流淚，因爲他早已乾涸了。

等他回過神來，這才注意到原來是中秋宜人的好天氣。警署前的四線道馬路上，有各式各樣的車子往來。最右邊的人行道上有公車站牌，一個穿著西裝的男人正站著攤開報紙閱讀。風吹動著報紙的一角，也吹起了男人腳下的落葉翻滾。

這人世間什麼變化也沒有，陽光一樣是金黃色的，空氣依然清新，一切都顯得和平。眞一搖搖頭，用雙手摩挲臉頰。

這時警署前的車道上，駛進一輛白色可樂娜。車子在大樓前右轉，開進了訪客專用的停車場。車門打開後，有人走下車來。

一共是三個人。一個穿著西裝的中年男人、一個穿著灰色襯衫和灰色格子外套的老先生——兩人的身材都是矮胖型，走路的樣子也很像，該不會是父子吧？

另外還有一位女性，也是中年人——年紀跟石井夫人差不多，不對，應該是跟眞一的母親一樣歲數。

那女人的樣子很奇怪，好像喝醉酒了似的，邊走還左右搖晃。穿著灰色襯衫的老年人看不過去了，趕緊過去攙著她一起走。努力配合她腳步好幫她掩飾的老年人對著中年女子微笑，笑容顯得好像有些心不在焉。

眞一心想：這些人是幹什麼的呢？既然是來找警察的，目的應該都很明朗了罷，就是不知道他們是被害人的一方還是加害人的一方呢？

就在他注視的同時，向這邊走近的三人之中，那個老年人的視線和眞一交會了一下。眞一看著老年人，一如他身上灰色的襯衫一樣，表情也顯得陰鬱。秋日的陽光照射在他光禿禿的前額上，彷彿給不幸的房間裡投注一絲溫暖的光線。

老年人也看著眞一，好奇的眼光中夾雜著一點同情與關心，但也或許是眞一想太多了。老年人的視線從眞一的臉上移向墨東警署的門口。走在前面、穿著西裝的男人正在和負責警衛的警察說話。說話的聲音被強風吹成斷斷續續，眞一的耳朵裡聽見了：「……擔心會不是自己的女兒。」

眞一立刻站起身來，轉過頭看著站在自動門前的三人和負責警衛的警察側臉。

原來這些人是擔心那個右手腕會不會是自己的女兒而到警察局詢問——突如其來的想法對眞一猛然一擊，他清醒了。原來這些人是想知道那隻手腕的眞相而來的。

之後還會有更多的家庭前來墨東警署，每個人都將是那副陰鬱的表情，在署裡祈禱等待的答案不是最壞的結果。眞一再一次想起那隻指著他的手腕。被切斷的手腕主人，原本也是想回家的某人的手腕。對於這些來此接觸此一手腕、想要握緊此一手腕的人們，眞一才是眞正的死神；因爲是他發現他們女兒的死訊，而這是他們不知道就不會相信的事實。

穿著西裝的男人跟負責警衛的警察打聲招呼後便進入署裡。老年人和他攙著的女性也跟著進去。

正當三人的身影消失在眼前時，那個老年人突然像是想起了什麼，急忙回頭看了眞一一眼。雖然動作很快，老年人立即走進門內，但他那雙詢問的眼光卻深深留在眞一的心底。

其實回過頭、穿著灰色襯衫的老年人看著眞一，心裡是在想：這個小哥好像是腳踏車跌倒的小孩，一臉在尋找母親的安慰。然而眞一要到後來才能實際從老年人的嘴裡聽到這些。

警署門口又只剩下負責警衛的警察和眞一兩人。天氣有些涼了，眞一打算起身進去時，背後有人說話：「你是塚田眞一嗎？」

「是……的。」眞一回答。

於是一位刑警走下階梯坐在眞一身旁。眞一被他影響又坐了回去。

沒有打領帶的刑警身上散發著髮油的味道。聽完眞一的回答，便急著從上衣口袋掏出香菸。可是強風立刻吹熄百元打火機的火頭，他只好用厚實的手掌圈住，好不容易才點著火。然後跟著白煙，嘴裡發出低吼的聲音問：「塚田，你是不是佐和市的老師一家被殺害那個塚田呢？」

刑警正在跟香菸奮戰之際，原本茫然的眞一對此突然的問話而說不出話來。刑警一邊吸菸一邊斜眼看著眞一。

「我是警視廳的武上。調查佐和市的事件時，有一名犯人逃到東京的朋友家，當時我也參與了搜查，所以才記得你的名字。」

「原來……如此。」眞一好不容易說出話來。這麼說來，他也想起來是有一名犯人在東京被逮捕。

武上刑警依然繼續抽著菸、點著頭說下去：「你的父母和妹妹，眞是遺憾呀。」

眞一不知道該怎麼回答，是該說沒錯呢，還是謝謝一聲就好。這個事件不是一句遺憾就能概括的——至少對他而言。所以他不知道該如何回答才好，畢竟對方表示了同情、又是警察、而且還盡力逮捕了犯人。

可是在眞一找尋回話的同時，武上刑警已經性急地丟掉香菸、用鞋底踩滅菸頭，語調有些生氣地表示：「對不起，這樣根本不能安慰你，我說了不該說的話。」

「不……。」

「我平常沒有什麼機會跟被害人或遺族說話，所以不會表達。」

謹愼的語氣和他慣常用語之間的落差，充分顯現了武上刑警的困惑。

「你現在住在這裡嗎？」

「是的。」眞一點頭回答，心中卻想著：簡直就是我將死神帶來了這裡。

「是住在親戚家嗎？」

「是我爸爸的朋友家。他們是小時候的朋友，一樣是在國中當老師。」

「是嗎。」刑警的眼睛被涼風吹得瞇了起來：「所以說你成了他們的養子囉。」

「不，還沒有正式收養。所以我的姓還是塚田。」

武上恍然大悟地點點頭。

看來眞是個不善於說話的人，談話之間不時有不自然的中斷，但對方還是沒有起身的打算。

眞一問：「武上先生是爲了調查今天早上大川公園的事件來的嗎？」

「嗯。」

「因爲這是個大案子吧。」

「還不知道呢。」他搖頭說：「只是發現一隻切斷的手腕，還不能斷言說是殺人事件。說不定只是毀壞屍體、遺棄屍體而已。」

說完後，他不禁失笑說：「那也不可能，都已經發出惡臭了，明顯就是殺人事件，不是嗎？」

「我不喜歡。」眞一說：「我眞的不喜歡這種事。」

武上看著眞一說：「我一聽說是個叫塚田眞一的高中生發現的，眞是嚇了一跳。一年之間，你又遇上了麻煩事呀！」

「說不定我被什麼怪東西附身了。」

武上用力拍眞一的背，並說：「你可不要亂說話。」

眞一也希望這麼想，但是死神手指的印象是不會那麼輕易從心頭抹去的。

「現在的家，住得還好嗎？」

「他們都是好人，叔叔和嬸嬸都是好人。」

「有沒有其他小孩？」

眞一搖頭說：「只有我一個，還有一隻狗。」

「狗呀，有狗還眞不錯。」武上說時將雙手放在膝蓋上，準備要起身：「怎麼樣，心情好些了嗎？」

「是的，對不起。」

「那就辛苦你了，做一下問訊。做完之後就能立刻回家，應該可以趕上學校下午的課。」

眞一本想回答：「平常就常請假，石井夫婦也已經默認他的經常蹺課。所以今天不上學也沒關係，而且他也不想去。」但他還是沒有說出口。武上走在前面，眞一跟在其後回到警署大樓裡面。來到自動門前，又聽見一輛車開來的聲音，眞一回過頭去看。

這次是計程車，從後座走出一對看似母女的女性。兩人的表情緊張，彷彿被針一刺就會漲破。

看著她們的方向，眞一說：「又是來確認手腕身分的人吧。」

「大概吧……。」

「剛剛也有一個家庭也是同樣的感覺。」他腦海中浮現剛剛眼光交錯、穿著灰色襯衫的老年人。

「畢竟跟女孩有關的不幸案件特別多呀。」武上回答，聲音低沉。

「以前發現身分不明的屍體時，那些家裡有失蹤人口的家人反應不是這麼敏感的。可是最近幾年變了，因爲大家都比較有知識了。而且最近在大阪才剛發生過女性被分屍的殺人事件。」

在那對母女沒有趕上來之際，眞一已經走進了大樓。上樓前往會議室的時候，武上突然想到什麼而停下腳步問眞一說：「你需不需要出庭參加案子的公審呢？應該已經開始了吧？」

第一次公審是在案發的半年後，已經在今年三月舉行過了。眞一沒有出庭也沒有旁聽。眞一也很擔心之後的公審自己是否需要出庭，但還不知道答案，所以他也老實回答：「負責的檢察官說盡可能讓我不必出庭。」

「你應該也不想出庭吧。」

「你是指坐在證人席面對各種問題，會勾起事件當時不愉快的回憶？」

「就是這麼回事。」

「那……倒是不會。」

「眞的嗎？」

「就算不被任何人問什麼問題，自己也是經常會想起那些事情，所以還不是一樣。」

武上刑警避開眞一的視線，看著自己突出的肚子。一副怪罪自己說錯了話，指責自己肚子的表情。

「對不起。」眞一說：「我說了不該說的話了。」

武上揮動自己厚實的手掌回答：「我才是很不會說話呀。」

看著武上表情痛苦扭曲的臉孔，眞一突然有想哭的衝動，於是提高下巴忍了下來說：「不管怎麼說，我家的案子從上一次以來就沒有舉行公審，下一次大概還要很久吧。」

「爲什麼這麼說？」

「因爲還不確定三個人犯是否要分開公審；而且對方希望做精神鑑定，現在正在處理當中。」

武上睜大眼睛問：「三個人都要嗎？」

「嗯，三個人都要。」

「眞是令人吃驚！主嫌犯那傢伙，是叫樋口的吧，連他也要嗎？」

眞一腦海中立刻浮現「那傢伙」的臉孔。代替流淚的衝動，胸口盤旋一股的刺痛。

「沒錯，就是樋口。」

「怎麼看那傢伙都沒問題！」

「好像鑑定結果也有問題。」

武上吃驚地拍了一下額頭，鼻息噴出了怒氣。

「他們打算怎麼說？心神喪失嗎？」

「聽說是心神耗弱。」

「明明是計畫性犯罪，哪有什麼耗弱的。」

眞一悶不吭聲，只是微微一笑。正確的說，他只是做了一個類似微笑的表情。

「我說眞一……。」武上一臉正經地說：「你家發生的事眞的很悲慘，留下來的你也是受害人。所以千萬不要有剛剛的那種想法，知道嗎？」

眞一形式性的點點頭。

「你沒有錯。」刑警說：「你沒有任何的責任。這一點你千萬要記住。」

包含當時負責辦案的葛西先生，大家都是這麼說的。

確定眞一點頭後，刑警走向了會議室。眞一尾隨其後，一如被帶著走的犯人一樣，頭低低地看著自己的腳尖。

因爲坂木刑警動作俐落安排的結果，義男和眞智子沒有受到阻礙，很快就被帶到墨東警署三樓的的小房間裡。這裡是個談話室，除了桌子和沙發外，牆邊有一台舊式轉扭的電視機，旁邊小桌上是一具內線電話。

義男他們坐好後，坂木說聲：「你們在這裡等一下。」便走出房門。出門之際也帶走了眞智子從皮包裡取出的鞠子梳子和照片。

房間裡只剩下義男和眞智子兩人。眞智子身體前傾地坐在扶手椅的前端，眼光落寞地看著地板；坐姿跟剛剛在車上幾乎完全一樣。義男不禁擔心她是否知道這裡已經是墨東警署裡面了。

「眞智子，妳還好吧？」

沒有回音，眞智子乾燥的嘴唇半開著，眼光直直盯著地板的一點。

義男開始後悔不該帶她一起來的。自從擔心大川公園發現的手腕會是鞠子的以來，眞智子的心神就已脫離現實，深深陷入不好的妄想之中。就算待會確定手腕不是鞠子的，眞智子不知道能否恢復正常呀！

三樓和一、二樓不一樣，少了進進出出的人群，比較安靜。來到這裡之前，經過了好幾個緊閉的房門。說不定這一層樓，平常外人是不能進來的。大概是爲了讓義男他們能夠穩定，坂木特別請人安排的。

靜靜地坐在一旁，可以聽見眞智子輕輕的、不規則而快速的呼吸聲。就像是發高燒的小孩一樣，一個臉色通紅、閉著眼睛、躺在一旁的小孩一樣。

很久以前——沒錯，就是很久以前，義男心想。那時眞智子才四歲，大約是昭和三十年（1955年）左右——義男開的有馬豆腐店還經營不到半年。眞智子半夜發高燒，他抱著她去看醫生，結果是肺炎。他大聲斥責老婆俊子說：「都是妳的責任！」把她都罵哭了。

俊子過世也已經八年了，「要是老婆這時還活著，應該比我更能安慰眞智子吧！」義男心想。或許應該想說：因爲俊子留下義男先走，所以不必擔心唯一孫女可能發生不幸的不安，這難道也該慶幸嗎？

突然間眞智子發出類似哭泣般的長嘆聲，然後看著義男說：「爸爸，時間還眞是久呀。」

義男沒有說話，只是抓著女兒放在膝蓋上的手。幾十年來他都沒這麼做過，就連女兒出嫁那天也沒做過。眞智子也緊緊回握他的手。

兩個人就這樣坐著等待。經過一個小時之後，坂木快步走回房間。他一進房內，眞智子的手便抽離義男的手，立刻站起身來問：「結果怎麼樣？」

「把你們丟在這裡，眞是不好意思。」坂木擦拭額頭上的汗水說：「目前還不是很明朗。」

「到確定結果，還需要相當久的時間嗎？」義男問。必要的話，可能需要說服眞智子帶她回家。

「公園方面還在搜索當中。」坂木說時，眞智子整個人斜躺在椅子上。

「目前除了一開始發現的右手腕外，沒有其他斬獲。我在這裡也是個外人，所以比較麻煩。不過關於那隻手腕的身分還是應該越早知道越好。」

「是否知道了些什麼線索？」

坂木分別看了義男和眞智子的臉後，決定應該問眞智子比較好，於是轉過頭去說明：「今天早上發現的屍體還很新。」

「新……？」

「沒錯，大概是死後經過約一個晚上左右。所以樣子還很清楚。」

「所以呢？」

面對探起身詢問的眞智子，坂木緩緩問說：

「古川女士，鞠子小姐是否有擦指甲油呢？」

眞智子的表情一下子變得曖昧：「指甲油嗎？在公司裡是沒有，因爲公司禁止，畢竟是銀行嘛，這方面比較囉唆。可是有約會的時候，她也會塗些顏色較淡的指甲油。」

「失蹤那天有嗎？妳還記得嗎？」

眞智子兩手抱著頭：「到底有沒有呢？我還記得她那天穿的衣服，是粉紅色的套裝。因爲晚上要出去玩，所以打扮得漂亮些。那是新買的套裝。平常沒什麼事的話，反正有制服，所以她習慣穿牛仔褲上班。可是那天她穿得很講究，只是有沒有擦指甲油呢……？」

「那隻手上有擦著指甲油嗎？」

「是的，應該怎麼說呢？我也不是很清楚，好像是深粉紅色，還是淡紫色呢？總之是那種色系的指甲油。」

「確定是女性的手沒錯吧？」

「這一點確定沒有問題。不是男人的手，從皮膚狀態來看，年紀也很輕。聽說是二十到三十歲之間。」

「指甲油……」眞智子抱著頭低吟著。

「請不必過於費心考慮。」坂木口氣沉穩地制止眞智子：「我只是小心起見，問問看有沒有這種習慣。鞠子失蹤已經過了九十七天，而手腕的主人死亡不過才一個晚上。所以就算是鞠子的話，這中間有太多的機會可以塗指甲油的。」

眞智子失望地放下雙手說：「是嗎……原來是這樣啊。」

「還有一件事。」坂木豎起指頭說：「鞠子小姐右手腕的內側是否有痣或胎記之類的東西？」

「痣或胎記？」

「是的，郵票大小、顏色不深的胎記。只是還不知道那是本來就有，還是因爲其他原因在手腕上造成的……」爲了盡可能不用到「死」、「殺人」的字眼，坂木實在費盡苦心：「現在還不清楚。不過鞠子小姐應該沒有什麼痣或胎記吧？因爲我沒有聽說過。」

眞智子也用力點頭說：「是的，她身上才沒有任何的胎記或是痣！」

「那隻手上有胎記嗎？」

「是的，剛剛我也說過了，因爲時間經過的不是很久，所以一眼就能辨認出是胎記。」

「那就不是鞠子了！」雙手抱在胸前，一臉明顯解脫的神情，眞智子大聲叫道：「爸爸，不是鞠子呀！」

義男也覺得放下半個心，但又覺得不能高興得太早。因爲坂木說過那個胎記不知道是什麼時候造成的。只是他也很擔心眞智子的精神狀態起伏太劇烈。於是安慰她說：「太好了！鎭定一點，我們坐下吧！」

這時房門口有人影出現，義男抬起頭，坂木也回過頭看。一個穿著制服的女警窺探似的眼光在尋找坂木的視線，找到後出聲說：「坂木先生，麻煩您過來一下。」

爲什麼對眞一和水野久美的問訊要花那麼長的時間？其理由在和負責的刑警聊過便自然分曉。其實並不是對最早發現屍體的眞一他們有所懷疑——先回家的水野久美似乎有些不滿——而是想要了解他們在發現右手腕之前看見或聽見了什麼；加上他們每天到大川公園散步，在這幾天內有沒有感覺哪裡不同了，例如：有什麼車停在奇怪的地方、看見不常見的人或行動怪異的人等。警方爲了愼重起見，所以鉅細靡遺地詢問他們。

眞一很清楚警方會不厭其煩地重複詢問同一件事，所以他不覺得難過，也不會因此生氣。而且詢問眞一的刑警大概是從武上刑警那裡聽說了什麼，所以態度很溫和。不過對方似乎對於一年之中兩次發現殘忍的殺人事件或可能的證物，多少還是抱著好奇的眼光看著他。因此眞一覺得很累。

中間休息一次，是爲了吃午餐。負責的刑警說：「只能提供這個，眞是不好意思。」手上遞出一份便當。大概是認爲一起吃不方便，他走出了房間。眞一反而覺得鬆了一口氣。

仔細一想，從早到現在什麼都沒吃，但是沒什麼食慾，而肚子卻在咕咕叫。涼掉的便當沒什麼味道，他只是默默地吃完一半。用餐之際，外面到處傳來電話聲、吵雜的人聲和走來走去的腳步聲。

午餐過後，又繼續一個小時，問訊才告結束。留下必要時立即可以聯絡的住址和校名後，眞一算被允許可以回家。

「辛苦了，把你留下來，眞是不好意思。」負責的刑警表示：「對了，你媽媽在樓下的會客室裡等你。」

「我媽媽？」

對方似乎是想詢問一年前的事件，眞一幾乎反射性地想要說出：「我媽媽已經死了。」

「你媽媽是石井良江女士吧？她從家裡打電話來，我們說過了中午就會結束，她就說要來接你。已經來了將近三十分鐘了吧。」

「是嗎。」

眞一走下一樓，依據刑警指示的方向前往會客室，石井良江在雜亂的大廳對面已經先看到眞一的身影。

「小眞！」她在便服上面搭件薄外套，臉上沒有化妝。輕輕揮著手小步跑向眞一：「還好，我還擔心人太多，看不見你呢。」

說是會客室，只是排列著制式的塑膠椅子。因爲前面就是交通課，來辦事的民眾較多，所以這裡不像署裡氣氛那麼嚴肅。

「眞是遇見麻煩的事了，累了吧？」

「有點累。」

「午飯吃過了嗎？」

「吃了便當。」

「還要不要吃點熱的？我們去吃碗蕎麥麵再回家吧。」

「嬸嬸，學校沒關係嗎？」

「你不必擔心，我已經不是級任老師了，所以今天請假。」

石井善之、良江夫妻分別在地方上的國中任教。兩人任教的學校不同，善之今年春天剛當上教務主任；良江是國文老師。因爲被殺害的眞一父親和善之是朋友，從小感情就很好，加上石井夫婦沒有小孩，出事之後，便爭取要收養眞一。

不論爸爸還是媽媽那邊都有兄弟姊妹，他們生前也都有相當程度的往來，不料出了事，大家對於收養眞一都面有難色。這件事深深地傷了眞一的心，他甚至認爲固然事件發生有其原因，但終究自己是不被原諒的。

而且就算被石井夫婦收養，他還是很在意這件事情。平靜的水面下，他總是擔心：雖然他們夫婦和父母的情感良好，但畢竟彼此沒有血緣關係，會不會將責備自己的心情給藏了起來呢？眞一害怕說出口，或者應該說他害怕那樣的結果，所以裝做不知道的樣子，但經常在猜測石井夫婦的內心而戒愼呼吸著。

「洛基呢？」

「警察先生帶牠回家了，我聽到這消息嚇呆了。」

「對不起。」

良江的臉呈現同情的神色，她說：「小眞你不需要道歉的。」

眞一還不習慣被叫做「小眞」。從前媽媽曾經叫過他「眞一」、「哥哥」，卻從來沒有叫他「小眞」過。國中二年級的時候，眞一開始有了女朋友，對方打電話到家裡，總是問說：「小眞在家嗎？」結果妹妹模倣這種說法嘲笑他，讓眞一惱羞成怒，一整天都不理會妹妹。結果妹妹哭著跑去跟媽媽告狀，害眞一被狠狠訓斥了一頓。家人叫他「小眞」，那是唯一的一次。

良江叫他「小眞」，善之則叫他「阿眞」，再也不是「眞一」或「哥哥」了。從今以後，這一生再也不會有人直呼他的名字或叫他哥哥了。經過了一年，他還是不能適應這件事。眞一閉上了眼睛。

——實在是不應該上警察局的，一些不願意想起的大大小小的事，之後不斷浮現在腦海中，擾亂了心情的平靜。眞想趕緊離開這裡。

良江將車停在訪客專用的停車場裡，那是她上下班用的紅色小車。

「這車子對小眞而言，實在是太寒酸了。」良江邊開車門時邊說：「該換輛新車了，乾脆換成四輪傳動的。而且再過一年，小眞也可以考駕照了。」

一如良江立刻將車駛離警署大樓，她也希望能將眞一的心情帶離今天早上的事件。一般的父母肯定會詢問：被問了些什麼事、究竟是怎樣的狀況？良江一句話也沒問，反而顯得不自然。

良江自己大該也知道吧，在坐進車時，她的表情有些陰鬱。

眞一回頭看著警署大門的方向，心想也許會再見到武上一面。他或許很忙吧，應該不可能跑到外面的；但眞一希望能再見他一面，就算很簡短，說些話也是好的。因爲眞一覺得剛剛和他之間的距離感，正是現在眞一最需要的吧。

武上不在那裡。但就在眞一死心，準備上車時，自動門開了。兩個小時前看見的那對母女走了出來，母親依靠在女兒身上，哭得死去活來，女兒也在哭泣。兩人步履蹣跚地走向街道。

眞一抓住車門呆立著，心想：那隻手腕的主人，就是這家人的親屬嗎？所以她們才在哭嗎？就這樣喪失了親人，眞是令人難過。

「小眞？」

不顧良江的呼喚，眞一跑了過去。他穿越停車場，朝著公車站牌的方向，拚命跑步追上那對母女。

「請問！」一出聲後，那個女兒回過頭來，臉型瘦長而美麗。儘管兩眼通紅，淚水滑過臉頰，但還是一眼可以看出是個美人胚子。

「請問……請問一下……。」

攙扶著不斷哭泣的母親，那個女兒回過頭面對語塞的眞一：「有什麼事嗎？」聲音帶有哭泣的鼻音。

「那個……我……我想請問……是不是確定身分了？」

「嗄？」那個女兒側著頭和母親四目相望，然後兩人一起看著眞一：「什麼身分？」

「今天早上在大川公園……。」

那個女兒吃驚地退了一步，從頭到腳仔細地觀察眞一。眞一也慌了，連忙解釋：「對不起，我不是看熱鬧的人。其實是我發現那個手腕的，是我無意發現的，所以才……。」

「噢。」那個女兒濕潤的眼睛旋即亮了起來，她說：「沒有，手腕的身分還沒查出來。」

「可是……。」

那個女兒和母親用手擦乾眼淚，相視微笑。

「我們只知道不是我家哥哥就是了。」

「妳哥哥嗎……？」

「是呀，我們看的新聞報導，並沒有說明是男人還是女人的手腕。而且又是在我家附近，所以就很擔心。因爲我哥哥一直都行蹤不明。」

「我們是因爲安心才哭的。」那個母親說明：

「可是想一想，又不是我兒子回家了。」

「不管怎樣，還算好的呀！」那個女兒說：

「眞是太好了。」

一副自己說給自己聽的語氣，然後兩人相互扶持地離去了，只留下眞一在那裡。

搞錯了呀，原來是搞錯了嗎？那難道是比那對母女還早來的家庭嗎？

不，那也不一定。畢竟整個東京或整個日本，失蹤人口不知道有多少人？一千？兩千？還是更多？其中被推斷跟犯罪有關的失蹤就不知其數。而眞一只是發現了這隻不知是誰的手腕，不小心給發現的。

「小眞！」良江來到他背後。從背後伸出雙手抱住眞一的肩膀。以女性來說，良江算是夠高的了，站在正在發育的眞一身旁，兩人的身高幾乎一樣。

「我們回家吧！」

眞一默默地點頭。是的，他現在眞的很想回到那個剛剛被稱之爲是「家」的屋簷底下。

有六千三百人，有馬義男心想。

自從坂木被叫出去後，眞智子就顯得格外明朗，不斷取笑自己的過度緊張，還積極跟義男說話。義男爲了維持眞智子的好心情，也努力配合；只是內心知道現在高興還太早。

然而多少有了希望，所以他才會想到：六千三百人。那是鞠子失蹤後經過半個月，義男問說全國一年之間有多少人行蹤不明呢？坂木所回答的數字。

「去年度，總數已達將近八萬兩千人。」

「已經上萬了嗎？不是千或百的？」

「是的，只是其中包含了各種情況。像鞠子小姐的情況……。」當時眞智子不在場，所以坂木的說法也比較直接：「是屬於可疑的失蹤。僅限於這種可能和某種犯罪有關的案例，我們稱之爲特殊失蹤人口，大概有一萬五千人，其中女性約有六千三百人。」

「有這麼多嗎？」

六千三百分之一。義男的心中反覆出現這個數字，六千三百分之一。那個手腕是鞠子的可能性，只有這麼多。可能性不是很小嗎？所以沒問題的，鞠子沒有死呀。她不會被人殺害，還被切斷了右手腕！

義男痛苦地繼續等待。然後坂木在三十分鐘後回來，然而他沒有走進房間，而是站在門後面，避開眞智子的視線，以眼光呼喚義男出去。

義男感覺一陣心痛，五年前他曾爲心脈不整而痛苦過一陣子，現在的心痛就好像當年的病症又犯。

「有馬先生！」坂木避開坐在椅子上抽菸的眞智子視線，不斷呼喚義男。眞智子不太習慣抽菸，加上又是烈菸，雖然常會嗆著，但神態還算平穩。

義男裝作若無其事地說話：「眞智子，我去借個廁所就來。」

「你知道在哪裡嗎？」

「大概知道吧，我去找找看。」

來到走廊，坂木抓著義男的手臂，立刻關上門。

「到底是怎麼了？」義男壓低聲音問。

坂木皺著眉頭，用必須湊近耳朵才能聽見的聲音說：「古川女士的情形如何？」

「剛剛才好了一點。」

「可以的話，還是先回家。回有馬先生家，不，還是回古川女士家好了。」坂木的神情也有些動搖，義男感覺心臟上下跳動得厲害。

「是不是麻煩有馬先生也一起去呢？待會兒這裡的搜查人員會過去。我想時間不會拖，馬上人就過去了。」

義男的聲音哽在乾燥的喉嚨裡。好幾次濕潤了喉嚨，才擠出一點聲音：「怎麼回事？發現什麼了嗎？」

坂木的眼睛像是漆黑的深淵，看不見一絲光亮。

「在大川公園裡發現了手腕以外的東西。也是從垃圾箱裡，找到一個路易威登的小皮包。」

光是這麼說，義男還是無法想像是怎樣的皮包；但他大概已經知道坂木想要說的下文，就算他再怎麼不願意聽，就算他摀住耳朵、閉上眼睛也不行。

盡可能拖延這致命一瞬間的到來，義男的問話緩慢而斷續：「那是……是鞠子的東西嗎？」

坂木用手按住額頭取代了點頭，他說：「從皮包裡面找到女用手帕、化妝用具和古川鞠子的月票夾。」

3

揉著惺忪的睡眼起床，寢室裡的窗戶已經射進午後的陽光。今天是大好天氣，附近左鄰右舍的窗口、陽台攤滿了形形色色的棉被，正在享受日曬。

「哎呀！糟糕，又睡晚了。」前畑滋子用力拍打自己的額頭。感覺上好像又聽見婆婆在嘮叨：

「早晨睡懶覺，那是指睡到九點、十點，至少在上午就起床的人。睡到過了中午，怎麼可以說是早晨睡懶覺呢！」

那是婆婆之前對昭二嘮叨的台詞。對結婚四十年，每天一早五點半就要起床準備早餐的婆婆而言，或許是超過她忍耐限度而說出口的言詞。滋子當然可以理解婆婆的心情，何況不管有多少工作，身爲主婦的滋子每天睡到下午，也實在說不過去。滋子也想照婆婆說的一樣在上午起床，可是常常因爲前一天晚上的工作進度，直到黎明才鑽進棉被，所以很難如願。

到廚房先燒開水，然後看了一下時間，居然快要兩點了。點一根起床菸，利用水開的這段時間吞雲吐霧一番。滋子心想：要是這時有誰拿傳閱板〔譯註：社區之間傳閱注意事項的文件夾。〕過來，她一定會成爲街頭巷尾討論的題材。

「滋子，都已經下午了，妳還穿著睡衣！」肯定會被這麼唸上幾句吧。然後昭二也會捱罵。於是滋子趕緊先去換衣服。

喝完一杯即溶咖啡，身體開始有感覺，肚子發出咕咕的叫聲。忍耐著想要塞點東西進胃裡的衝動，滋子先去曬棉被。抱著昭二的墊被走出陽台時，重田太太彷彿等在那裡似的出現在隔壁的陽台，正在拍打棉被。

「哎呀！滋子，妳早呀！」什麼早不早的，滋子還是裝出一副笑臉回答：「妳好呀。」

重田太太一臉笑容地用力拍打棉被，簡直就像是對仇人拳打腳踢一般。

「曬得好蓬呀！今天眞是好天氣。」

「就是說嘛，昨天的雨簡直像是騙人的一樣。」

重田太太的眼睛裡閃過一絲光亮，至少滋子看到的是這樣。

「滋子妳應該早點出來曬棉被的！」

滋子應酬式地笑說：「我剛剛出去才回來，再說我家陽台因爲昨晚的雨淋過，上午還是濕的呢。」

「是嗎？」重田太太用力點頭說：「妳出門就頂著那個頭嗎？睡得都翹起來了。再見囉！」

老太婆立刻轉身回屋裡，留下被將一軍的滋子站在那裡。頭髮睡翹了嗎？她摸摸自己的頭髮，果然是亂糟糟的。

「哼！可惡的老太婆。」

隔壁鄰居重田老太婆，是滋子她婆婆的童年玩伴，兩人之間無話不談。而且最近重田好像從向她婆婆鉅細靡遺地報告滋子的失態中找到了人生意義，例如：滋子半夜出來倒垃圾；送快遞的人來，滋子睡著了不開門，由她幫忙簽收等等。搞得滋子一點也馬虎不得，十分困擾。

去年夏天，前烟昭二求婚時，滋子就提出必要條件是：她要繼續自己的工作！

「所以我不能幫忙做昭二家裡的事業，也不想住在一起。如果和你父母一起住的話，我就不能工作了，這樣好嗎？」

昭二回答：「我無所謂，隨妳自由吧。我會繼承家裡的事業，但我是我，滋子是滋子。反正哥哥他們夫妻也沒有回家一起住，所以沒關係，滋子愛怎麼做就怎麼做吧！」

只是昭二附加了一個但書：一旦有了小孩就必須辭去工作。當時滋子是這麼回答的：「到時候再說吧。」

照理說這種婚姻生活對滋子來說應該不錯，只是如意算盤也不能打得太精。首先是婆婆強烈主張說：可以不幫忙家裡的事業、也可以不住在一起，但是必須住在婆家附近才可以。

「昭二可是咱門家裡重要的工作支柱，忙的時候還必須做夜班；所以最好能住在走路就能上下班的地方。我們這附近到銀座或新橋就難說了，但是到滋子上班的出版社只要四十分鐘，不也是很方便嗎？」

這也是沒辦法的事，於是滋子就讓步了，不料婆婆反而得寸進尺。

「既然是住在這附近，何必付房租給別人。就住在我們的公寓裡吧，房租會算你們便宜的。剛好有一個三樓的角間空出來了。」

前畑家除了自家和工廠外，還蓋了一個三層樓的公寓出租。對滋子而言，夫家頗有些資產並不是件壞事，但要她住在那間公寓裡就另當別論。總覺得不是很自由。

於是滋子大力反抗，也準備找些有的沒的理由推辭掉。誰知道住在埼玉的娘家父母竟被婆婆的意見說服了。

「妳是嫁到有工廠的人家當媳婦，居然人家還答應讓妳不用幫忙家裡的事業。所以至少這一點也該聽從婆婆的意見吧。」

「什麼嘛！我先說清楚呀，我可不是要到前畑鐵工廠上班的人，我是和前畑昭二結婚耶！」

「結婚可不是那麼一回事的！」

「媽，妳到底是站在哪一邊嘛？」

「當然是妳這邊，所以才這樣好言相勸，要妳聽媽媽的準沒錯。太堅持己見，到時吃虧的人是妳，媽媽擔心的是這個呀。」

媽媽和婆婆都是遵從三從四德的古訓被教育過來的傳統女性，多少都已經根深柢固了。跟她們說什麼「女人的自主」、「結婚是基於雙方的合意而成立」，簡直就是對牛談琴。偏偏連唯一的靠山——昭二也這麼說：「我能住在工廠附近是最好不過了，而且房租又能算便宜些。這不是很好嗎？滋子。」

都怪昭二說出這麼沒骨氣的意見，在滋子還沒確實答應之際，整件事便塵埃落定了。本想至少沒有和婆家住在一起，誰知道搬來一住，卻發現隔壁還有個間諜——重田老太婆。

「那是ＬＫＫＣＩＡ呀！」滋子有一次這麼批評。

「什麼是ＬＫＫＣＩＡ？」

「老太婆中央情報局呀。」

「滋子，妳還眞會亂說話！」

看著無所謂的昭二只知道笑，實在很想一拳將他擊昏！

婆婆一直都很在意滋子總是沒有懷孕的跡象，這也是她們兩不太合的主因之一。事實上在討論要不要結婚時，滋子就曾聽說過：

「三十一歲了？那不是快要不能當女人了嗎？」婆婆居然還公開這麼說。還好這句話激怒了不太生氣的昭二，他大喊：「我的老婆不是生小孩的工具！」讓滋子感到很欣慰。然而一旦婚姻生活趨於穩定後，昭二竟然是十分想要有小孩。不！如果是他說要生的話，滋子也不會有太多意見，仔細詢問的結果，答案是「媽媽吵得兇」，實在是太不像話了。

目前的方針是：只要懷孕就生，也沒有做避孕的措施，但是小孩就是不來。要不是婆婆太過多管閒事，滋子在她體力充沛的時候也想生個小孩；只是現在的心情又緊張、又有些寂寞、感覺好像在接受緩刑似的、竟有點安心感，五味雜陳十分複雜。

坐在廚房的餐桌前嚼著吐司夾果醬，滋子一邊讀著早報。昭二習慣晚上喝點小酒時才閱讀一天的報紙，所以這會兒的早報還沒人看過，連廣告傳單都還夾在裡面，整份放在桌上。

太太比先生先讀報——一家之中女人先讀報，這種事情雖小卻常常惹得婆婆不高興。都怪昭二不該把這種事情說出來，只是他和員工們聊天時，不經意就扯出了這個話題。他是說：「我們家裡是滋子先讀報紙的，畢竟她是從事媒體工作嘛。」

「什麼媒體工作！」婆婆肯定會嗤之以鼻。不過滋子也不認輸，自從有她專屬的ＣＩＡ，情報員就是在工廠上班的年輕會計小姐。她實在是太會模倣婆婆的聲調語氣，每次都逗得滋子大笑。

「滋子寫過什麼偉大的文章嗎？說是採訪，怎麼從來沒見她採訪過我所知道的名人。還寫了什麼報導〈好吃的萵苣作法〉，我看只有那種連怎麼淘米都不知道的笨女人才會去讀！」

話說得很毒辣，但婆婆的說法卻也抓到了滋子的痛處。滋子倒不是說〈好吃的萵苣作法〉沒有意義，而是對那種雜誌讀得津津有味的女人，果眞如婆婆說的都是些日常生活沒啥用處的「笨女人」。滋子身爲自由撰稿人，已經在女性雜誌、家庭月刊等世界工作了十年。如果她拿閱讀自己文章的讀者當笨蛋看，這工作也做不好了。

然而現在她和昭二共組了家庭，她開始思考這樣好嗎？有採訪對象的工作，往往得配合對方的時間，造成滋子工作時間的不規則，連帶也影響生活的不規則。最後滋子變成了夜貓子，文章必須在半夜才寫得出來，難怪她一早爬不起來。

昭二對這現象「早就見怪不怪了」，所以不曾面有難色。反倒是滋子經常會覺得過意不去。不能幫老公做早飯、家裡的清掃也是有一搭沒一搭、甚至連衣服換季都拖延了，去年冬天就讓昭二到十二月還穿著秋天的薄睡衣凍著了。看著昭二笑著說：「我又沒有上班的制服，無所謂啦。本來這是自己的事，我自己做就好了嘛。」滋子覺得又是後悔又是生氣，她說：「你不要那麼善解人意嘛，你可以生氣罵我呀！」結果昭二竟說：「我可不是爲了這種生活才結婚的。」

於是滋子這麼想：既然自己連自己的家庭都理不好，還有什麼資格寫家庭雜誌的文章呢？

單身時代從來沒想過，還沒成家的我居然在寫給有家庭的人看的文章。雖然可以很簡單的區分說：這是工作，我是以專業能力寫出正確無誤的文章；但現實中——

有一句格言說：「結婚是用方便替換幸福的工具」，對滋子而言，結婚是免除單身時代產生之罪惡感的工具。

「妳只是在從事一個拿老公當藉口的工作，不是嗎？」不知不覺她開始這麼反省。滋子鼻子哼了一口氣，將報紙摺好，然後站起來打開電視。應該在煩惱前先洗衣服吧，那還比較實際些。

現在是社會新聞播放的時間，電視畫面上出現神情緊張的記者臉孔。出現的背景是綠意盎然的公園，記者身後有幾部警車，和穿著藍色工作服的男人來來往往。滋子正準備朝洗衣機的方向走去，卻停下了腳步。

「被發現的右手腕，應該是目前提出失蹤搜索的女性名單之一……。」記者報告。

滋子睜大了眼睛，立即坐在電視機前，轉高音量。

是現場實況轉播。記者和電視台的主播正在對話。

「齊藤，請問從大川公園的現場是否有什麼新的發現？」

「目前爲止還沒有新的發現。」

「那隻右手腕和被發現的手提包，是否爲同一人所有？已經確定了嗎？」

「不，還沒有完全確定。」

「我知道了，如果有什麼消息，請再跟我們聯絡。」

鏡頭轉向棚內，電視畫面的右下角出現白色字幕：「神秘殺人案？公園裡分割的屍體」。

「這眞是一件可怕的案件，希望能早日破案。接著先進一段廣告。」

滋子趕緊轉台，想要找出報導更詳細的其他電視台。這時候所有的電視台不是播報社會新聞就是電視劇重播，滋子焦急地轉台卻不得所需。剛剛的新聞已經開始報導其他消息，分屍案早就不見蹤影了。

滋子咋了一下舌，思考之後走進了浴室。浴室牆上掛著一個收音機，昭二習慣在洗澡時聽棒球轉播，所以特別買了個防水的收音機。滋子調整頻率播到NHK，聽見了播音員的說話聲。

「因此現場現在可說是錯綜複雜，一片忙亂。」

是剛剛那個事件的報導！滋子將耳朵靠近收音機。

「我們再重複報導一次，目前已經知道被發現的手提包，是今年六月失蹤，已經提出搜索請求的古川鞠子所有，她現年二十歲。只是這隻右手腕是否也是古川小姐還不能確定，還在調查當中。」

滋子三次用手心拍打額頭，那是因爲過於震驚。從浴室牆上的鏡子裡出現了滋子張開嘴巴的表情。

古、川、鞠、子。

——是我名單上的女孩呀！

「這是怎麼回事？」滋子喃喃自語。腦海中浮現一份寫到一半、一直放在抽屜中的稿子。

「消失的女性。她們為什麼消失？為了追求什麼？又消失在何處呢？還是說，是什麼讓她們『消失』了呢？」

這個答案似乎變成了事件呈現在滋子面前。

「這是怎麼回事？」滋子再一次發出聲音質問。睡意霎時飛去，一股顫抖從背後竄起。

那應該是在兩年半之前的事吧，一九九四年的春天。剛好是《莎布琳娜》雜誌停刊的時候，所以記得很清楚。

《莎布琳娜》是一九八五年創刊的月刊。當初是以二十到二十五歲的單身女性為對象，提供電影、戲劇、書籍、藝文活動、學習等資訊的綜合雜誌。雖然也會介紹流行時裝、美食等資訊，同時還有深入淺出的國際問題、環保問題的解說專欄、女性評論家的訪談專欄等單元。就內容而言，滋子認為不是一份太單薄的雜誌。

然而就是因為這種軟硬不分的風格，造成《莎布琳娜》創刊以來經常是赤字狀態。尤其是八〇年代後半，日本進入泡沫經濟時代，社會崇尚奢侈，金錢主義到處充斥，一向拒絕成為型錄雜誌的《莎布琳娜》分外顯得樸素，一切現象都對該雜誌不利。但諷刺的是，正因為泡沫經濟的景氣，才讓《莎布琳娜》的股東願意繼續支持。

滋子負責撰寫「傳統手工藝」的專欄，她本來就對這種工匠手藝的工作很感興趣，所以工作得很愉快。對當時的滋子來說，《莎布琳娜》的工作是主要的收入來源，另外一個重要的收入來源則是撰寫就業雜誌上的採訪專欄。那是採訪各式各樣企業的人事主管和希望就職的學生，聽聽他們彼此的想法，標題叫做「真心話」。拜泡沫景氣之賜，這個專欄很受歡迎，但內容並非如標題所示，而是聽事浮於人的學生們大言不慚地予求予取，以及企業方面天花亂墜的宣傳。

所以《莎布琳娜》的工作，多少給了滋子安定人心的溫馨感覺。滋子採訪過許多的手工藝工匠，有努力培育接班人的和服裁縫、有經常說：「不讓下一代師傅難做事」的裱裝師傅，聽他們說話，看著他們的眼睛，不禁覺得人生認眞做事就是這麼回事吧！他們不問對或不對、有利與否，那些不是決定的重點，而是要認眞做事。滋子覺得就是要認眞地做事。她也是在從事這工作時，認識了前畑昭二。剛開始交往，滋子就深深被他吸引，或許也是因爲《莎布琳娜》的工作經驗所致吧。滋子是透過「傳統手工藝」才認識到用自己的手擦拭額頭的汗水完成工作的生存方式，進而對這種生存方式產生尊敬與憧憬的感情。

逐漸地滋子和《莎布琳娜》的編輯部交情益深，當時的板垣總編輯也是她一起喝酒的好朋友。「傳統手工藝」的連載到第十四回結束，之後滋子像打游擊般，隨時被總編輯抓來幫忙撰寫其他採訪文章。這就是她的工作，做來十分愉快。然而泡沫像夢一般破滅，社會陷入了不景氣的低潮，到處都因爲缺錢而動彈不得。處於這樣的時代，一聽到《莎布琳娜》也危險了，滋子眞是受到相當大的衝擊。她才明白世事的諷刺——過去支持不媚世不流俗的《莎布琳娜》竟是這泡沫景氣呀！

剛決定要停刊時，總編輯約了滋子痛飲。兩人徹夜尋找有開的酒館，一家接著一家喝下去。當時隨著雜誌停刊，總編的職位也有所異動。喝得酒酣耳熱的總編冷不防對滋子說：「滋子，希望妳能有個不被世間左右的工作！」

「不被左右的工作是什麼？」一樣喝得醉醺醺的滋子，用自嘲的語氣說：「像我這樣不成器的文字工作者，哪裡找得到那種工作。沒有你們的企畫，哪有我們這些文字工作者。」

「說的也是，文字工作者……。」總編輯醉眼迷濛地漂浮在酒館櫃檯上，語氣顯得有些生氣：「所以說，滋子妳自己寫不就好了嗎！妳可以寫的。」

「寫什麼？」

「寫本書來看看，寫滋子有興趣的題材呀，妳可以寫報導文學。」

「報導文學？」滋子趁著醉意大笑說：「怎麼可能？我不行啦。我怎麼可能會寫，總編眞是愛說笑！」

「不，妳可以的，試試看嘛。」

只記得兩個喝醉酒的人你來我往地爭論可以不可以，之後說了些什麼全都消失在酒精的濃霧中。結果太陽升起，滋子回家後倒頭便睡，爛睡如泥直到過午才起。儘管飽受宿醉的痛苦，但滋子內心裡還是受到某些的牽動。

——自己試著寫些東西！

可是我能寫些什麼呢？

於是滋子回到了沒有《莎布琳娜》的日常生活。那時心裡牽動的東西，不論早晚總是記在心田。爲了改善失去《莎布琳娜》的經濟損失，現在不能想太多，這一點才是眞的。

過了半個月，正值五月的長期連續假日，滋子第一次跟昭二外出旅行。他開車，兩人到伊豆的下田遊覽。由於兩人交往是從「傳統手工藝」第三回連載的那個月分開始的，至今彼此已經十分熟識了。但兩人出遊這還是頭一遭。

這也難怪朋友都嘲笑她：「未免太慢了吧！」

那次的旅行很愉快，實際上比滋子想像的還要好玩。昭二開車很愼重，在高速公路上老是被超車。後來換滋子開車時，她惡作劇地加緊馬力飛車，嚇得昭二鐵青著臉說：「很危險呀，滋子。這樣太危險了！」讓滋子樂不可支。

之後結了婚，昭二才跟她告白說：「那時的滋子沒什麼精神吧？我想是因爲《莎布琳娜》停刊的影響。所以才想利用旅行讓妳改變心情。」

「你是想我心情低落，比較容易答應跟你去旅行吧？」

「沒錯！」

雖然是這麼一回事，旅行中的昭二的確很開朗，總是隨時隨地逗滋子高興。當時的兩人是成熟的交往，當然也有了男女關係，不過這種事昭二很愼重，不太主動要求。那時住在下田的三個晚上，這方面倒是進行得不很順利。原因是昭二老是說些笑話給滋子聽，破壞了氣氛。

「只要一笑，我就沒辦法呀。」事後昭二老實招供。滋子心想：的確也是如此。這樣也好，那次旅行還是很棒的回憶。

就這樣四天三夜從頭笑到尾的旅行到了最後一天。滋子吵著要再搭一次遊覽船，於是兩人前往碼頭。因爲是連續假日，等候的乘客很多，尤其是全家出遊的家庭，小孩子在一旁又哭又叫，製造吵雜。滋子覺得有些累，心想下一班船還要二十分鐘才來，跟昭二說聲「我先到外面抽根菸」，便走出了候船室。滋子吸菸，但昭二完全不碰——他在學生時代曾好奇碰過。

天公作美的連續假日，這一天也是艷陽高照，海面光輝閃爍。天氣溫熱，穿著上衣容易出汗。滋子一邊吞雲吐霧，一邊在海濱道路上散步。低矮的堤防對面就是海水，水面上繫著幾艘小船。隨波緩緩上下浮沉的小船，有時幾乎要跳上岸來。一路上不時有漁網堆積著，散發出濃郁的海潮香。舉目可見彩繪成海豚或鯨魚的遊覽船滿載著一船的客人橫越過海灣。這一切恰似事先安排好的海邊假日風情一樣。

捺息香菸，滋子舉步走回碼頭的候船室。突然間一股春風吹來，滋子舉起手遮在眼睛上方。夾著海風的強風打在臉頰上，同時也翻動了裙擺。這時腳尖不知碰到了什麼東西。

一看，原來是被風吹來的一張傳單，夾在滋子的鞋子上面。她隨意地彎下身取起來看，上面有個女人的臉孔，照片是影印過的。臉孔上方用手寫著：「尋找此人」。

——原來是尋人的傳單。

大概一直是被貼在公告欄上的，都已經泛黃、粗乾了，邊緣還有些破裂和缺口。

照片下面有一段手寫的文章：「此人於一九九二年一月八日離家出走未歸。家人都很擔心，努力尋找其下落。盼好心人士知道後，與我們聯絡。」

女人的名字是田中賴子，三十六歲。於下田市內的溫泉旅館「湯船莊」擔任服務生。身高約一百六十公分左右，稍胖，有做過盲腸手術的痕跡。近視並戴有眼鏡。聯絡地點是市內的住址，找一位田中昭義，大概是她丈夫吧？

——這是家庭主婦的離家出走嗎？

照片上名叫賴子的女人穿著和服，說不定就是旅館服務生的制服。照片的粒子很粗，無法辨識細部；但女人的笑臉和前牙突出的暴牙很醒目。長得不算美麗，卻有一種性感。

滋子心想：大概是跟男人有關的離家吧。失蹤已經超過兩年了。雖然這張傳單看起來很舊，但還不至於有兩年。應該是被拋棄的家人——她的先生不斷在做傳單與張貼吧。

難得的旅行，卻看見這不怎麼令人高興的東西。滋子想要將傳單揉成一團，但又下不了手。上面的筆跡不能說是漂亮，卻是努力書寫的結果，滋子不禁由內心發出同情的念頭。沒辦法只好摺整齊，帶到候船室，然後丟進了垃圾桶。

「滋子，船要開了，快點！」

因爲昭二的呼喚，滋子跑向棧橋。兩人搭乘的是一艘外形像海豚的粉紅色遊覽船。

連續假日結束後不久，滋子因爲旅遊雜誌的工作到川越採訪。這個人稱「小江戶」的城市，在水路和水運發達的江戶時代，由於能和江戶的中心區域直接連結而繁華熱鬧。即便今天已成爲首都圈的衛星城市，依然保存了濃厚的往日風情。近代化的街道中混合了古典的瓦牆、鐘樓，吸引許多觀光客到此探訪江戶的昔日面貌。滋子的工作是以一天往返的旅遊爲主題，選擇了川越進行報導。

JR車站周遭和都心一樣，都是高樓大廈和修建整齊的道路，人群雜遝的感覺，令人懷疑這裡眞的是小江戶嗎？不過滋子畢竟是老手了，旅遊雜誌的編輯和攝影師也都有心理準備，採訪的工作繼續進行著。在太陽下山之前，所有的行程都已結束，她們回到了車站。正想先找個地方喝杯飲料、休息一下再說，就在車站大廳裡的公告欄上，滋子看見了一張傳單。

那是張尋人的傳單，屬於公定的通用形式，而且不是影印而是印刷的。滋子讀到「盼好心人士知道後，與我們聯絡」時，同行的編輯們已走上前來。

「妳在讀什麼？原來是尋人的傳單呀！」

傳單上面所要尋找的是一位年輕的女性，二十歲、學生、名叫岸田明美。

突然間滋子突然想起下田那張早已經忘記的尋人傳單。

「我上次到下田旅行時，也有看見這樣的傳單。那一張是用手寫的，大概是家人自己做的吧。」

「這種東西很多呀。」

「到底是怎麼回事呢？」

「什麼怎麼回事？」

「應該說是失蹤吧？這些人竟然突然就不見了。」

編輯雙手抱在胸前表示：「說的也是，不過最近這種情形不也很多嗎？畢竟是年輕女孩子嘛，根本想不透她們在幹什麼。自從發生泡沫經濟以來，很多事早就已經見怪不怪了。」

滋子凝視著傳單上的照片。岸田明美一頭長髮梳得很整齊，長得十分漂亮。看起來妝是化得濃些，但也許是照片的效果。整體來說，是個到處可見、明亮可人的女性。

「這麼說來，最近倒是不再用『蒸發』的說法了。」編輯說：「以前……不對，應該說是很久以前，這還是個流行的說法。如今還是有人突然就消失不見，可是沒有人會說誰『蒸發了』，而且也不再被視爲是一種社會現象。好像失蹤已經是件稀鬆平常的事了。」

「爲什麼會不見了呢？」滋子喃喃問道。

「家家有本難唸的經，不是嗎？」

「萬一要是妳蒸發了，有誰會來找你呢？」

滋子想了一下回答：「大概昭二會來找我吧。」

編輯笑了，並說：「我會找妳的，因爲還沒有交稿呀！」

「原來如此呀！」

兩人笑著離開了公告欄，但滋子心中還殘留著傳單上女子的照片。下田的田中賴子、川越的岸田明美。

消失的人們——行蹤不明的人們，滋子找到了興趣的焦點。

按照一般方式透過電視、廣播盡可能取得資訊後，滋子決定打電話試看看。翻遍桌上用舊的名片簿，就是找不到想要的那張名片。心情焦躁再翻第二遍時，滋子總算才想起來，坂木並未給她名片。不過他的聯絡方式記錄在採訪手冊上。

滋子立刻拿出採訪手冊。同行之中，許多人已經開始利用電腦做資訊管理；但滋子還是延用舊式，依工作內容分別記錄在採訪手冊上。所要找的採訪手冊歸類於「本業——文字工作」，一大堆排列在書櫃底層，用來裝消耗品、補給品的抽屜最裡面。長久以來，滋子幾乎都忘記它們的存在了。

翻閱了一下，終於找到了，在封底的電話號碼一覽表中，由上數下來的第三行寫著「坂木達夫東中野警署」。一時之間滋子覺得心跳加速，但還是拿起電話筒。

可是坂木不在，接電話的警察表示：坂木因爲急事，從家裡直接到現場了。滋子聽了又是一驚，所謂的急事，不用說一定是大川公園的案件了。請對方留言說：前畑滋子來過電話，敬請回電，滋子掛上了電話。

沒有找到坂木，更加激發了滋子的鬥志。她繼續翻閱採訪手冊，找到三兩位必要的人物，迅速瀏覽其簡歷後，又開始撥電話。這一次是市外長途電話，寫在電話號碼一覽表的最上方，伊豆的下田。對象是下田警署風紀課的冰室佐喜子。

滋子回憶和佐喜子最後的談話是在一年半之前。撥電話時，心中不免擔心：佐喜子會不會異動了；還好是杞人憂天，她還在下田署裡，只不過所屬單位名稱改了。現在已不叫風紀課，而是生活安全課。

一聽到接電話對方的聲音，滋子就知道那是佐喜子，不禁安心地高興了起來。

「冰室小姐嗎？我是前畑滋子。」

「前畑滋子……？」對方重複說：「對不起…

……。」

語氣顯得冷漠。「對了，她人本來就是這樣」滋子想起來了：「不過喝了酒，整個人就變了。」

「突然打電話給妳，眞是不好意思。已經是很久以前了，我曾經爲了做失蹤女性的報導採訪過妳……。」

這時滋子才猛然想起當時的她還是用娘家的姓木村，正要改口說明時，對方的語氣變得開朗了：「原來是滋子小姐呀！木村小姐嘛。」

「沒錯，好久沒見了。」

「聽說妳結婚了，現在是姓前畑囉。我有收到妳寄來的明信片，剛剛忘記了眞是對不起。妳最近還好吧？」

「託妳的福，我很好。倒是我才是都沒跟妳聯絡，眞是不好意思。」

「那之後怎麼樣了呢？有時候想起來，還很關心妳呢。後來進行得如何？」她說話的方式，聽起來採訪好像是上個月或幾個月前的事。

就滋子的了解，冰室佐喜子個性很認眞踏實，絕對不會跟人約會遲到或弄錯地點什麼的。這樣的人會將一年的空白說成「有時候想起來，還很關心呢」，應該是鄉下地方安閒的空氣使然吧。

光是一句話便帶出了這樣的感覺，可是滋子總不能隨性地回答：「是呀，多多少少還在進行之中。」但也不能老實回答說：「那之後的報導便停頓了，因爲問題很多，做不下去……。加上我又結婚了，說實在的，我自己也覺得沒什麼興趣寫下去。」

正在煩惱該如何回答時，對方出聲了：「喂……喂……。」於是滋子決定直接切入正題：「妳在忙，不好意思打擾了。不知道冰室小姐有沒有收看電視的新聞報導？」

「電視？」

「是的，就是在東京墨田區的大川公園，發現女性被分屍的部分屍體，一隻右手腕。」

佐喜子一時說不出話來。

「妳還沒聽說嗎？」

「是呀……今天早上很忙呀……。所以呢？」

感覺上佐喜子的語氣有些緊張，滋子不禁豎直了腰桿。

「事實上那隻右手腕的正確身分還沒有確定，但是確定了一起找到的手提包主人，叫做古川鞠子。」

佐喜子的記憶力很好，應該會很驚訝於這個事實，因此滋子安靜地等待。

果不其然，經過一下子，佐喜子有了正確的反應：「古川鞠子——不就是妳採訪對象之一的女性嗎？」

「是的，妳說的沒錯。」

「是坂木負責的吧？我有聽他說過。」

「是的。我有打電話，但是他去了現場，人不在。」

佐喜子沉默不語，滋子也不做聲，但她希望佐喜子能先說話。

「千萬不能亂下判斷……。」

「妳說的沒錯。」

「變成可怕的案件了呀！滋子小姐還在繼續採訪嗎？」

「是的，當然。」

「好……我知道了，我會跟坂木聯絡看看。滋子小姐的聯絡方式沒變吧？」

滋子告訴對方自己的電話號碼，這時聽見話筒裡傳來有人呼喚佐喜子的聲音。

「謝謝妳告訴我這個消息，我們再聯絡。」佐喜子很快地說完便掛上電話。

滋子手抓著話筒，視線落在採訪手冊上。沉思了一會兒，才將電話給掛好。

現在找任何人，都不如找坂木重要。沒有連絡上坂木，就沒辦法繼續行動了。滋子離開書桌，回到客廳。雖然打開電視收視，但沒有新的消息進來。

可是她根本無法安靜不動，於是將採訪手冊攤在客廳桌上，翻開失蹤女性名單的那一頁。數了一下，上面有七個人的名字，有的是少女，有的是家庭主婦。其中用粗體字寫著的名字有兩個。

•川越市　岸田明美　二十歲　學生

一九九四年四月二十日失蹤

•下田市　飯野靜惠　二十五歲　幫傭

一九九四年八月五日失蹤

另外在名單下面則是

•東京都　古川鞠子　二十歲　上班族

一九九六年六月七日失蹤

滋子看著約是三個月前自己的筆跡寫著「古川鞠子」，感覺有些後悔。當時坂木跟她聯絡時，自己的態度顯得有些曖昧。

一九九四年的五月，自從在川越發現岸田明美的尋人傳單後，滋子的內心湧起了一股的好奇心、興趣與衝動。於是不斷想起《莎布琳娜》總編輯說的：「自己寫寫看，滋子一定能做到的！」

——說不定我自己也能寫報導文學呀。

她想：要寫自己想出來、自己企畫的案子，這應該是再適合不過的題材了，失蹤的女性們。她們爲什麼會失蹤呢？爲什麼願意捨棄安樂的生活、家庭、朋友和情人呢？到底是什麼事情讓她們破釜沉舟、毅然決然地出走呢？

吸引滋子的，並非只是岸田明美。甚至於那個在下田看見的傳單上的女子，那個滋子正在享受愉快假日，不經意擦過腳趾翻飛的傳單上的田中賴子，那張暴牙微笑的臉孔更經常出現在滋子的腦海中。或許傳單中女子的境遇與滋子的幸福恰成明顯的對比吧。

——寫寫看吧！滋子。

不妨相信總編說的話吧！

不過在那年六月，滋子自己一個人搭乘舞孃號列車前往下田時，卻還沒有下定正式的決心。畢竟面對一位說來就來，完全沒有什麼後台的文字工作者，下田署的警察會好好應對嗎？所以滋子是抱著不成就算了的輕鬆心態開始的。

結果滋子十分幸運，因爲與她應對的警察是冰室佐喜子。她對於滋子——連她自己都覺得目的不很清楚——漫無目標的採訪認真應對。佐喜子善於誘使對方說話，滋子在說明爲什麼要以田中賴子這樣的女性爲採訪對象時，居然連自己和昭二的交往、工作的事、《莎布琳娜》停刊的經過等等都全盤托出。她自己也搞不清楚，甚至連爲什麼對田中賴子、在川越看到的岸田明美有興趣也一一說明。

「原來如此……，所以妳是要寫失蹤女性的報導文學囉。」佐喜子點頭之後表示。

「是的，就是這麼一回事。」

因爲佐喜子笑了，滋子不禁臉紅。過去到現在一直從事文字撰寫的工作，但幾乎都是以出版社或業主的名義、資源進行採訪整理。冷靜回想一下，滋子從來沒有以自己的力量、靠自己的雙腳做過採訪。所以她根本不知道眞正的「採訪」方法。

「能不能夠成功，完全看妳自己。」佐喜子說：「事實上，關於田中賴子的事，也有其他週刊的記者來採訪過。」

「爲什麼呢？」

「因爲田中女士的失蹤算是一種私奔吧。」

據說她是和上班地點「湯船莊」的經理一起離家出走的。

「由於事情的經過是這樣，所以我們警方的判斷是沒有必要當作失蹤人口處理。也因此妳所看到的傳單不是公定形式，而是手寫的。」

「那麼……田中女士現在人呢？」

「聽說已經找到她的所在，是她先生堅持找到的。」

老實說，聽到這裡滋子像洩了氣的皮球一樣失望。看她這副神情，佐喜子又笑了。

「不過，還是有些問題。當初和經理兩人私奔時，曾經偷了旅館的錢。『湯船莊』是下田的老店，所以鬧了很大的新聞，才有週刊記者來採訪。只是後來並未報導。」

滋子聽得猛眨眼，腦海中浮現傳單上田中賴子喜歡男人的笑臉。

「因爲有這些事情，妳想採訪田中賴子周遭的事，恐怕有些困難吧，畢竟湯船莊也有了戒心。而且失蹤的理由是私奔，田中女士大概不適合成爲妳報導的主題吧。其實她的事不值得分析，不過就是很傳統的離家動機罷了。」

滋子失望到了極點，好不容易自己有心要提筆振作的，居然是這麼回事。

——不過正好也讓我認清了自己的斤兩。畢竟滋子連採訪的方法都不知道呀。

然而並不知道滋子內心想法的佐喜子依然語氣認眞地說著：「不過妳要寫的報導文學，我很有興趣。最近大家對於人們失蹤已經無所謂了，不再有人對『蒸發』感到吃驚了。」

「我的朋友也說過同樣的話呢……。」

「我就說嘛！可是一個人不見了，應該是件嚴重的事呀，所以這樣的報導文學應該要寫。失蹤者的家人想到這樣的東西有助於搜索，應該會樂於接受採訪的。」

佐喜子認眞的神情讓滋子（還不知道在哪裡發表呢？）有些說不出話來。

「不管是田中賴子還是那名川越的女子，妳還是調查看看吧！透過公文申請採訪的話，任何人都會接見妳的。」

佐喜子還說有消息會跟她聯絡，跟滋子要了聯絡住址和電話，記在記事本上。滋子離開下田署時，失望的心情一掃而空。

下一個禮拜她到川越採訪，有一半原因是擔心：萬一佐喜子打電話來問：「採訪進行得怎樣了？」她不知如何回答。總不能對那位認眞的女警說：「這件事太麻煩了，我決定放棄！」

抱著這樣的心情前往川越警署，受到了冷淡的對待，但滋子反而覺得鬆了一口氣。被人踢來踢去的感覺固然不好受，但就當作是領了一張免罪符，可以卸下肩上重擔。結果卻在意外之處有了意外的反應。

是昭二。從川越回來後，第一次跟昭二約會時，滋子提到了這件事。昭二睁大了眼睛表示：「滋子，太棒了！妳一定要寫，妳絕對要寫才行。」

「嗄？」

「既然滋子有興趣，就應該寫呀。我一直認爲滋子工作這麼久，絕對有能力寫出一本書來的。妳要相信《莎布琳娜》總編說的話，加油！」

說到這裡，滋子又開始了過於認眞的反應：「我寫不出來的……。」

「寫得出來的。還沒試試看，妳怎麼可以這麼說！」

「那要怎麼寫嘛？下田的那一件，對方躲著；川越的也沒辦法。我又不是什麼週刊或報紙的記者。」

「從頭開始寫不就好了嗎？從妳在下田看見傳單時寫起，結果調查時發現是私奔。不過滋子寫的應該不是一件又一件的單獨事件吧？而是『人爲什麼會失蹤』吧？所以只要老實寫下發生了什麼事，和滋子當時的想法不就好了。不是常常會有這種情形嗎？一開始說自己什麼都不知道，調查之後說不定就清楚了。而且各種案例會相繼出現。人們就是會做出奇怪的事來，但也一定有原因可循的。」

滋子盯著昭二的臉看，繼承家裡的事業，努力工作，一心只想買輛自己的車子，既不喝酒也不賭博，甚至也沒看過他閱讀書籍，這樣的昭二居然內心擁有如此的想法！

「昭二，你做錯行了！你應該去當編輯的。」

「少來了！」昭二不好意思地說。

昭二的激勵給滋子帶來一些活力。讓她決定重新調整腳步去做採訪，好寫出自己的文章。

這麼一來，還是得從川越的岸田明美下手。看來已經不能找警方了，滋子很有耐心地翻電話簿，想找出岸田明美家人的電話，直接跟他們見面。聽到滋子熱忱的說法：「我不知道警方目前調查的情況怎樣，但想著手調查令嫒的事件，也許能發現什麼有助於搜索的線索……。」她的父母，尤其是父親顯得有些困惑。滋子心想：「大概是覺得我是一介陌生人吧。既然如此，我就更應該表現出眞心，也只能這麼做了。」

滋子開始默默地調查岸田明美的生活、人際關係、失蹤當時的行動等。明美是家境相當富裕的獨生女，父親是地方上知名的資產家，年輕時因爲風流事件不絕而益發有名。當然和妻子的爭吵也是不斷。明美雖然生活在物質豐裕的環境裡，但這個家庭的氣氛也是不穩定的。或許是這個因素，造成她奢侈浪費、異性關係複雜。問起地方上的任何一位同學，對她的評語都不是很好，而且問不出固定的交往對象名字。問出許多明美交往的男性名字，多到沒有特定的一位。

「岸田早在國中的時候，就曾經說過想離家出走。」她的一位女同學表示：「該不會是找到好男人一起跑了？不必管她，等到她對那個男人沒興趣了，自然就會回來了吧！」

還有一位男同學說：「不太相信她的父母有在擔心明美的出走。因爲他們一點也不在乎女兒的事，根本就是冷血動物。大概也沒有眞心在搜索吧！提出搜索申請，應該只是爲了顧及體面才做的表面功夫吧？」

滋子和岸田夫婦——尤其是和她父親說話時，就感覺有些不對勁，好像有什麼事情不肯說清楚。這種「疏離感」難道就是所謂的體面嗎？然而就在採訪岸田家半個多月後，她父親才一臉愧疚地拿出一封信說：「其實……在明美失蹤後的第十天，收到這個東西。」

手寫的圓形字體，像是女性的筆跡，收件人是岸田夫婦；寄件人也是同樣字體寫著「明美」兩字。

「是令嬡寫回來的信嗎？」

「好像是，字跡是我女兒的。」

信文很短，寫著：「原諒我的行動，我想暫時離家一陣子。生活在爸爸的財富下，我不知道接近我的人是否是眞心的，還是爲了錢？所以內心覺得寂寞，很痛苦。所以我要一個人到沒有人知道我家有錢的地方生活，直到自己成長、有了信心才回來。」

秀氣可愛的女性字體、花朵圖案的信紙、感傷而自私的理由，筆調卻是語意通順。滋子心目中想像的「岸田明美」似乎不會寫這種文章，但她父親一臉愁苦地表示：明美從小就很會作文。

而且做父親的還承認說：曾爲北上東京的明美開了一個戶頭，至今還在匯錢進去。換句話說，失蹤之後還會定期領錢出來用，家裡則是隨時匯錢避免她生活不夠用。

滋子聽了，整個人呆掉。寫這封信來的女兒居然指望生活費，不斷匯錢的父母也眞是可笑。

「有沒有想過如果帳戶裡沒有錢了，明美不就會回家了嗎？」滋子問。

岸田先生卻不高興回答：「我可不想聽見她回來不高興地跟我抱怨：爲什麼沒有匯錢！」

滋子只能悶不吭聲，心中覺得這家庭的父女關係實在太奇怪，不過這是個可以寫的題材！

「既然有這些線索，不是可以撤回搜索申請嗎？」

「妳是說讓警方看這封信？那不是讓全天下都知道我女兒的任性了。事到如今已經沒有辦法了！」他嗤之以鼻的說：「反正警察也沒有認眞在找。提出申請不過是個形式，不管它也無所謂啦。」

或許眞的是這樣吧。

「可是岸田先生，你已經跟我表明了，我該如何繼續寫令嬡失蹤的事呢……？」滋子小心翼翼地詢問。因爲協助搜索明美下落是滋子當初請他們接受採訪的動機。

岸田明美的父親一如取消餐廳預約一樣，口氣輕鬆地表示：「如果妳不停止寫的話，我們很困擾。其實當初妳來的時候，我們沒有想到妳會這麼熱心地調查明美的事。因爲牽扯到附近鄰居和我們的朋友，不好一開始就拒絕妳，不過現在——應該怎麼說，我們也有了些交情，所以想請妳就此停筆，不要再管了。」

滋子張開的嘴巴難以合攏，就這樣搭著電車回到家裡。一路上神情木然，回到家面對電腦猛然覺得義憤塡膺。不久她有了新的想法，決定寫下這一切的經過，這也是現代失蹤者的背景之一。也許很滑稽而詭異，卻是值得寫的題材。想到這裡，下筆就很快，結果岸田明美的這一章特別豐富。

在這過程中，下田的冰室佐喜子有了聯絡。之前她們之間不時也有電話往來，但這一次不同，佐喜子提供了下田署轄區內新發生的年輕女性失蹤消息。

「目前還不能判斷是否爲離家出走的事件，妳要不要採訪看看？只要別太明目張膽，我們署裡是不介意的。我已經跟家屬談過，對方說有助於搜索的話願意接受採訪。」

佐喜子還跟對方介紹說，滋子是可靠的女記者。滋子一方面很感激佐喜子的好意，同時也覺得這是佐喜子對她的聲明——妳不能工作馬虎辜負了我對妳的信賴！

於是滋子開始了對下田的飯野靜惠失蹤事件的採訪。這裡的情況和岸田明美的案例截然不同，並沒有家庭之間明顯的問題存在。只是在採訪的過程中，不難發現失蹤者本人對於這種平淡祥和的生活感到無趣與厭倦。滋子誠實地將這些寫入稿紙之中。另外滋子也開始懂得採訪的技巧，常常會到都內的警察局走走、透過同業關係請人介紹相關案件的負責記者，以增加採訪的對象。眼看著採訪手冊越來越厚，名單上的人名也逐漸增加。有些失蹤者在滋子開始採訪後不久便回家，接獲消息後，滋子有時也會採訪本人。

整理這些文字，滋子「自己的文章」逐漸地成型了。

或許欣賞滋子的工作態度，有一次佐喜子提到了這樣的事。

「老實說，我也是東京人。高中時候，因爲父親工作的關係才搬到下田的。所以東京那裡還有一些小時候的朋友，其中一位目前正在東中野署擔任刑警。」

那個人就是坂木達夫。

「我因爲長期待在交通課，對於失蹤人口的搜索還不是很熟。坂木是這一方面的專家，說不定能告訴妳什麼，要不要跟他見見面呢？」

所以滋子和東中野署的坂木刑警見了面，冰室佐喜子以小時候的稱呼「坂木君」介紹給滋子，坂木自然也很親切地應對。一開始他還抱著旁觀者的態度，直到了解滋子的工作內容後，好像他也有了興趣，跟著幫忙調查與提供意見。

滋子逐漸對這項一個人做、沒有截稿期限、自行探索的報導工作越做越熱衷，努力的程度始料未及。如果能減少些「本業」的工作量還好，但考慮到生活，那一陣子每天都很勉強自己。

就是因爲這樣出了問題，去年，一九九五年的梅雨時節，滋子在房間裡寫作時，突然吐了血，還因劇烈的胃痛而在房中打滾。在急救車到達的十幾分之間，她以爲自己快要死了。

結果是十二指腸潰瘍，嚴重到必須要開刀。滋子因此住了一個月的醫院。

因病住院，著實削減了不少滋子的體力和精神。突然之間她感到心慌，意識到自己已經三十一歲了，不管對工作多麼熱心，畢竟還是到了擔心將來的年齡了。媽媽到醫院來看她，哭倒在她枕邊一事更加深了她的不安。

就在這時，來探病的昭二說了：「我一直很擔心像我這樣的人說這種話，也許會帶給滋子困擾，所以遲遲不敢提起。」

「什麼話……？」

「我們結婚好嗎？」

滋子哭著笑了：「我還在想你究竟什麼時候才肯說呢！」

於是結婚的事便積極進行。昭二會說「像我這樣的人」，或許是因爲他要繼承家業，而且跟知名大學畢業、從事「傳媒工作」的滋子比較起來，他只是高中畢業，又是靠體力工作的、家裡面又很囉唆等等，讓他自慚形穢吧。的確他有個很囉唆的媽媽，這對滋子而言是個大問題。其他的滋子倒不覺得什麼，只要別要她到工廠幫忙。

因此滋子不願辭去工作，她也很喜歡文字工作者的職業。尤其住院期間，許多來探病的雜誌社編輯、工作夥伴異口同聲說：「沒有滋子就不行」，更讓她確定了這個想法。

她向昭二提出這個條件，昭二很高興地答應了。

「我大嫂很喜歡讀滋子寫的《家庭主婦》做菜專欄。」

滋子新的人生就此展開，幸福且溫暖。

然而唯一留下來一個問題，就是這份失蹤女性的報導文學。

出院後回到住處靜養，滋子重讀了一下所完成的部分。這時的滋子已經沒有繼續完成的霸氣，一方面忙著結婚的事也沒有時間。當時她有意將大約兩百張稿紙的文章拿給認識的編輯幫忙看看，評估一下能否上得了檯面？

若說要拿給誰看，除了《莎布琳娜》的總編板垣還能有誰。電話聯絡之後，滋子將稿子送到出版社給他，如今他已經轉調主持以銀髮族爲對象的雜誌編輯部了。一個禮拜後，滋子打電話詢問結果。

「怎麼樣呢？」握著話筒的手心盡是汗水。

「嗯……東西還算不錯。」他說。

滋子的臉頰像火燒般熾熱。東西既然不錯，爲什麼一開始還要「嗯」那麼久？聽起來不像十分讚賞的聲音。

「不過就是單調了些。題材本身太舊，兩位主角……是叫岸田明美和飯野靜惠吧，又都不太具有特色。」

「……。」

「我當然還是肯定滋子作爲非文學類作家的能力，讀了這些也讓我更具信心。我看人的眼光還是沒有偏差的。」

可是——他的語調中充滿了商業口吻。

「這個作爲新人的第一炮會怎樣呢？不太具有賣點吧。妳應該試著處理更有話題性的題材。失蹤這個主題早被寫爛了，而且如果這些都跟犯罪扯上關係，比方說是連續殺人事件的報導文學，最好是名單上的女性都是同一個犯人的受害者。要是眞能如此，我一定捧場。只是羅列一個個失蹤女性的個案、現況，老實說根本賣不出去。」

最後他還建議：乾脆結束這篇文章，另外寫新的題材較好。

「滋子的能力一定可以的！」

「謝謝。」

掛上電話的滋子，看著稿紙子上自己所寫的文字突然都褪了色。

從此關於失蹤女性的文字初稿，就如同《莎布琳娜》總編的建議一樣，收放在滋子書桌的抽屜裡。「我偏要寫出來給你看！」這種對總編說話的反彈，可惜在滋子病後體力不佳和準備結婚的心情下，從來也沒有發生過。

昭二也沒有提到報導文學的事，滋子多少也能猜到他的想法。當初在寫的時候，滋子過於勉強自己，不僅縮減了睡眠時間，吃飯也很不規則，明顯形成了病因。因而將和滋子共組新家庭的昭二，固然不反對她有工作，卻些不希望她再犯勉強自己的錯誤。

只有一次，昭二問過她：「滋子還在寫那個報導文學嗎？」

「沒有，不太怎麼想寫呀。」滋子沒提她和總編之間的對話。

「是嗎，那也無所謂，反正又沒有截稿的壓力。想寫的時候再寫吧」

就這樣到了今天，稿子還在抽屜之中，採訪手冊收在書櫃裡。也因此今年六月，坂木特別打電話來告訴她有關古川鞠子失蹤一事時，滋子根本提不起興致。

「這位鞠子小姐對於父母離異一事感到煩惱，因爲她父親有了年輕外遇。說不定這是她離家出走的原因。我們署裡判斷這個事件沒有搜索的必要，但我個人認爲失蹤的方式不太自然，很有可能出事了。她母親因爲擔心而日益憔悴，爺爺是個很有骨氣的老人，有助於搜索的話，應該會答應接受採訪。妳要不要做做看？」

坂木熱心地說著，聽在失去動力的滋子耳裡，感覺都是些藉口。本來是他要調查的事情，因爲沒有上級的許可，所以才想推給滋子去做的吧。滋子明知道這樣的想法，是對坂木過意不去的一種反動，也因此她更加困擾。

在坂木面前，假裝還在繼續寫書，只是將古川鞠子的名字列在名單的最下方，卻完全沒有想要怎麼做的心情。

然而，今天，就在此時情況整個改變了。

古川鞠子，偏偏就是她，名單上的最後一個女子。

——說不定這將是連續殺人事件的報導。

板垣總編說過的話在滋子耳邊響起。她將手放在那份舊稿子上時，也聽見了自己的心跳聲。

4

大川公園分屍棄屍案的特別搜查總部，於九月十二日下午兩點正式成立於墨東警署內。之後在大川公園沒有新的發現，目前當務之急是附近地區的地毯式搜索和確定右手腕與另外發現之女用皮包所有人的身分。

特別搜查總部設在墨東警署二樓的大會議室，搬進辦公桌等必需用品、拉好電話線、門口還貼了張寫有案件名稱的看板。寫字的人就是負責調查該案件，隸屬於本廳搜查一課第四科的巡查部長武上悅郎。

第四科的大小案件，通常都是由武上負責書寫看板。因爲想要討個好兆頭，第四科的主管神崎警長說：「只要是武上來寫，案子破得特別快！」

武上進入第四科是在五年前，最初的案件因爲他字寫得漂亮，所以被要求書寫看板。結果那次的案件一個禮拜就破案了，之後每次有新的案件爲求好的兆頭，就開始了讓他書寫看板的習慣。只有一次，設置搜查總部的單位也有一位寫字漂亮、有類似傳聞的人存在，大家不知該怎麼處理時，有人建議乾脆一個負責寫上半部、一個寫下半部，結果那個案子竟陷入了膠著狀態。

「討個好兆頭這種事，本來就不應該心猿意馬，分兩頭進行。」神崎警長醒悟地說道。

其他事情講究徹底的合理主義，一向不崇尚迷信、希求好兆頭的神崎警長，爲什麼對寫看板一事這樣愼重？武上經常感到納悶，但從來沒有直接問過本人，因爲不必多事。對他而言，每次遇到新的案件需要書寫看板時，自己就脫不了關係——這也是第四科同事的想法——希望好運能夠緊跟隨著他們。

進入搜查總部，武上立刻處理被賦予的任務。他是負責內勤業務，這當然不是正式的職稱，而是總部內工作分配的通稱。內勤業務是特別搜查總部不可或缺的工作，任何一個科都必須有一位刑警專司該項任務。在四科，就是武上負責。

內勤業務的主要工作是配合搜查的進行，整理日益增多的搜查資料、傳單、報告等，並製作司法相關的申請文件。每一項都是很重要的業務，尤其需要前人的經驗與技巧。培育武上成爲獨當一面內勤高手的刑警學長曾說過：「從事這項工作必須具備細心認眞的特質」，但武上本身卻不以爲然。因爲他自認離開了工作，他是個連自己身邊事務都打理不好的人，而且跟他二十年的老婆可以見證。

倒不是說要跟學長唱反調，武上反而認爲細心認眞的人不適合從事內勤業務。製作司法相關的申請文件固然是細心認眞的人適合，但整理搜查資料卻又另當別論了。特別搜查總部至少也有八十到一百人的成員，這麼多的人書寫繳交文件、調閱檔案與歸還、甚至想要看八百年前的供述書、調查報告等，這就是整理搜查資料的工作。他們對於文件的看法與處理態度是很隨性的，而細心認眞的人隨時在意文件檔案是否整理完善，看到自己花了一天才排列整齊的檔案，不到三十分鐘便亂成一堆，哪裡有不生氣、緊張，整天愁眉苦臉的。

還好武上不是那種個性，與其重視外觀的整齊，他比較注重的是效率。這一點是擔任特別搜查總部內勤業務的重要法門，只要有空他也會隨時這樣告誡學弟。一個最稱職的內勤人員，必須像忍者一樣的低調，默默地完成自己的工作。

這一次墨東警署派了四名人員在武上底下從事內勤業務。由於分屍案的破案容易拖延，地毯搜索的範圍較大，老實說本來還希望多增加一名人手的，但目前人員無法調度。內勤人員的辦公桌決定放在會議室東北角後，武上召集了手下，分別先作自我介紹，接著武上開始訓話。

「你們之中，以前有做過內勤業務的人舉手？」

一問之下，四個人之中兩個人舉手。一個是在墨東署內發生的強盜殺人事件；另一個則是原屬單位的綁架誘拐未遂事件。武上又問了他們在本廳的上司搜查員姓名，一個是武上進來時剛退休的警官；另一個則是仍服務於本廳的巡查部長，也是武上平常一塊兒喝酒的伙伴，名叫木村。木村也是內勤業務的專家，隸屬於第二科。

「基本上，我的做法和木村巡查部長一樣。所以各位可以運用過去所學的技術和方法。」武上對著舉手的刑警說：「只是我比木村兄還要多用到影印機，備分的影印資料較多，這大概是最大的不同點吧。」

武上簡單扼要地說明基本的工作程序，包含了調查資料的整理、照片簿的張貼、檔案的建立、電話通訊錄的登記、新聞剪報等方法。其次是將上述資料依人物別、日期別、事件關係別分成三份，放在桌上的方法。

「詳細內容請看這個！」他從一向帶在身邊的手提包裡拿出了裝訂好的影印資料，一共是三本。

「這是我個人的工作手冊，因爲是手寫的，看不清楚的地方就問我。有關公家文件方面，跟各位平常在各單位做的方式一樣，裡面就不提了。只是殺人事件的資料比較複雜，有問題的話千萬別客氣，儘管來問我。只要特搜總部還在這裡，我大概都不會離開自己的座位。」

這倒是事實，武上除了剛開始的會議有特別召集外，不太到現場去的。他的工作完全是在後方。

「這一點，各位也是一樣的。」武上急忙補充說明。他本來就是急性子的人，而且從特搜總部成立起，內勤業務便開始了。大概今晚會做到很晚，必須完成配合日期改變的各項會議資料。所以他講話自然加快。

此外，不管他到哪個單位出差，做過多少次的開場白，也只有剛開始會語氣和緩，之後便恢復本色。雖然不至於有屬下會害怕他的粗獷外貌和粗聲粗氣，但遇到什麼問題還是不太敢問他。關於這一點，他也隨時自我檢討，並不時告訴屬下：「不管有什麼小事，只要弄不清楚就來問我。我們的工作比搜查值班小組還需要團隊精神，這一點很重要的！」

「除非抓到嫌犯，送到法院審判，否則你們的屁股肯定也是得釘在這裡的椅子上，直到磨平爲止！」

四個人之中最年輕的刑警稍微笑了一下，當然不是怎麼愉快的笑容，而是自我嘲諷的那種。

「遇到大型案件，或許有人會抱怨被派到這種後勤支援的打雜工作。如果眞的受不了了，也一定要說。畢竟這種工作有人做得來，也有人做不來。硬要沒興趣的人來做，我們也很困擾，這一點是最大的問題。那麼，我們開始吧！先搬六張桌子過來，先要決定座位。」

武上看著四位刑警的臉，一一叫出他們的名字，安排座位。被叫到的刑警多少都一副吃驚的表情：明明都沒有掛上名牌，卻已經能夠正確地將人和名字記在一起了……！

武上能在這項業務展現其卓越的能力，主要就是靠著驚人的記憶力。而且他的記憶力是活字式的而非影像式的，許多事物能集中儲存在他的腦海裡，需要時瞬間便能找到。所以坐在位置上，周遭的同事經常會來問他：在誰的供述書上曾經出現過這一段話呢？現場調查報告書中所記載的廚房現場，是不是裝有天窗呢？

武上總是能立刻回答出來，還能夠從堆積如山的檔案、文件櫃或抽屜裡，抽出所要找的調查報告，翻開犯人供述該段話的頁數與畫有廚房窗戶位置的空間圖。當同事驚訝不已地翻著武上遞上來的檔案時，武上已經開始在忙下一個工作了。

然而這麼優秀的記憶力，有時也會成爲他的負擔，特別是在今天這樣的日子裡。跟著屬下一同工作的同時，武上腦海裡不斷浮現塚田眞一的臉孔。眞一的表情是那樣的無助、徬徨、像個迷路的孩子一樣。

眞是個運氣不佳的小孩。家人被殺害的傷口還在淌血之際，竟又捲入了其他的殺人事件！

他說目前寄住在父親的朋友家中，不知道新家是否住得慣呢？學校生活還能適應吧？之後武上又到會議室去探了一下，但眞一已經回家了。聽說有人來接他，武上稍微感到安心了。

一如他曾經對眞一說的一樣，武上跟塚田眞一一家遇害事件多少有點關係。雖然不是很直接的關係，而且知道眞一的名字也是跟千葉縣警的搜查人員談天之際聽見的。當時武上便將這名字收錄在他腦海中貼有被害人標題的檔案中。

要調查眞一的聯絡住址很方便。武上心想如果不影響工作，找個空檔去慰問他一下吧。手中還在繼續爲新的檔案編號。

這時傳進來一條新的消息。

天色將晚，有馬義男帶著眞智子回到眞智子東中野的家。一路上女兒情緒高昂地取笑這一天的窮緊張，義男爲了配合她，著實吃盡了苦頭。

在大川公園發現鞠子手提包的消息，就像一雙看不見的手扼緊了義男的脖子。有時不大聲喘氣的話，呼吸就會變得很困難。對他而言，該如何接受這個事實，該如何告訴女兒這噩耗，眞可謂是雙重的苦難！

眞智子情緒波動的幅度太大，也是他擔心的問題之一。就算公園的那隻右手腕不是鞠子，但也不能無視於手提包的發現，畢竟鞠子行蹤不明是不爭的事實。眞智子一改今天早上歇斯底里的狀態，固然是件好事，但是狀況也沒有好轉得可以讓她永遠不停笑著。可是女兒卻是一臉的笑容！

回到東中野的家中，發現廁所的水龍頭始終開著沒關。客廳的窗戶沒有鎖上，一個菸灰缸翻落在地，菸灰弄髒了地毯。這一切都說明了眞智子出門時的心境，但眞智子好像沒有看見這些似地，只是拚命對上午的忙亂向義男道歉，並問些肚子餓不餓、店裡有沒有關係等無關痛癢的事。

「妳先坐下來再說，我來泡茶吧！」

「不用了，還是我來吧。」

眞智子才站到廚房裡，門鈴就響了。義男身體整個僵硬了，心想：難道警方已經來了嗎？

「幫我應個門吧！」在女兒還沒開口要求，義男立即衝向大門。打開大門一看，一位跟眞智子同樣年齡的女子一副窺探的神情看著義男。

「請問……您是……？」女子問義男。

「我是眞智子的父親。」

「原來是鞠子的爺爺呀。」女子用力點頭後，探頭看了一下裡面，放低聲音問說：「古川太太還好吧？」

義男不知如何回答，因爲搞不清楚對方要問什麼。

「因爲電視新聞有報導……。」女子繼續說道：「聽說找到了鞠子的皮包。」

義男赤著腳衝出門口，女子驚訝地向後退。

「電視新聞有報嗎？」

「是呀，我剛剛才聽見的。」

義男探視了一下身後，眞智子好像還沒有什麼動靜。於是他壓低聲說：「我們剛剛才從警局回來，待會兒警方才會來通知找到皮包的事。」

「原來如此呀……。」女子的眼光閃爍：「有需要我幫忙的，隨時叫我一聲，我是住在斜對面的小林。」

道過謝後，義男像是推趕女子一樣關上了大門。義男心想大概是附近的主婦吧，不管她和眞智子的交情怎樣，現在最好還是別讓第三者接近。

廚房裡傳來眞智子哼歌的聲音。

義男的背後發出一陣惡寒，電視新聞！千萬不能讓她開電視和收音機。他想立刻衝回客廳，兩隻膝蓋卻不聽話，連剛剛跑下來的地板都跨不上去。

一如眞智子裝著愉快的樣子想要逃避現實，義男也希望逃離現在的狀況。

就在這時，眞智子走出了廚房，並打開了電視。電視猛然放出一陣笑聲，大概是什麼搞笑節目吧！義男閉上了眼睛，心想得在她轉到新聞節目前關上電視才行。才一起步想回到客廳之際，坂木他們便到了。

義男振作起精神接待他們，眞智子還是愉快的神情。

「原來是坂木先生呀！」她走向大門招呼說：「今天眞是不好意思，麻煩你了！」

聲音開朗得更加令人不安。是否因爲一時的情緒激動，讓她的感情自動調節裝置故障了，爲什麼對坂木他們專程來家裡的事也不起疑？這不是理所當然該有的疑問嗎？義男的胃開始絞痛。

不行！這下眞的糟糕了。

一行人除了坂木，還有兩位刑警。一位是穿著西裝的警視廳刑警，另一位則是墨東警署的女警。

一眼看過去，就可以知道其中坂木的年紀最大。自我介紹姓鳥居的刑警，年紀大概是三十多歲；穿著制服的女警和鞠子年紀相當，神情顯得十分緊張。

儘管對方推辭了，眞智子還是拿出點心、菸灰缸等，興高采烈地鋪排在茶几上。心中只是想著：「那隻手不是鞠子，眞是太好了！」，嘴裡則害羞地直嚷著：「都怪我一個人窮緊張，我眞是腦筋有些問題了！」可是看見義男正要關電視時，她又大聲斥責說：「不行！怎麼可以關上電視，說不定什麼時候新聞會報導呀！」

「那將聲音關小一點，可以嗎？」

「那倒是可以。」臉上的表情又變得和悅了。

義男坐在一旁觀察坂木他們如何反應眞智子的這種變化；同時又很在意鳥居單手提的大紙袋——上面沒有任何圖案標誌的塑膠提袋，現正放在他坐著的膝蓋旁。看起來紙袋的大小正好可以收放一只女用的手提包。

「古川太太，妳眞的不必客氣了。」坂木對著廚房裡的眞智子說。接著看著義男的臉詢問說：

「她一直是這個樣子嗎？」

義男點了點頭說：「有點奇怪吧！」

坂木的表情暗了下來。鳥居的眉毛動了一下，先是看了眞智子一眼，然後直視著義男。他的五官端正，兩嘴的嘴角下凹，顯得神情嚴肅。

「有馬先生，你是否知道古川鞠子小姐的手提包已經找到了。」

「坂木先生已經通知過我了。」他本來還想抗議連電視新聞都報導了，卻還是沒有說出口。

「你是否能分辨令孫女的所有物呢？」

眞智子正在廚房裡泡咖啡，傳出來芬芳的香氣。

義男搖搖頭說：「對不起，我沒有辦法。」

「是嗎，這也是沒辦法的。」肯定說完後，鳥居立即站了起來，對著廚房的眞智子，聲音嚴肅地說：「古川太太，請不必沖咖啡了。我們有些事想要請教妳，可否過來這裡呢？」

眞智子被這嚴肅的請求嚇得不停眨眼。義男看不過去，立刻走到廚房攙著眞智子的手到客廳來。

「我坐在這裡嗎？」眞智子突然變得膽怯，問說：「爸爸，怎麼回事？那個不是鞠子吧？又有什麼事呢？坂木先生。」

義男抱著眞智子的肩膀讓她坐下，坂木痛苦地尋找字眼開口。

「古川太太，事實上……。」

鳥居打斷了坂木的說話，他說：「在古川太太回家後，大川公園又發現的新的線索。」

聽完鳥居俐落地說明後，眞智子縮著身體倒在義男身旁。

「這就是發現的手提包。」鳥居彎身將手提包從紙袋中取出。然後將眞智子剛剛放置的菸灰缸推到一旁，一件一件排列開來。那是一個褐色的手提包，上面有駝色的紋樣。因爲肩帶很長，正確說來應是側背包吧。另外還有同樣花色的皮夾，粉紅色、沒有花紋的蕾絲邊手帕，粉紅色、有拉鏈的小布包，應該是叫做化妝包吧。以及大概是放在裡面的圓形粉盒，梳子，鏡子，方形粉盒，已經開封的頭痛藥。每一樣都放在塑膠袋裡，並有密封口。

眞智子睜大了眼睛，看著這些東西。坐在她身邊的義男很清楚她的身體僵硬了。

「這些是否是令嬡的所有物呢？有沒有印象呢？」鳥居詢問。不知道他是刻意裝出來的，還是本性如此，語氣是那樣的平靜，充滿了公事公辦的口吻。

眞智子還是睜大了眼睛，雙手在膝蓋旁握成了拳頭，沉默地呼吸著。

「是不是呢？」義男輕聲問：「是鞠子的嗎？」

年輕女警偷偷地看了鳥居的側臉——他面不改色地注視著眞智子的表情，然後溫柔地探身說：「如果沒辦法立刻分辨的話，對不起，是不是可以查一下令嬡的衣櫥呢？我可以幫忙的。」

義男的手中出現了汗水，同時感覺心臟不規則的跳動。他用眼角觀察鳥居和坂木。月票夾呢？不是有月票夾嗎？坂木不是這麼說過嗎？他說找到了鞠子的月票夾。

這時眞智子低聲說：「是我女兒的。」

「嗄？」鳥居彎身靠近眞智子問：「妳說什

麼？」

眞智子身體僵硬地凝視著手提包，一雙眼珠子像要奪眶而出似的。她只是嘴唇顫動地表示：「是那孩子的。」

「確定沒有錯嗎？」

眞智子就像做壞的機器人一樣，慢慢地點頭說：「這是我爲了慶祝她開始上班買的，所以不會看錯。」

眞智子的雙手移到嘴邊，那雙手不停地顫抖。只有那雙眼睛閃動地看著坂木說：「我應該有跟坂木先生說過吧？那孩子帶著LV的皮包。」

坂木點點頭並鼓勵她說：「是的，我有聽說，就在我問你她失蹤當時的服裝和身上帶的東西時。這個就是那個LV的皮包嗎？」

眞智子點頭，不斷地點頭。恍惚的眼神說明了她心中的混亂。儘管顫抖、膽怯地承認這些是鞠子的東西，卻無法思考這個事實的背後涵義。

「爲什麼這些東西會在大川公園……？」眞智子還沒說完，鳥居又從紙袋裡掏出了最後的物品，放在桌子上。

就是那個月票夾，張開著收在塑膠袋裡。義男看到了，上面寫著「古川鞠子」的字樣。「有樂町——東中野」。不是很新的月票，但保存得很新。那是鞠子成爲社會人士後買的酒紅色月票夾。

「這是那孩子的！」眞智子低聲說，聲音小到耳朵不靠近就幾乎聽不見：「爲什麼會在大川公園找到這些東西呢？鞠子她怎麼了？」

眞智子並非在質問誰，而是自言自語。三個刑警也無法回答。坂木求助的眼神看著義男。

「聽說現在還不知道結果。」義男握著眞智子的手，慢慢地說明：「還不確定是否和公園的案件有關係。不過這是在垃圾箱中發現的，大家只是來確認是不是鞠子的東西。」

「垃圾箱……？」眞智子眼神恍惚地注視著義男說：「爸爸，鞠子才不會將自己的皮包丟在垃圾箱裡呀！」

「對，妳說的對。」

眞智子的臉上失去了顏色。臉色一發白，益發顯現眼睛四周的皺紋和皮膚的粗乾。枯乾的手背浮出斑紋，突顯在眾人眼前。義男記憶中的眞智子是年輕時期的美麗。不是他爲人父母的私心，當年的眞智子的確是鎭上有名的美女。然而這樣的眞智子隨著年紀的增長，將自己的美麗灌溉在鞠子身上，而今鞠子卻不見了！

「有馬說的沒錯，這兩件事情是否有關聯，目前還不能確定。」鳥居說：「我們只是前來報告一聲：令嬡的失蹤有可能發展成爲事件。麻煩一下，是否能將令嬡失蹤當時的狀況，再跟我說明一遍呢？」

「鞠子的……失蹤嗎？」

「是的。」

「爸爸！」眞智子呼喚義男，眼光則注視著桌上的東西：「我不知道該怎麼辦呀？我該說些什麼呢？」

鳥居沒有隱藏他的焦躁，義男對此感到不滿。但現階段以安慰眞智子爲急務，如果不管她，恐怕眞智子眞的會發瘋呀。

「沒關係，妳去洗把臉吧。」

「可是……。」

「不要緊的，妳去吧。」

眞智子一起身，女警也跟著站起來。

「妳還好吧？洗手間在那裡呢？」她對眞智子說，同時上前扶住眞智子的手臂。看著兩人走往廚房後面的洗手間，義男整個人陷入了椅子裏。

「你看我女兒整個人心都亂了，」他對鳥居說：「一早就不太對勁，我擔心得不得了。所以很對不起，可不可以明天再問？眞的是很對不起，拜託你們。」

義男深深一鞠躬，將臉埋起來。他是爲了隱藏對鳥居的憤怒，隱藏即將嗚咽的自己。

「可是……。」鳥居面有難色地說：「站在我們的立場是希望盡早……。」

「這件事交給我來處理吧。」坂木開口說：「正如有馬先生說的，古川太太目前的精神狀態很不穩定。我想你也很清楚吧？我也很擔心。所以今天還是先到此爲止吧？」

鳥居還想說些什麼時，突然從始終開著的電視傳來兩聲訊號聲。三人同時反射性地看著電視畫面，上面打出了新聞快報的字幕。

「什麼？」鳥居問。三人之中能夠定下心閱讀字幕的只有他。

坂木立刻站起來靠近電視機，並發出一聲：「咦？」他問：「有馬先生，電視遙控器呢……？哦，在這裡。」

他慌忙地轉台。義男完全無法判讀字幕，所以不知道發生了什麼事。

「出了什麼事呢？」

電視上出現新聞播報的畫面，好像是從其他節目直接插撥過來的。一名男性主播神情緊張地報導：「最新進來的消息指出，剛剛在三點十分左右，本台新聞部接到匿名人士的來電。內容與午間新聞播放的墨田區大川公園分屍棄屍案有關，電話內容如下。」

男主播的口氣改成緩慢的讀稿方式：「從那個公園裡應該不可能再發現任何東西了，在那裡只丟下一隻右手腕。雖然古川鞠子的皮包也丟在那裡，但那隻右手腕不是她的。她們已分別埋在不同的地方。你們去通報警方吧！」

義男聽得目瞪口呆，坂木也是一樣。鳥居則是興奮地轉身走向門外。

「本台已將該電話錄音了，現正在調查這通電話是否有人惡作劇，或與該案件有無關聯。從說話的方式，打電話的人應是男性，不過聲音已透過變聲器改變了，聽起來像是機械般的合成音效。詳情我們會再繼續追蹤報導，再一次重複本消息……。」

「爸爸！」

義男聽見叫聲，猛然回頭。只見眞智子站在前往廚房的走廊邊，下巴還在滴著水滴。

「剛剛的新聞在說什麼？」

「眞智子……。」

「剛剛說的是什麼？」

女警站在後面抱住了眞智子。

「古川太太，請冷靜下來，先坐下再說，妳的臉也必須擦乾淨呀。」

眞智子不肯聽話，一張臉緊繃地像是一敲即碎，眼睛則睜得大大的。

「剛剛提到鞠子的屍體埋在不同的地方吧？剛剛電視上有說過吧？」

「眞智子，說不定是惡作劇的電話呀！」

「惡作劇？」眞智子的表情崩潰了：「惡作劇？那麼鞠子會回家囉？」

鳥居衝了回來，一臉怒容。

「坂木先生，我先回署裡……。」

這時眞智子突然一動，掙脫了女警的環抱。眞智子穿著襪子跑出了大門。

「鞠子！我要去接鞠子。」

「眞智子！」義男也衝了出去，坂木緊跟在後面。兩人都沒有穿鞋子地奪門而出。門口旁邊停著一輛自用車，大概是鳥居他們開來的車吧。飛奔而出的義男撞上了車門，而眞智子已經跑到家門口的巷道中間。

「鞠子！鞠子！」她大聲呼喊著，附近的人家紛紛打開門或窗戶。

一如在惡夢中奔跑一般，眞智子的背影朝著馬路方向漸行漸遠。義男也急起直追，卻始終趕不上眞智子的速度。

「爸爸！你看，鞠子回來了！」眞智子停在巷道口回頭笑說，手指指著馬路上來來往往的汽車、巴士和人行道上的行人。可是她的目光卻是渙散的。

「鞠子回來了！」

「古川太太，危險呀！」坂木跳到眞智子的背後，只差一點，他的手撲了個空。眞智子已經跑到馬路上了。義男閉上了眼睛，耳朵聽見了喇叭聲、緊急煞車聲和衝撞的聲音。有人發出了尖叫。坂木大聲喊著：「古川太太！」

義男慢慢地抬起了頭，張開眼睛。眼前看見的是大卡車的輪胎和眞智子輕柔白色的身體，像塊麻糬般倒地。俯躺著，一動也不動地。

「我想跟電視新聞的人說話可以嗎？」

「當然可以，還是要跟我說也可以。或者您有特定的對象嗎？」

「不，跟誰說都可以，那就跟你說好了。」

「對不起，請問您尊姓大名？」

「我不想說出自己的名字。」

「那麼您是要提供意見還是有所要求嗎？」

輕聲的一笑。「我沒那麼偉大，我只是要提供消息。」

「消息……。」

「嗯，今天新聞鬧得很大吧，就是大川公園的分屍案。說是屍體，其實發現的也只有個右手腕而已。」

「是的，您說的沒錯。」

「對了，還有個手提包，是女用的。那個確定是古川鞠子的所有物嗎？」

「這話是什麼意思？」

「什麼意思？何必說得那麼難聽。」又是一聲笑聲。「我是想告訴你們，從大川公園裡不會再發現什麼了。當然也不會有古川鞠子的屍體囉。手提包是丟在那裡沒錯，但她是埋在別的地方。所以說那隻右手腕也不是她的。」

「喂？喂？您對這個事件很清楚嗎？」

「還好啦，所以才想幫警察省些力氣囉。」

「那隻右手腕是誰的呢？」

「這個就不能說了，反正警察也在調查不是嗎？」

「請等一下，這件事能否從頭再說一次。爲什麼您會想要跟我們說大川公園的分屍案呢？」

「這個嘛，我要說的就是這些了，目前爲止的話。我要掛電話了！」

「喂？喂？請等一下！等……。」

通話到此結束。

武上悅郎按下錄音機的按鍵，開始倒帶。他想要重聽一遍。錄音機上的小型耳機跟他的耳朵不太合，稍微動一下就會脫落，必須用手按著才行。不過錄音的狀況很好，所有對話沒有聽不清楚的地方。

電視台接到這通電話是在今天下午的三點過後，通話時間不到五分鐘。之後的一個小時，內部人員對於對方提供消息的眞實性開始議論紛紛。最後發出許可，該電視台報導接到電話的消息和通話內容則是在下午四點十五分左右。

正在搜查的刑警在問訊途中偶然看見新聞報導，立刻通知了搜查總部。吃驚的總部趕緊聯絡電視台，要求取得該問題電話的通話錄音和訊問接電話的人，卻吃了個閉門羹。電視台二話不說地回答：「NO！」

過去像這樣媒體與警方對立的情形發生過好幾次。這次搜查總部對於某種程度的衝突與延宕早有了心理準備，只是情況不同，總部也開始緊張了。結果對方盡是說些：有關今天發生的事情無法取得資訊、關於這個事件已經引起了社會的關注、兩個小時後必須舉辦第一次的公開記者會……，搞得特搜總部長竹本搜查一課課長大發雷霆，甚至咆哮不讓該電視台記者進出警署。萬一眞的這麼做的話，少不得又要鬧出妨害媒體自由的糾紛了，實際上是不會做也不能做的。只是在歷代搜查一課課長中，竹本課長的能言善道算是名列前茅的，今天碰的釘子不能不說是一大諷刺！

然而武上卻能理解電視台不肯輕易將資訊來源交給有關單位，也就是警方的心理。就他們的想法，這是一種想當然爾的做法吧。而且萬一打這通電話的人只是想出風頭，事後判斷內容全是謊話，那麼丟臉的將是媒體，警方又何必太在意呢！武上認爲對特搜總部而言，最重要的是這通電話的眞僞。

因此從剛剛開始，武上已經聽了好幾遍錄音帶。錄音帶是從該新聞節目錄下來，複製成好幾份。然後由他和屬下兩人分段聽寫，整理謄寫後影印出來，準備在今晚的搜查會議上分發。

這通電話並非打到電視台高級主管的專線，而是打到新聞部的對外專線。所以接電話的是新聞部的記者，根據該記者的說法，對方一開始是問：

「這是新聞部的電話號碼嗎？」

回答是之後，對方又問：「我有一件重要的事想跟新聞部的人說。」

問他是什麼事？對方再一次確認問：「這裡眞的是新聞部吧？眞的會報導新聞事件吧？」

由於對方的囉唆和使用變聲器，接電話的記者感覺不對勁而按下了電話錄音的按鈕，因此之後的通話才得以保存下來。

武上將耳機塞進耳朵時，一名部下正抱著一捆資料回來。那是墨東警署派來加入特搜總部，四名內勤業務人員中最年輕的篠崎刑警。身材瘦小、戴著眼鏡的外貌給人神經質的印象，但反應靈敏，做事的手腳很俐落。

目前他和武上配合搜索的進度，正在繪製工作地圖。這項作業是將大川公園周遭的航空照片與住戶地圖結合在一起，然後記錄搜索過的區域。這張地圖將是今後各項搜查的基本資料，所以必須做得很正確。包含所有的巷道、空地、房屋與房屋之間的小空間都必須鉅細靡遺地盡可能接近眞實，否則日後出現的許多線索——發現奇怪的車輛、目擊證詞、地毯搜索所獲得的證詞——塡寫上去時，將與眞實產生落差。

武上一向都會做一張這種基本的詳細地圖，然後塡寫上第一次搜查會議時所確知的事實；下一次則重新描圖，將新的會議階段所獲知的結果加上去。這麼一來，隨時都會有一張滿載該時間點搜索資訊的最新地圖，以及記錄過去搜查軌跡的每一張地圖。這麼說或許不太吉利，萬一搜查活動觸礁了，這些過去的地圖有助於找出在哪裡方向錯誤、在什麼時間點判斷不正確。不過所謂的「幫助」其實也不大，但不這麼做就什麼都沒有了。

一開始製作的地圖，就必須全副精神做到精細。隨著搜查的需要，除了整體的地圖外，有些區域還必須做個別的放大圖。放大圖中，連瓦斯管、消防栓的位置都要標示清楚。因此這項工作一個人做不來，每次都必須有人幫忙，這一次被指明的是篠崎。儘管開始工作才一段時間，看他做事的態度，武上覺得可以放心。

篠崎將文件資料放在桌上，瞄了一下正在聽錄音帶的武上，武上剛好也舉起了視線。

有些顧慮地，篠崎開口問說：「那個會是眞的嗎？」

拷貝的時候，篠崎便聽過通話記錄。武上停止放音、取下耳機，伸手拿起放在桌上的香菸。

「現在還很難說。畢竟發生這麼大的事件，難免會有些愛湊熱鬧的傢伙放出假情報！」

「所以很有可能是那一類的東西囉？」

武上吐了一口煙說：「你認爲呢？」

篠崎重新坐好，扶了一下眼鏡說：「我認爲有可能是眞的。」

「嗯。」

「從對方說話的方式似乎有種知性的感覺，年齡應該不大。」

「我也是這麼認爲，大概跟你的年紀差不多吧。你幾歲呢？」

「二十八。」

武上點了點頭，心想打電話的人應該還不到三十歲，說不定還比篠崎年輕。透過變聲器的說話聲聽起來很奇怪，但對方肯定是男性，而且從說話的方式可以感覺大概的年齡。

「我在想像這種知性的人，會有武上先生說的那種愛湊熱鬧的行爲嗎？」

武上也有同感。

「不過對方選擇通知電視台，顯得又很愛現。」篠崎語氣認眞地繼續說下去：「他爲什麼不跟我們搜查總部聯絡呢？」

「這麼一來就不會成爲話題了。」

「果然沒錯。」篠崎點頭稱是：「剛剛在走廊聽見，好像記者會的時間提前了，馬上要開始了吧？」

「是的。似乎咱們署長十分緊張呀。」武上捺熄了菸，冷笑兩聲說：「署長只要安靜陪著列席，所有問題都是由管理官和我們課長來回答就好了。」

「這可是我們這裡遇到類似事件的第一次呀……。我去借來了這些資料。」

篠崎將整捆的資料攤在桌上，那是大張的藍

圖。大川公園目前有部分地區正在整修中，所以市面上所賣的地圖沒有顯示。篠崎到墨田區公所借來了這些資料。

篠崎依然是一副思索的語氣表示：「不管這通電話是眞是假，會打電話以及媒體的敏感反應，都是受到了那件連續誘拐女童殺人事件的影響吧。」

那是四年前發生在首都圈的四名女童被誘拐並遭到殺害的事件。目前正在公審中的嫌犯在做案後，曾寫信通知媒體，並將燃燒後的屍骨寄給被害人家屬。

爲什麼嫌犯會有這樣的行動，其理由至今仍是個謎。儘管有許多的解釋，其中也有接近眞相的說法，但還沒有正式公開的結論。不過就像篠崎所說的一樣，自從發生這種奇怪的案件以來，社會對於犯罪的看法和反應也有了重大的轉變。

發生連續誘拐女童殺人事件時，社會才醒悟到：原來日本終於也開始出現這樣的犯罪了。既然日本已經到了這種情況，不管理由爲何，第二個、第三個公開自己所作所爲的嫌犯逐漸登場自然也不是什麼新鮮事了。儘管大眾沒有意識到，但心中卻已經這麼想：下一個什麼時候出現？所以才有了這次舉國譁然的現象。

反過來說，說不定是爲了配合社會這種蓄勢待發的氣氛——社會中充滿了這種空氣，所以才會出現這樣的罪犯吧，武上心想。說得露骨一點，犯罪的出現是因應了「社會的某種需求」。

「大概是吧。但是不管怎麼說……」武上低喃道：「就算不理這個打電話的人，他還是會再繼續聯絡吧。」

篠崎沉默地點頭，接著又悄悄地抬起了頭，武上受到他的影響也抬起了頭，正好看見一位身軀龐大的刑警打開總部大門向這裡走近。

大步上前的刑警一邊對武上點頭致意，一邊說：「武上，有件事要麻煩你。」

他是和武上同屬第四科的秋津信吾，三十多歲。在武上眼裡，他是個年輕氣盛的刑警。

「搜索過程中發現了重要的線索。」秋津拉了一張旋轉椅坐下後，立刻說出這番話：「出事前一天，有個業餘攝影家在大川公園拍照，他是個住在公園北側社區的上班族。」

「拍照？拍了什麼照片？」

「實在有夠幸運！他在拍什麼一系列『大川公園的四季』，反正也不是這一兩天才開始拍的。大約從一月初起就在公園四處取景。案發的前一天，他正忙著拍攝大川公園的秋夜，而且不只是公園內部，連外面的馬路、後面的停車場也不放過。說是要以大川公園的風情和周遭的大樓、道路等風景做一個對比。」

難怪秋津會這麼興奮，要找出可疑的人車等，沒有比照片更好的武器了。加上又是事前一天拍攝的，更加顯得珍貴。

「不過這位老兄也眞是怪！」秋津臉部表情扭曲說：「他曾經好幾次入選參加報導攝影展，居然擔心自己的作品交給了警察，從此就回不來了，會被任意使用。不管我怎麼跟他拜託要借底片，他就是不相信我。所以我才想到請武上出馬，跟他說我們只是借來作爲搜查資料，絕對不會對外流用。我跟他說什麼，對方總是不相信，還說要負責人出面才行！」

篠崎在一旁微笑，不過和秋津四目相對時，立刻收起了笑臉，裝出一副想到什麼事要做的樣子離開了座位。

秋津笑嘻嘻地看著篠崎離去的背影說：「武上，這回你倒是立刻舉白旗了嘛。」

「嗄？」

「就是他呀，看來可以用的樣子嘛。」

「你怎麼知道？」

秋津的下巴指著篠崎的位置說：「你不是讓他幫你畫地圖嗎？」

武上苦笑說：「你給我那個上班族的電話，我來打電話吧。到時我會直接去找他的。」

「謝謝你了，我會感恩的。」秋津舉起一隻手，做出拜拜的手勢，並將相關事項記在紙上遞上來。武上收下確認過後，秋津立刻站起身來問：「你不去看一下記者會嗎？」

「沒有必要。」

「是嘛，眞是可惜。待會兒得問問別人看課長說了些什麼。我現在得趕到中野的醫院去。」

「醫院？」

秋津偷偷地瞄了一下四周。總部大部分的搜查人員都出去了，目前顯得空盪。但高大的秋津還是彎下身體靠近武上的臉，壓低聲音說：「鳥居出事了！」

「怎麼了？」

「就是古川鞠子，那個手提包主人的失蹤女性。」

「嗯。」

「他去找女孩的媽媽確認手提包，結果對方的精神狀況很不穩定，情況很危險。可是你知道鳥居就是那副公事公辦的德性，於是女孩的媽媽整個人不對勁，竟然衝出家門被車撞了！」

武上皺起了眉頭。的確鳥居是蠻不通情理的，常常在問訊時恫嚇、激怒對方而招致不良的後果。但是對被害人家屬——雖然還不能如此斷定，引發這種形式的糾紛還是第一次。

「眞是的！我就是擔心那傢伙會闖出這種禍。」秋津的語氣中透露出一種幸災樂禍。

秋津和鳥居年齡相當，算起來是工作上的對手，平常兩人就不怎麼談得來。然而看見武上一臉的嚴肅，秋津還是收斂了自己的表情。

「那古川鞠子她媽媽的情形怎樣？」

「好像不太好，所以我才要去醫院和鳥居交接。聽說古川太太的爸爸，就是古川鞠子的爺爺，當場就抓住鳥居的胸口大發雷霆！」

秋津急忙地離去。在他走了之後，武上的眉頭還是深鎖著。

在中野中央醫院的急診室外面，義男打了好幾次的電話到古川茂的公司去。不管怎麼聯絡，就是找不到本人。

被救護車送來的眞智子，目前還在手術房裡。中間有一次一位穿著手術衣、脖子一帶盡是汗水的護士拿著空的點滴袋來到走廊，義男衝過去問現況。護士回答：「傷勢很嚴重，但性命沒有什麼大礙。」

護士企圖安慰義男，看著他的臉說：「放心吧，沒問題的。」她的年紀比眞智子要年輕些，大概是老手護士吧，所以顯得沉著而幹練的樣子。

一如疊羅漢的撲克牌一樣突然倒塌，長期累積的緊張一下子崩潰，讓義男差點就哭了出來。不禁想問溫柔的護士：妳幸福嗎？妳的人生順利嗎？有沒有家人？大家都安好嗎？我的女兒這麼可憐，爲什麼會遭遇如此不幸？她做錯了什麼事嗎？我該怎麼辦才好？我一點頭緒都沒有……

護士十分擔心義男的狀況，輕輕將手放在他肩膀上搖動地鼓勵說：「眞的沒有問題的，你要振作起精神，好好地等待。大概不到一個小時手術就會結束了。」

護士快步離開後，義男雙手低垂地佇立在走廊上，希望絕望的浪潮能夠多少減退一些。然後他才猛然想到應該通知古川一聲。

每隔十分鐘打一次電話，不是電話中就是有訪客、暫時離開位置，電話裡的秘書回答各種的理由。

「我會轉達您曾經來電，要不要請他回電給您呢？」

可是這裡是醫院，義男不知對方如何回電。急診室門口的公共電話並沒有貼上電話號碼的牌子，大概是被拿掉了。於是只能回說：我待會再打來，結果眞的打了好幾次。

古川大概連電視新聞報導的事都不知道。畢竟身爲上市電機業者的廣告部經理，這一點也不令人意外。上班時間根本沒空可以收看電視的。

但是周遭的同事也是一樣嗎？難道沒有半個屬下在午休時間在餐廳看電視新聞時發現那就是古川經理的女兒，而通知他嗎？

其實義男也不清楚古川在公司如何說明鞠子失蹤以及他和眞智子分居的事。說不定他的屬下完全不清楚他的私事。對於置身在風氣保守的大公司裡，分居或離婚等情形對上班族的前途而言可謂是一大致命傷，或許古川選擇了不說爲妙的主意。

義男只能在電話中說：「希望能盡快跟他聯

絡。」如果隱匿前因後果，只提「古川太太出車禍了」，說不定秘書小姐驚覺事態嚴重而連絡上古川，但他本人卻反而更不想接電話。可能會要秘書了解情況，他自己則躲著觀望，過兩三天才跟義男聯絡。這就是他最常表現的態度。

同樣是眞智子住院，如果鞠子在，情況就會不一樣吧。古川會跟鞠子聯絡，問題便解決了；可是如今鞠子不在，甚至傳聞她可能被殺、不知埋在何處的消息透過電波流傳到全國。就是因爲這樣，眞智子才會遭遇這樣、整個人垮了。而古川竟然不肯接電話。

儘管身心俱疲，義男還是覺得氣憤難消。雖然怒氣不斷湧上心頭，但實在是太累了，竟無法將怒氣發洩出去。義男掛上電話，搖搖晃晃穿過走廊。一位抱著發燒孩子的年輕媽媽、站在診療室門口等待結果的中年男子，紛紛投注關心的眼光看著義男：你是不是哪裡不舒服呢？有家人出事了嗎？是受傷嗎？傷勢嚴重否？醫師怎麼說呢？

「完了、很糟糕、情況比這裡的誰都要嚴重呀。」義男心中想著，蹣跚走過充滿藥味的狹隘走廊，回到手術房前的長椅上。

同一張長椅上坐著坂木和從東中野家同行而來的女警。事情演變成這樣，女警似乎覺得坐立難安，幾乎沒有說什麼話。坂木靠近義男，輕輕地問說：「找不到古川先生嗎？」

義男無力地點頭說：「大概嫌我囉唆，不想接電話吧。」

坂木的眼睛裡有些充血，他不太高興地說：「這個時候他還能說這種話嗎！」

「他大概還不知道發生了什麼事吧！」

「他和其他女性住在一起吧？不能跟對方聯絡嗎？」

「我不知道電話號碼。他不告訴我，眞智子應該也不知道吧。」

坂木生氣地吐了一口氣說：「就算是分居，一樣還是有責任的呀！」

「眞智子和古川是怎麼談的、在什麼樣的結論下分居的？我完全不清楚。我只聽到眞智子說哪一天古川就會回心轉意回家的，其他我也不忍心多問。可是這一路看下來，眞智子說的話根本就不可靠。甚至連鞠子失蹤，古川也沒回家過。」

「有馬先生……」坂木說到一半便停住了，過了一會兒才說：「你流血了……。」

「嗄？」

「右手，手臂的關節部分有些擦傷。」

義男舉起放在膝蓋上的手，果眞如坂木所說的一樣。血跡凝固了，傷口有些刺痛。

「這是剛剛揍了刑警的懲罰呀。」

對於義男的說法，坂木簡短地回應：「應該多揍他幾下才對！」

坐在一旁的女警不由得縮了一下脖子。

「總廳裡經常有那種人，完全不顧事件關係人的心情，那種人跟機器沒什麼兩樣！」

目睹眞智子撞上卡車、倒在地上的那一瞬間，義男整個人都傻了。是坂木制止了他奔向眞智子。

「不可以隨便亂動眞智子！」坂木雖然這麼說，還是輕輕地碰了眞智子一下。鮮血從她的耳朵中流出，鼻子已經完全撞爛了。壓在身體下面的右手，看起來已經是彎成骨折的角度。

這時剛剛那位姓鳥居的刑警追了上來，嘴裡大聲喊著：「到底出了什麼事情？」語氣充滿了不耐煩的焦躁。不自覺間義男已經舉起手抓住鳥居的胸口痛毆了好幾拳。

就在急救車趕來、附近人家圍上前之際，鳥居不見了——或者應該說是：他沒有一起到醫院來。倒是緊跟而來的女警不知有何目的，態度像是隨時對義男警戒，又像是感覺很過意不去。

義男用雙手擦了一下臉，手臂還是有些刺痛。手術室裡沒有人走出的跡象，安靜的走廊上明亮而冷清。

這時坂木抬起了頭，因爲從急診室外的通路上聽見了腳步聲。義男也舉起目光。一位身材高大、體力充沛的年輕男子，一臉嚴肅地走了過來。他穿著西裝，裡面的襯衫領子有些鬆垮，連帶的領帶也跟著扭曲。

他和義男的眼光接觸，立刻點頭致意，並問：

「請問是古川鞠子小姐的家人嗎？是有馬義男先生嗎？」

義男坐著，點頭回答。

「我是警視廳的秋津。」他拿出證件，低頭陪罪說：「剛剛我們的鳥居很是對不起，我來表示道歉。」

原來是刑警的同事呀！義男感覺洩氣。

坂木站起身來打招呼。名叫秋津的年輕刑警似乎早已知道坂木的存在，立刻點頭並問說：「古川太太的情況怎樣？」

對於秋津的詢問，坂木斜眼看了義男一下才回答：「性命沒有大礙，手術大概即將結束了。」

接著坂木問說：「案情之後有沒有什麼進展呢？」

秋津搖搖頭說：「大川公園沒有再發現任何線索。關於那個打電話的人，沒有下文也很難做什麼判斷。」

兩名刑警稍微避開義男，開始小聲地說話。義男木然地拱手坐著，旁邊的女警也是一樣。

「警察小姐！」義男出聲叫對方。女警有些吃驚地伸直了背。

「妳不用回警局嗎？」

「是的。」女警回答，聲音比想像的要可愛許多：「等古川太太的情況確定後，我還要送有馬先生回家。」

「如果是這樣的話，妳可以不必等了。不管怎樣，我今晚應該會住在醫院裡的。」

「可是最近的醫院都有全天候看護，我想是不能住的。」

「應該會有什麼辦法的吧。」義男說，同時將下巴指著正在跟秋津說話的坂木表示：「而且坂木先生也在這裡，我沒有事的。我不會再亂發脾氣的，請妳回去吧，辛苦妳了。」

「可是……。」女警有些困惑的樣子：「有關古川太太的車禍，還有些事情必須請教。不知道該如何跟您聯絡呢？」

原來是這樣呀，警方也有警方的規矩。這一天裡發生了許多警方必須了解經過的事情呀。

義男告訴對方眞智子家和有馬豆腐店的電話號碼，確認之後女警才站起身來。不過態度還不是很堅決，她靠近正在和秋津說話的坂木，說了些什麼之後，坂木點了點頭。於是她才放心地離開這裡。

義男也鬆了一口氣，眼睜睜地凝視著緊閉的手術室大門。就這樣神情呆然地過了好一陣子，幾乎都忘了坂木和秋津的存在。

「有馬先生！」直到坂木叫他，他才回過神來，看見坂木走向前來，彎腰對著義男說：「搜查總部調查鞠子小姐的事件，聽說也必須跟古川茂先生聯絡，畢竟他是父親。所以是否能由秋津先生跟公司方面聯絡呢？」

義男抬起頭看著站在牆邊的秋津。感覺上他人比那個叫鳥居的刑警通情理，嘴唇緊閉的線條顯得頑固。秋津直視著義男的臉說：「我已經了解過情況，會盡可能低調地連絡對方。因爲鞠子的母親發生這種事，我們也不得不跟父親方面聯絡。同時還必須請有馬先生多多幫忙。」

「我大概什麼忙也幫不上吧。」義男緩緩地說，他已經十分疲憊了：「古川的事就麻煩你們了。」

秋津答應後，跟坂木點了一下頭便走出長廊。邊走時已從西裝口袋掏出行動電話。

「終於警方還是打電話過去了。」義男突然無力地笑說：「古川大概很受不了吧！」

「這點事他應該受的！」坂木說得斷然。

「剛剛的警察小姐……。」

「是……。」

「是在看著我吧！我毆打刑警的事，會不會構成傷害罪呢？」

坂木苦笑說：「那是不會的。剛剛的女警是在擔心有馬先生呀。」

擔心，是嗎？

「警方……眞的能幫上什麼忙嗎？」

隔了一會兒，坂木才回答：「我們會盡力的。」

兩人陷入了沉默，除了坐在一起等待，別無他法。

手術花了相當長的時間，結果那位親切的護士所言成了謊話。套著白色氧氣罩、頭包繃帶的眞智子從手術房被推出來的時刻已經是晚上七點以後。

義男無法靠近眞智子，也不能進入加護病房。主治醫生在手術房前的走廊上說明了狀況：右手有複雜性骨折，撞車之際腹部受到強烈碰撞傷及內臟。頭部的傷勢雖然沒有預期嚴重，但有嚴重的腦震盪，必須審慎地觀察一陣子。

「目前腦波沒有異狀，應該是沒什麼問題。」

「我可不可以看她一下，只要一下就好。」

「如果從加護病房的窗外看的話就可以，不過我怕你會有些震驚。因爲看起來身上插了許多管子和機械。」

醫生說的沒錯，眞智子躺在白色的病床中央，在慘白的燈光中，四周是各種的機械。她那中年發福的身體、她一向很在意的身材，就像縮了水一樣，看起來很不眞實。

看起來不像是眞智子。不，說不定那已經不是眞智子了。

「爸爸！鞠子回來了。」

那時眞智子的聲音就像是靈魂出了竅一樣的開朗！

「總之，能保住性命就是好的。」坂木低聲說道。義男手靠在加護病房的玻璃窗上，一心一意地凝視著眞智子的側臉。

今後只剩下我一個人承擔所有的事——包含知道鞠子發生了什麼事、守護著眞智子，這一切都必須由我一肩扛下來了。

我只剩一個人了，有馬義男陷入無止盡的孤獨感，而這一切才正要開始。

5

儘管是駭人聽聞的案件，因爲案情發展的速度太慢，無法配合媒體報導的特性，很有可能便半途而廢。如果一開始便引人入勝，在某種程度的慣性下還能繼續報導，但頂多也只能持續幾天。大川公園的分屍棄屍案就是這種類型。

從九月十二日案發起，經過十三、十四、十五三天，案情都沒有重大的發展，因而媒體報導的火力便自然減弱。不過社會新聞還是繼續就打電話的人進行推理、報導錄音帶的音響分析結果等等，過了一週也轉移到其他話題的報導。

前畑滋子好不容易找到坂木達夫是在案發後的第五天，也就是九月十七日的下午。她打電話到生活安全課，正好是坂木來接。坂木表示立刻可以和她見面。

兩人約在之前見過幾次面的咖啡廳，地點在新宿。滋子心情興奮地赴約，比約定時間還早二十分便到達了目的地，一邊喝著咖啡一邊閱讀名單和文稿時，坂木也到了。

「我試著跟你聯絡好久了！」

本來沒有打算抱怨的，一看見坂木坐在對面位置上時，不禁又說出了口。說完後才發現坂木一臉倦容，神情十分憔悴。

「對不起，因爲古川鞠子的案件，你忙壞了吧？」

坂木不作聲地從上衣口袋掏出香菸，對前來詢問的服務生機械化地說了一聲：「咖啡。」等服務生回到後面的櫃檯時，他才又立即改口說：「對不起，我要改成熱牛奶。」

滋子心想：大概是胃不舒服吧。

「我知道妳來過電話，而且還親自跑過幾趟。眞是不好意思。」坂木表示。

「我也很想跟前畑小姐見面，有些事情想確認一下，只是這一陣子根本動不了。」

「我倒是沒什麼關係的。」滋子說：「只不過嚇了一跳。坂木先生應該還記得我正在寫的稿子吧？」

坂木沉重地點頭說：「當然。」

「有關古川鞠子的資訊也是坂木先生提供給我的。」

「是嘛……。」

「其實那之後我身體出了點問題，加上身邊有些事，寫稿的事便停了下來。」

「哦……。」坂木抬起頭來，眨了眨眼睛說：「是這樣嗎？我知道妳結婚了，所以想跟妳確認一下工作方面打算怎樣？」

「不過事情發展成這樣，我打算繼續寫下去。配合事件的發生，內容應該會跟當初設定的題目有所轉變。」

服務生送上來熱咖啡，待她離去後，滋子直接說明：「我想以古川小姐的事件為中心來寫，也就是這次的事件。我想坂木先生應該能夠理解，我在這次的採訪過程中……」滋子將手放在桌上的文稿上：「一直在思考著這些失蹤女子的內心想法、她們究竟發生了什麼事。可是總找不到答案，只能記錄她們消失的狀況。儘管如此，這工作對我而言還是有其意義。但現在情況不同了，古川小姐的事件，讓我覺得好像不是別人家的事一樣。」

坂木默默地抽著香菸。

「我不是為了軋一腳、湊熱鬧才這麼說的。」滋子繼續說明：「而是擔心她究竟發生了什麼事？所以想知道實情。」

一邊熱心地說服對方，腦海中的角落卻不斷出現板垣總編說過的話：「光只是失蹤的題材未免太單調了」、「要是連續殺人事件的話就不一樣了」。同時也能聽見自己的真心話：「希望能夠做一件比現在還要有意義的工作——看起來比較有意義的工作！」

但滋子盡量不去理會那些，只是雙眼直視著坂木的臉。

坂木拿起熱牛奶的杯子，喝了一口，看來好像很難喝。然後開始說話：「這次的事件我並未被編入搜查總部。」

「有什麼差別嗎？」

「有的。妳是否知道從大川公園裡找到了古川小姐的東西？因爲這件事，我只是在某種程度上提供幫忙，因爲我比較清楚她失蹤前後的狀況，所以跟總部的工作沒有太大關聯。大川公園右手腕分屍案，對我來說是業務範圍的事件。」

「不過我只是想關心古川小姐的事。」老實講滋子感到十分的失望，但嘴裡還是這麼說。畢竟對她來說，可以採訪的窗口就是坂木一人了。

坂木重新點燃一根香菸。以前滋子跟他經常聯絡的時候，他不是那麼會抽菸的人。

「有關古川小姐的事。」坂木抬起頭說：「如果前畑小姐眞的那麼想要採訪鞠子小姐的故事，我也不能阻止。但基於關係者的立場來說，我還是希望妳能打消這個念頭。」

滋子睜大了眼睛問：「爲什麼？」

「因爲鞠子小姐的家人現在根本沒辦法接受妳的採訪。」

這一點滋子倒是並非沒有想過。話雖如此，應該還是……。

「我之所以想跟妳見面談的，就是這個問題。」坂木繼續說下去：「一開始妳要寫稿時，我也曾經協助過妳。因爲單純的失蹤事件，我們無法進行正式的搜查。我是想透過妳的文章發表，多少可以引起社會關注，所以才出面幫忙。實際上在告訴妳鞠子小姐的資訊時，事前已經跟她的家人溝通過，取得了對方的理解，這是當然的程序。」

滋子點頭稱是，下田署的冰室佐喜子也說過同樣的話。而且除了和失蹤者家屬溝通外，還將滋子介紹給他們。

「然而現在情形不同了。」坂木說：「至少古川鞠子的案件，情勢完全轉變。就算我們不管，媒體和搜查總部都會繼續調查。」

滋子安靜不語，因爲坂木似乎還有下文要說。

「我的說法，妳或許會覺得很自私。」坂木說：「一開始答應幫妳，等到成爲重大案件又強調偵查不公開，妳可能會認爲我太過分。所以剛剛我也說過了，如果妳無論如何都要採訪鞠子小姐的案子，我不能阻止妳，畢竟妳也是媒體的一分子。但是剛剛妳也說過了，妳不是爲了湊熱鬧才來寫稿的。妳的目的不是爲了追蹤熱門的案件。」

坂木的目光投射在桌上的稿子上。

「妳說不把鞠子小姐的事當外人看。既然如此，就請妳從今以後別再採訪她的家人。他們現在的情況相當不好，根本不是接受採訪的時候。」

滋子眼神空洞地看著喝乾的咖啡杯。

她完全理解坂木所說的這番話。如果是之前的滋子——在開始撰寫這篇稿子之前的滋子，她就能立刻接受，不去追蹤熱門話題性的事件。然後繼續撰寫其他失蹤女性的故事，鞠子的部分等案情穩定後再寫也不遲。

可是現在的滋子不一樣了，因爲寫書的目的改變了。她的腦海裡迴繞著總編說過的話。總編斷然指出她所寫的文字賣不出去，總編的聲音說：「如果是連續殺人事件的話，就不一樣了……。」

而且更重要的是，滋子自身的心境也不同了，或許應該說是她說出了眞心話。她不想放棄這麼好的機會！

因此滋子現在眼睛不敢抬起，口裡雖然沒說，但恐怕坂木早已讀出她的心境、看穿她的心思了。正因爲他看穿了，才會拿滋子說過的話作表面文章。

不管怎麼樣，結論只有一個。坂木已經不再肯當她的窗口了。

「如果下田的冰室跟我的立場一樣，相信她也會說同樣的話的。」坂木繼續表示：「因爲我們很清楚妳所想要寫的東西。」

現在不要再追著古川鞠子的家人跑了！

滋子上個星期看過電視知道，鞠子的母親古川眞智子因爲女兒的噩耗而心神不定出車禍了，目前還在住院當中。鞠子的父親則是分居中，因爲討厭被媒體，尤其是電視新聞記者採訪而到處躲著。鞠子的外公開豆腐店，案發之後被媒體包圍，落得只能關店暫停營業。

現在滋子想要繼續採訪鞠子這件戲劇性開展的案子，也會給他們帶來同樣的困擾；因此坂木才要她放棄。對於坂木的說法，除非滋子說出眞心話：

「不行！我不能放棄這麼難得的機會」，她其實很難反駁的！

要說眞話嗎？滋子反問自己。反正不管現在說不說眞話，坂木的立場都不會改變。乾脆就說出來算了，說「坂木先生，我其實也沒有那麼好心啦……。」

滋子抬起來頭說：「我知道了。就像坂木先生所說的，我寫作的目的並不是要報導熱門的案件。」

坂木的臉頰因爲安心而放鬆了。他說：「是嗎，謝謝妳。」

滋子自有其想法，就這樣慢慢等下去也不見得就不成。在鞠子的案件解決之前，就耐心等待吧。到時候情況穩定後，坂木還會是她最好的資訊來源吧。說不定還能幫她跟古川家的人牽線，稿子屆時再寫吧！比起其他跟鞠子案件無關的記者或文字工作者，儘管時間晚一點，或許出來的效果會更棒呀！

但是這裡卻缺少了一項決定性的東西——即時性的衝擊。最重要的是，自己在撰寫的過程中，猛然發現撰寫的內容裡潛藏著意外事件時，滋子自身所受到的衝擊。這是其他的記者或文字工作者所沒有，唯有滋子才有的衝擊。

爲了活用這一點，滋子不能只是等待。因爲這層因素，這個事件已成爲滋子的事件，所以是她的重要機會。

坂木看著滋子的臉，他們四目相望。滋子感覺對方好像知道她心裡在想些什麼。

彼此之間已經找不到任何的話題了。

和坂木分手後，滋子先回到家中。就在快到家時，她又改變了主意，轉往昭二的工廠。時間正好是三點的休息時間，她突然很想跟他說話。

自從大川公園的事件爆發以來，到今天和坂木取得聯繫，能夠和滋子分享衝擊與興奮的，除了昭二別無他人。就連案發那一天，他們一起邊吃晚餐邊看新聞時，也是昭二拚命鼓勵心神恍惚的滋子。

「沒想到滋子的稿子能朝這一方面運用！」昭

二興奮地表示：「不過這種採訪不容易吧？千萬別太勉強自己。」

「沒什麼大不了的啦。」

「而且會不會有危險呢？」

「危險？」

昭二苦著臉說：「很可怕的案件吧？被殺的又是女人。」

滋子大笑說：「討厭，你這根本是無謂的擔心。」

「是嗎。」昭二也笑了。

一下公車就能看見前畑鐵工廠的大招牌。說是家庭工廠，占地也算附近最大的一間。因爲接了一家大型汽車公司的代工，雖然做的都是些小零件，營業額還算穩定。就滋子所知，經營上沒有什麼問題。

昭二坐在工廠外的路邊，和一位年輕員工邊喝罐裝咖啡邊聊天。年輕員工先發現了滋子的身影。

「少奶奶，妳好！」

一看見滋子揮手，昭二也笑著站起身來。

「哎呀，眞是難得呀！」

「我正準備回家呢。晚上想吃些什麼？」

年輕員工識相地先回到工廠裡，其他的員工看見滋子也都點頭致意。爲了避開囉唆婆婆的辦公室視線，她讓昭二走到馬路上來。

「吃什麼好呢……？對了，糖醋排骨吧。」

「了解。昭二，你眞是愛吃中國菜耶。」

「還要青菜沙拉。」

「忙嗎？」

「這個禮拜是忙些。妳剛剛去了哪裡？」

「我和刑警見了一面。」

「是那件事嗎？」

「嗯。」

陰暗的工廠裡面傳來鐵銹和油臭味，還有細微的收音機聲響。

「昭二，我決定要做下去！」滋子說：「我一定要寫出好作品。」

「妳一定要做呀！好好地做呀！」昭二笑著鼓勵：「可是不能累壞了身體。」

「嗯，我會小心的。可是我可以爲了這個辭掉其他工作嗎？」

昭二吃驚地睜大了眼睛問：「妳是說做菜的連載和那些旅遊的專欄嗎？」

「是呀，我想專心在這篇稿子上面。可是不知道能不能賣錢，換句話說，我等於是失業了，這樣也可以嗎？」

這是她一直考慮的事情。本來遲遲不能做出決定，因爲和坂木談話，又看見昭二的臉才下定決心。突然間鬥志便湧上心頭。

「好呀，那有什麼關係。」昭二用力點頭說：「滋子，加油！」

6

塚田眞一拿不定主意。

帶著洛基從獸醫那裡回石井家的路上，他想要到大川公園走走。自從那件事以來，就沒有去過。每天和洛基的散步也改爲其他路線。

十二日那天案發後，同學們之間多少知道發現那隻右手腕的人就是眞一。當然新聞報導中沒有出現眞一的名字和臉孔，眞一自己也沒有跟任何人提起過。只有社會新聞和週刊雜誌報導發現的人是就讀公園附近高中的學生，還帶著一條狗。加上那一天眞一沒有上學，大家自然便聯想在一起了。

「就是你吧？」、「那個人難道就是塚田嗎？」許多人這樣問他，他又不能說謊。其實說謊也可以，就怕越來越麻煩。所以他便回答「是的」，沒想到還是引起了一場不亞於事件本身的騷動。

感覺怎麼樣？嚇了一大跳嗎？警察都問了些什麼事？有沒有被帶到問訊室？不管他們問什麼，眞一都盡可能用最少的字眼簡單回答。他無法用吸引同學們好奇心的方式回答，他也不願意。他認爲這麼一來，大家的興趣自然會降低，事實也眞是如此。到了下一個星期，再也沒有人來說些什麼了。

而眞正讓眞一感到安心的是，學校裡沒有人將這次的事件和發生在眞一家的不幸相提並論。當然身旁有石井夫婦，級任導師也知道詳情，畢竟轉學的時候必須說明原委，不過石井夫婦什麼也沒有說。導師看見眞一的樣子並沒有太大的變化，也就沒有必要特別叫他過去說話了。這一點眞一覺得很放心。

然而眞一的內心其實還未完全整理好。

關於大川公園的事件，之後刑警並沒有到家裡來問訊。當初已經花了那麼長的時間調查，應該也沒什麼好問的了吧。但是在那種情形下，成爲事件的發現者——見證新的犯罪事實，使得好不容易埋在心底的記憶又再度喚回的，是眞一自己家的不幸記憶！

十二日以來，眞一又開始作夢了。或長或短、有時是片段的、有時則連貫，儘管形式不同，內容卻都是和塚田家的不幸有關的夢。夢中的眞一十分清楚整個事件發生的經過，於是他回到現場，打開每一扇門尋找不見身影的媽媽，在家裡到處遊走。

自己除了出現在夢中，同時又存在於夢外，不斷對夢中的自己發出警告：不要開那扇門！不要拾起地上的那雙拖鞋！不要摸沾在拖鞋後面的紅色黏液！你應該很清楚上面沾的是什麼！

有時候他會做這樣的夢：知道家裡發生什麼事的自己，依然拚命地跑回家。夢中就像個棋盤，不管怎麼跑動自己就是不前進。公車開過身邊，卻看不到任何一輛計程車。街上沒有其他人影，公共電話完全打不通。他想要通知家裡、想要大聲呼喊，告訴爸爸、媽媽、妹妹趕快逃離家裡，不可以待在那裡！

星期天深夜的夢境尤其清晰，眞一受不了只好走下樓來。他想要呼吸室外的空氣，於是打開了客廳的窗戶，坐在地板上。綁在庭院的洛基發現了眞一的身影而靠近過來。眞一抱住洛基溫暖的脖子時，才猛然發現自己渾身顫抖。

這時後面有人跟他說話。回頭一看，是穿著睡衣的石井善之，赤著腳站在地板上。

「不會冷嗎？」善之說，並坐在眞一的身旁。洛基牽動身上的鎖鏈發出聲響，其實是爲向善之示好，不斷用鼻子在他膝蓋邊磨蹭。

「這傢伙已經和阿眞很熟了。」善之說：「怎麼了？好像睡不著，是嗎？」

「對不起，我不是有意要吵醒你們的。」

「我不是這個意思，我只是剛好下來上廁所。」善之聲音低沉地表示：「不過良江倒是很擔心，她說眞一晚上總是睡不好。」

「原來嬸嬸發覺了。」

「嗯。」

「對不起。」眞一道歉，接下來就不知該說些什麼話。

一提到塚田家的不幸或眞一的心理狀況，對話的方式通常就是這樣。眞一習慣說「對不起」，石井夫婦則制止說「不需要道歉」。接著兩邊都感覺過意不去，氣氛變得很沉悶。

但這次卻不一樣。石井善之沒有制止他的道歉，而是說：「因爲大川公園的事，想起很多往事吧？好不容易才稍微平靜下來……。」

「嗯……。」

「之前就想跟你談談的，阿眞，你要不要接受一下心理治療呢？」

眞一抬起頭問：「心理治療？」

「是的，就是去看心理治療師或精神科醫生，說治療是太誇張了，主要是讓他們聽你說說話。我們不是說你生病了。」善之加快速度說明：「而是你的心靈眞的受傷了。這種治療又叫做ＰＴＳＤ〔編註：Past Traumatic Stress Disorder，創傷後壓力症候群〕。」

眞一撫摸洛基的頭，說：「我聽說過那個。」

「是嗎？意思好像是創傷後的心理障礙。」善之說得很慢，一如在朗讀書面文字。「有些人因爲遭遇重大犯罪或天災，這些記憶會困擾他們很久。」

「我有看過電視報導，阪神大地震之後曾經播過。」

「說的也是。」善之注視著眞一的臉說：「怎麼樣？如果你不想要，我們也不會勉強的。要不要考慮看看？我有認識的人。我們也不想隨便把你交給不認識的醫院。」

依照善之的個性，他一定會盡全力爲我安排吧，只是自己下不定決心，不知道該不該去給醫生看？

給醫生看了，就能夠原諒自己嗎？

「我會考慮的。」眞一小聲地回答。

「如果想去的話，隨時告訴我。」

「好，不過叔叔……倒是……。」

「嗯？」

「洛基的肚子，就是這裡。毛好像比較稀薄，不是嗎？之前我就注意到了，因爲這件事完全給忘了。不知道是不是皮膚病？不帶去給醫生看，會不會有問題呢？」

突然改變話題，善之的表情顯得期望落空。

「哪裡？我看看……眞的耶……。」

於是星期一傍晚，眞一帶洛基給獸醫看。還好沒有什麼大問題，只是塗了些藥。回程上洛基元氣十足地拖著眞一，經過了大川公園附近。越過馬路，對面就是公園的入口。

停在十字路口前，眞一看了一下公園的方向。天色還很明亮，整片的綠蔭色澤有些沉重。北邊俯視著公園的住宅大樓，就像巨大的窠巢一樣。一群騎著單車的國中生們，從立著「禁止車輛進入」標示的公園門口衝出來，七嘴八舌地好不熱鬧。馬路上的交通量頗大，洛基的耳朵跟著微微抖動。

PTSD嗎？

治療是必要的，向外部請求援手是必須的。眞一已經陷入那種情況，一個人無法穿越的……。

可是不能穿越就一定不行嗎？難道不該負那樣的責任嗎？既然只剩下自己一個人苟活。

如果說出來，石井夫婦一定會反駁說：「不對！眞一沒有任何責任。」他們會說：「覺得自己有責任就是心靈已經受傷的證據。」在墨東警署遇見的刑警——叫什麼名字呢……？對了，武上。他也說過：「這些並不是你的責任！」

不！不對，你們都錯了。

眞一認爲自己有責任，這一點跟其他的案子不同。塚田家遭受殺害的不幸，一開始都怪眞一給對方製造了動機。因爲眞一亂說話，才會造成如此的悲劇……。

「聽說我爸爸最近好像獲得了一筆意外之財耶！」

眞一用力搖頭，想要揮開記憶。一不小心牽動了連在洛基項圈上的皮繩，害得洛基踩空腳步踏在眞一的腳上。

「對不起，對不起。」

眞一拍拍洛基的頭，然後抬頭一看，前往大川公園的號誌燈正好變了顏色。綠燈開始閃爍，眞一順勢牽著洛基跑步到對面去。

大川公園的事件，跟我沒有任何關係，我不需負什麼責任。我只是個目擊者、發現人而已，所以用不著畏縮。眞一努力告訴自己。眞正該害怕的鬼在別處，不在大川公園裡。連這一點都弄不清楚的話，又如何能夠負起該負的責任呢？

從垃圾箱裡掉出來的手腕，看起來雖然很像指著眞一的方向，令人感覺如同死神的手腕一般，但這些都是眞一沒有膽量的臆測。因爲他選擇了缺乏膽量作爲逃避。

夠了吧！我必須停止這樣的心態！眞一斥責自己。一點點小事就畏頭畏尾，其實是想獲取周遭人們的同情。難怪會被說你心理有病，需要去看醫生。躲過一劫，你不是已經夠幸運了嗎？本來不該這樣的，你卻只是爲了逃避責任罷了。大川公園的事正好成爲你的藉口，讓你再度被眾人關心，這其實才是你眞正的想法吧？

眞是有夠卑鄙！

自己千萬不能逃離大川公園。那天看見垃圾箱掉出來的右手腕，絕對不能做爲自己逃避現實的藉口。再走一次那天的路線吧，好再一次確認自己沒有事了。再一次確認大川公園的事件是不相干的事件，自己不能躲在裏面了！

牽著洛基穿越公園內部，洛基高興地相隨。公園裡人影稀疏，偶爾有單車從身邊滑過。

聽朋友說，警方封鎖公園現場兩天後便解除了。全面搜索後，並沒有發現新的線索。電視台的採訪車，從上個週末起也不再來了。公園恢復了原本的清靜，彷彿從來沒有發生過分屍案件。還是那份想當然爾的幽靜和綠色的芬芳，遊園道路上垃圾滿地。

牛喘的眞一逐漸靠近公園南側入口的那個垃圾箱所在地。

垃圾箱已不在原處。

調整急促的呼吸，眞一站在原地看著那裡好一陣子。遊園道路上原本放有垃圾箱的地點，還留有箱底的印痕。儘管垃圾箱已經撤走，仍有人將垃圾丟在那裡，地面上散落有一個空罐子和幾個破紙袋。

或許是警方帶走了垃圾箱吧？還是說因爲發生了這種事，所以被廢棄了呢？眞一大呼一口氣。

地點是沒有錯的。後面的樹叢依然，整片的波斯菊也昂首綻放著。那一天，就是在這裡和國王以及牠的女主人相遇。那個女孩——應該是姓水野吧，不知她現在怎麼樣？她也會跟我一樣被這件事壓得喘不過氣來嗎？她好像顯得很興奮，很難形容她的感受。

這裡已經沒有任何東西了。發生在這裡的事件，固然也是一件極其不幸的悲劇；但對眞一而言，以他的立場來看，則是毫不相干的事件。垃圾箱的消失毋寧說是讓眞一鬆了一口氣吧！

「我們回去吧，洛基！」

眞一拉著皮繩，牽著洛基往外走，步調變得較慢。走出公園口，繼續往公園北側馬路前進。

一路上眞一低著頭，所以沒有注意到四周，也沒有意識到外來的視線。當背後有輕微的腳步聲追上眞一和洛基而過時，他也毫無感覺。直到來到馬路口才發現有人站在前面，似乎在等待眞一似地朝著他們的方向看著。

因爲眞一還是低著頭走路，視線只能看見對方的雙腳——膝蓋以下的部分。看見對方穿著高筒的球鞋，白色的襪子蓋住了腳踝，那是一雙漂亮的腳，對方穿著迷你裙……。

儘管眞一已經走近，對方還是沒有轉過身去，始終面對著他們。眞一不禁抬起了頭。

是同一年紀的女孩子，穿著紅色的運動外套，長髮上套著同一色系的髮圈。五官顯得整齊而勻稱。

好像在哪裡見過的一張臉。

「你是塚田吧？」對方說話了：「你是塚田眞一吧？」

這聲音好像也曾聽過。

她的神情很認眞。下顎的線條瘦削而尖銳，臉上只有薄唇像獨立的生物一樣在嘴角動著，眼睛、鼻子、臉頰則完全沒有表情。

「我是樋口惠。」她報上了姓名。

幾乎就在同時，眞一也想起了她是誰。

7

眞一帶著洛基在公園散步之際，正好有馬義男也從JR東中野車站的樓梯上走下來。他要到古川家和古川茂會合，討論眞智子的住院費用和其他相關事宜。過了下午四點，正是有馬豆腐店開始忙碌的時刻。雖然放心不下將店面交給木田一個人打理，因爲古川堅持除了這個時間外他不方便，義男只好答應。

古川比義男先到，人站在古川家門口的路上等著。明明是他貸款買的房子，他卻連開門走進去，甚至站在門口都不願意，而是背對著家門站著。

「沒有帶鑰匙嗎？」走近古川的同時，義男開口問。

「分居的時候，交還給眞智子了。」古川回答：「好久不見了，爸爸。眞是麻煩您了。」

從古川低著頭的背後，義男看見了掛在門口的名牌，上面寫著：「古川茂、眞智子、鞠子」。三個名字依然感情和睦地排列在一起。

義男一時之間找不到話語回答，沉默地打開了大門。摸索著牆壁，找到了開關，開啓了電燈。古川一語不發地跟在後面。義男心想古川應該不會在進門時見外地說聲「打擾了」，還好他沒有說。

屋裡面瀰漫著潮濕的空氣。前天幫眞智子來拿換洗衣物時，已經將垃圾全部清理過了，但是廚房裡還是飄來了廚餘的臭味。義男吸了吸鼻子。

古川站在客廳一角，環視著整個屋裡。茶几上的玻璃菸灰缸、牆上的月曆、櫥櫃裡擺設的瓷盤、窗簾——好像在玩挑出錯誤的遊戲一般，眼光熱切地觀察每一件事物。義男則是靜靜地凝視著古川的側臉，說起來他和女婿的確是很久沒有見面了。

古川的年紀和眞智子一樣，都是四十四歲。他和眞智子是高中同學，三年來都坐在一起。畢業後雖然各分西東，卻在二十三歲那年的同學會上重逢。交往不久後便踏上紅毯的那一端。

結婚當時，眞智子的肚子裡已經懷了鞠子，有了五個月的身孕。列席婚宴的親友都知道這個內幕，新郎新娘的朋友們也都以此爲題揶揄、祝福他們。雖然大家都沒有惡意，身爲新娘父親的義男卻感覺到一種罪惡感。回顧當年的照片，不管在任何場面，義男的笑容總有種羞赧的表情，但旁人總以爲那是一個父親爲獨生女找到金龜婿而高興的害羞笑容。

因爲這樣的內幕，義男和他太太俊子，對此婚事談不上答應或不答應，而是認定：事到如今，古川茂和眞智子有成家的義務。而且男方就職於大公司，薪資收入多少暫且不論，至少還能維持一般家庭的開銷。於是隨著結婚的事宜逐一進行，小倆口搬進公司提供的宿舍，一方面爲迎接新生命的到來作準備，同時也開始了新生活。那時候什麼問題也沒有。

沒錯。當時他眞的是認爲什麼問題也沒有。

「不要擺出一副好像到別人家的神情！」義男說。

古川從木然的表情中驚醒，回頭看著義男說：

「說的也是，老實說，我還眞有那種感覺……。」

古川伸出手觸摸客廳裡的茶几說：「積了一些灰塵了。」

「因爲都沒有打掃嘛。」義男轉身走近廚房，並說：「我來泡茶，你先坐著吧。」

古川坐在沙發椅的一角，伸手拿起茶几上還夾著廣告傳單的報紙。他攤開報紙時說：「我看報紙還是先停下來比較好吧？」

「已經交待過了，今天應該沒有送來吧。」

「爸你每天都有來這裡嗎？」

「我是隔一天才來的。」

義男端著招待客人用的茶杯回到客廳，茶杯裡盛著淡淡的綠茶。

「眞智子穿的睡衣是跟醫院借的。因爲內衣褲和毛巾得自備，所以離開醫院後我會到這裡轉一下。不過我一個大男人不懂得女人的貼身衣物，都是孝夫他老婆幫我準備和清洗的。」

「讓您辛苦了。」古川低頭表示歉意。義男這才發現他的頭頂已經開始微禿。

古川茂身材高瘦，感覺雖有些瘦弱，卻又獨具魅力。和眞智子結婚時，周遭羨慕又挖苦地嘲諷這是一對郎才女貌的組合。眞智子不以爲意，甚至以丈夫的外貌爲榮。

看現在的眞智子很難想像年輕時她可愛的樣貌。但是古川儘管已經開始走中年人的下坡，卻充滿了隨著年歲增加的魅力，自然不難想像他年輕時的帥氣了。或許再過十年，他也會變得不怎麼樣，但現在的他仍然頗有行情。

這一點，眞智子也很清楚。

「我們家那口子在公司還很有人緣呢！」在她和古川關係還不錯的時候——至少是眞智子一廂情願這樣認爲的時候，眞智子曾經笑著表示過：「好像還有公司的女孩子要約他呢。現在的年輕人眞是天不怕地不怕，眞是受不了呀。」

現在和古川同居的女人比他年輕了十五歲。是在古川常去的俱樂部工作，日久生情的。

說是在俱樂部工作，倒也不能說是風塵女子，當初也只是兼職的心態。義男沒有見過那女人，眞智子對她的事也絕口不提。只有一次鞠子語氣憤然地提到古川的女人：「那女人看起來很普通，比我都還要普通。說實在的，我都比她漂亮得多。又不是說很有個性，頭腦也沒有很靈光，眞不知道爸爸是看上她哪一點？」

當時義男心想「這叫會叫的狗不會咬人」，但是沒有說出口。

帥氣的古川也開始頭髮微禿了，不知和女人的關係是否還處得好？這次的事件是否會影響他們的關係呢？

「對了，爸爸，關於住院費用……。」

古川的說話聲驚醒了沉思的義男。

「是呀，我們就是要討論這件事才來的。」

古川點頭說：「我考慮過了，還是覺得應該從眞智子領取生活費的帳戶來支付比較好。這裡應該有那個帳戶的存摺和金融卡吧，我想大概是放在這裡的某個抽屜裡吧？」

「你是說讓我保管那個存摺嗎？」

「是的，麻煩您了。」

「也就是說你不插手管囉。」

義男沒有責問的意思，語氣也不強烈。但古川還是將眼光避開了。

「事到如今，我更沒有權力管了。可是每個月我一定會將錢匯進帳戶裡。到目前爲止，我都有將月薪的一半匯過來，這房子的貸款也是我在繳的，這一點請您放心。」

「你有去醫院看過嗎？」義男問。

「我去了。接到警方的通知便立刻去了。」

「那你見到了眞智子嗎？」

「是的，說是見到，也只是隔著玻璃窗看見她而已。」

「你不會覺得她很可憐嗎？」

一時之間古川的嘴唇緊閉，然後才說到：「當然覺得。整個人變成那樣，躺在床上一動不動的。那時的她還沒有恢復意識……。」

「直到今天，她也還沒有恢復意識。」

古川表情吃驚地問：「眞的嗎？」

眞的。主治醫生對此也表示擔心，明明腦波顯示沒有異常，爲何還未清醒？

　義男認爲是眞智子不願張開眼睛。一旦張開眼睛就必須面對痛苦的現實，還不如睡著了要輕鬆許多。

「眞智子除了你，已經沒有人可依靠了。」

　面對義男的這句話，古川搖搖頭拒絕。嘴裡吐出的話語愼重卻冷淡：「眞智子還有爸爸你，爸爸比我還靠得住。」

「阿茂……。」

「我很抱歉，但請您原諒。本來我和眞智子應該老早就離婚的了，如今處於分居狀況是因爲……
……。」

「你是說是因爲眞智子不答應嗎？」

　古川抬起頭面對一臉怒容的義男回答：「不，眞智子也答應了，至少她是這麼對我說的。只是因爲鞠子發生這種事，身爲父母的我們不想太過自私才決定等一下。由利江也能諒解這一點。」

「由利江？」反問的同時，義男才想到這是古川女人的名字。

「這次的事件，我和由利江擔心得都睡不著覺。」

　那還用說？自己的女兒行蹤不明將近百日，好不容易有了點線索，卻和分屍案牽扯在一起。有誰還能夠高枕而眠呢？

「可是我們又能做什麼呢？眞智子的事只能交給爸爸您，鞠子的事只有請警方處理。我們除了靜靜等待別無他法呀！」

　可是錢的方面可以幫上忙，古川強調了這一點。

「這一點是我的義務。還是先將存摺找出來吧，應該是和保險單一起收著吧……。」

「算了！」義男說。

「嗄？」

「我說算了，不要你的錢。我們不需要你出的錢。」

「爸爸……可是……。」

「我們不會困擾的。眞智子的住院費用我來出。這件事沒什麼好談了，你可以回去了。」

　義男站起身，生氣地握緊喝光的茶杯走進廚

房。打開水龍頭讓水瀉流，但是激烈的水聲掩蓋不住耳朵裡沸騰的血流聲。因爲太過氣憤，義男感到頭暈目眩。

昨天接到古川電話說要到這裡見面時，義男十分高興。原本他還擔心透過警方跟古川聯絡，有損於古川的立場。而古川基於拋棄眞智子的愧疚，於是主動提出商量眞智子的事，讓義男打從心底感到寬慰。因此他開始期待利用古川關心眞智子的機會，說不定能促使他們夫妻重修舊好。

然而開牌之後竟是這樣的結局。古川擔心的是錢的問題，表現的態度是：「我知道了！不用擔心，帳單來了，我自然會付。」好像眞智子和義男是來敲詐他似的！

「爸爸……」古川站起身來，一臉困惑、雙肩低垂地看著義男說：「我是想至少做到這點，表示自己的誠意。眞智子的住院費用我會負擔的。」

「我都已經說過不用了。」

「加護病房的費用很貴的。對不起，我說得不客氣，以爸爸的店面是無法繼續付下去的……。」

「我多少有些儲蓄，這種事犯不著你來操心。」怒吼般說出這些話，義男關上了水龍頭。水流咕嚕嚕地止住了，周遭陷入了沉默。

隨著憤怒，一股難以言喻的悲慘心情湧上心頭，讓他難以自處。兩腳搖晃地快要站不住了。一如當初毆打那名沒有神經的刑警一樣，義男如果打得古川滿地找牙事態將會如何呢？

「你……古川先生！」

已經好幾年了，義男從沒有面對面這樣稱呼對方。總是叫他「阿茂」，即便是他和眞智子分居以來。但現在不同了，已經沒有辦法了，古川就像是陌生人一樣，再也無法等同對待。

「我知道了，眞智子的事就算了。但是古川先生，你對鞠子的事情又怎麼看待？她可是你的女兒。你難道都不擔心嗎？」

「我不是說過我很擔心嗎？」古川也氣急敗壞地表示：「可是除了交給警方又能怎樣。你要我怎麼辦？我又能怎麼辦？」

義男緊緊抓住流理台的邊緣，感覺到身體的顫抖。

「有事找我的話，請打到公司來。」古川走向大門口時說：「我會交代秘書將電話轉過來的。因爲由利江會擔心，這些事請不要弄到我家裡，麻煩你了。」

義男不由得大聲反問：「家裡？難道你的家不在這裡嗎？」

於是古川停下腳步，轉過頭冷冷地回答：「已經不在這裡了。」然後開門而出，並輕輕將門帶上。

義男呆立在廚房裡，雙手緊緊抓住流理台的邊緣，閉上了眼睛。閉起的眼瞼上浮現熾紅的怒火，閃爍晃動。耳朵傳來血流澎湃的聲音。

過了一會兒，傳來其他的聲音。氣得全身僵直的義男故意無視於聲音的存在，可是聲音卻毫不間斷地干擾，強調自身的存在。

義男張開了眼睛。

聲音在客廳裡迴響。搞不清楚聲音來自何方，好像是在某個角落不斷閃爍的紅色燈光。就像是剛剛在義男眼底明滅晃動的怒火一樣。

是電話聲。義男連忙走出廚房。

一抓起話筒，擾人的鈴聲立即停止。可是電話那頭卻什麼也聽不見，義男「喂」了一聲，並將話筒貼近耳朵。

只聽見樂聲遠遠地流瀉，那是義男很少接觸的快節奏旋律，歌詞聽起來是英語。到底是怎麼回事？

「喂——請問是哪裡找？」

出聲一問，音樂聲便停止。大概是對方重新握好了話筒，發出一陣雜音，然後才有人問說：「請問是古川鞠子小姐的家嗎？」

義男將話筒拿離開耳朵，看著話機心想：是鞠子的朋友嗎？

傳來的聲音有些奇怪的音調，就像銀行自動提款機指示操作機械的合成音效一樣——「歡迎光臨」。

「喂？」義男重複問說：「請問是哪裡找？」

「請問是古川鞠子小姐的家嗎？」對方再一次

重複機械般的問話。

「沒錯，可是她不在。她已經失蹤三個月了。」

義男再一次注視著話機，這一次皺起了眉頭，額頭盡是皺紋。他想該不會是惡作劇的電話吧？坂木曾經忠告他：「大川公園的事一經報導後，必須小心會有人打電話騷擾相關人士的家裡。」

「我不知道你是誰，但是請你不要太過分。」義男語氣激昂地告誡說：「請想想別人的心情。」

正要掛上電話時，話筒那一頭傳來機械音效的大笑聲，義男不禁停下了手。

「不要這麼說嘛，老先生。」對方笑著說：「我是想跟古川家的人說說話才特別打電話過來的。要是你那麼不客氣，我可要掛電話了。不過，這樣好嗎？」

然後對方的機械聲音像個賭氣的孩子般表示說：「人家本來是要通知你們鞠子小姐的所在的……。」

一時之間，義男整個人僵直了，立刻將話筒貼近耳邊。

「你說什麼？你到底要說些什麼？」

「我說老先生，你又是誰？我是在跟誰說話呢？」

「你才是誰呢？」

「這是個祕密。祕……密。」機械聲發出嘻笑：「老先生眞是不懂禮貌，要問別人姓名之前，難道不應該先報上自己的名字嗎？」

「我……我是……。」義男氣急敗壞地口吃了起來：「我是鞠子的爺爺。」

「是嗎？原來是爺爺呀。對了，她爺爺是在賣豆腐的，新聞報導有說過。經過社會新聞的炒作，店裡的生意有沒有好一些呢？畢竟社會大眾都喜歡看熱鬧嘛。」

「你知道鞠子的下落嗎？鞠子究竟人在哪裡？」

「不要那麼急嘛！這件事等我們混熟一點，我再告訴你！」

對方又重新握好話筒，還是調整了坐姿，話筒裡傳來一些雜音。一副輕鬆自若的態度，未免太欺人過甚！

可是義男又不敢直接將電話掛上，對方也許是惡作劇電話，也可能不是。在確定之前，還是先套出多一點的線索吧。

「喂——老先生？你還在聽電話嗎？」

「喂！我在。」

義男努力思考著，究竟該如何遣辭用句？是應該語氣強硬地先發制人好呢？還是擺低姿態委曲求全呢？究竟該如何出招，才能盡快摸清對方的底牌？

「不過……老先生也是有夠受的了。」機械聲音說得無關痛癢：「鞠子小姐不見了，她的媽媽又受傷住院。老先生整天都在幫她們看家嗎？」

「我只是偶爾來看一下罷了。」

「說的也是，你還有生意要照顧嘛。」

對方有些機械的雜音，和自動提款機的合成音效又有些不同。聽起來跟新聞報導中爲了掩飾證人音色所採用的變聲方式十分相像。

突然義男想起了大川公園的分屍案發現時，打電話通知電視台的人也是利用變聲器。新聞報導中沒有確定打那通電話的就是犯人，還是利用機會惡作劇的民眾。坂木關於這一點也沒有表示意見。

義男雖然也聽過好幾次電視台錄下的電話錄音，卻依然無法判斷那聲音和現在的電話是否爲同一人。不過現在打電話來的人好像也是使用了變聲器，這一點應該不會有錯。

「你該不會是打電話給電視台的人吧？」

沒想到對方竟佩服地大聲說：「怎麼？聽得出來？老先生還眞是聰明。」

馬上就承認了，反而令人覺得對方在說謊。

「不要裝腔作勢了，你的聲音是透過機器改變的吧！」

「我有用變聲器呀！電視台不是也報導了嗎？不錯嘛，老先生也知道什麼是變聲器！雖然上了年紀，倒也跟得上時代。」

義男知道自己被嘲弄、被玩弄於股掌之間，卻還是拚命按捺住怒氣。千萬不能生氣！至少現在還不能發火！

「你眞的知道鞠子的下落嗎？」

「何必問這些呢？」說完對方笑了：「原來你懷疑我是假裝犯人尋你開心的無聊傢伙嗎？」

「我不是懷疑你，因爲我什麼都不知道。」

「是嗎？看來我說什麼你也是不會相信的，眞是遺憾呀。」

義男心慌了：「不要這麼說嘛。請你告訴我一切，你知道鞠子的下落吧？」

「知道是知道，可是老先生你也眞是冷淡。」

「冷淡？」

「難道不是嗎？從剛剛聽你說話，就只是鞠子長鞠子短地，關心孫女的下落。難道就不關心大川公園發現的那隻右手的主人嗎？雖然那不是鞠子小姐的手，但總是其他，至少是某一位女人遭遇了不幸，不是嗎？而你卻一點也不擔心。這就是欠缺社會性的表現。」

義男用力閉上眼睛盡量不要因爲對方的鬼扯而動搖。盡量穩定心情，不要因爲動搖而發出聲音。可是心臟是老實的，劇烈的鼓動幾乎快要跳脫了胸腔。空著的另一隻手在身旁緊抓著空氣握成了拳頭。

義男很想出拳毆打這個說話輕狂的傢伙！如果能夠鑽進電話線裡，他一定撲向前扭住對方的脖子，用力勒緊……。

「喂……，老先生？怎麼不說話呢？是在反省嗎？」

「我當然擔心大川公園的女人。」義男低聲回答：「相信那個女人也有擔心得睡不著覺的家人吧。鞠子出事了，我們當然也感同身受。」

「別騙人了！」對方發出尖銳的聲音批評：「擔心別人家的女兒跟擔心自己的孫女一樣，聽起來就像是說謊！」

回答什麼對方就反駁什麼。究竟他是什麼東西嘛？

「我討厭說謊的人。」對方強調。言語的背後充滿了嘲笑的語氣，他在享受這個過程。

義男好不容易讓自己穩定下來，語調緩慢地說：「如果你的家人也行蹤不明，你應當就能理解我現在的心情。就能設身處地體會家人到底有多痛苦悲傷了。這種感受言語無法形容，我說不清楚。我從來沒有忘記大川公園的那個女人。能夠代替她的話，我也願意。我眞的是這麼想的。」

經過一陣沉默，對方收拾了笑意表示：「原來老先生是那麼地想要幫助鞠子呀。」

這是對方第一次直呼「鞠子」的名字。

「我當然想幫她，希望她早日回到家裡。萬一……萬一就算她死了，也希望找到她的屍體，交還給她的媽媽。」

「你以爲鞠子已經死了嗎？」

「你打電話給電視台時，不是這麼說的嗎？你說將鞠子埋在其他的地方？」

「我是說了。」對方笑了出來：「可是你們不是也搞不清楚我說的是眞是假嗎？說不定那些都是騙人的。」

「沒錯，我們是搞不清楚你說的是眞是假。而且就像你說的一樣，我也不知道你和鞠子的事件究竟有沒有關係。」

「你想知道嗎？」

「你肯告訴我嗎？」

「如果只是一點線索的話。不過可不能免費提供！」

原來是要錢，錢才是對方的目的。

「你要多少錢呢？」

於是對方又尖銳地大笑了起來。

「眞是討厭！老先生的腦袋瓜眞是落伍。馬上就想到錢，這就是年輕時代經過了國家貧窮的歲月，所留下來的後遺症！」

「不然你要我怎麼做？」

對方想了一下。但那只是裝個樣子，事前就已經想過會有這種問答，根本早已預定好要跟義男要求什麼。一旦將話題帶到這裡，對方便像做生意一樣，語氣顯得乾淨俐落。

「我還要打電話給電視台，大概會打給跟上次不一樣的電視台吧!?總不能都打同一家，那太偏心了。」

義男心想：你難道以爲自己成了上電視的名人了嗎？

「我會這麼說的。在今晚的節目裡，當然是現場直播。我會要求讓古川鞠子的爺爺一起演出，然後老先生就在電視上跪著求犯人說：『將鞠子還給我們』！」

義男沉默地緊抓著話筒。

「怎麼？你不願意下跪嗎？」

「不，我願意，這種小事我當然願意。只要你眞的肯信守承諾放了鞠子。」

「你相信我吧!?」

「我願意相信，可是不知從何相信起。你能不能給我一些你知道鞠子下落的證據呢？」

對義男而言，這是破釜沉舟的要求。但對方卻竊笑說：「老先生還眞厲害，不是笨蛋嘛。我喜歡你這種人。好吧，就這麼說定了！」

「怎麼做好呢——？」對方像個計畫到哪裡去野餐的孩子一樣，一個人自言自語。

「新宿吧……」

「新宿嗎？」

「不要那麼著急地逼問我，我還在考慮呢。」

義男沉默不語。偷偷地看了一下牆上的時鐘，時間是下午五點。窗外還很明亮，聽得見汽車和人們的聲響。

相對地，義男身處的客廳裡顯得陰暗與過分安靜。

突然間義男心想電話那頭的人——應該是個男人吧!?對方打電話的房間裡或許點著燈，那是一間怎樣的房間呢？從一開始聽見的音樂聲判斷，他大概是在聽音響或收音機吧？房裡有電話，還有他在吸菸，所以有菸灰缸；說不定是用啤酒或可樂的空罐來代替。

是漂亮的新式公寓還是破舊的民宅呢？說不定是木造的隔板建築，走下樓梯時，他的母親正在樓下廚房做飯。聽他說話的方式，應該是年輕人，這樣的推理大概很有可能。他的母親會唸說：「電話打太久了吧？」，然後他會回答：「嗯，和朋友說得高興就忘記了時間。」。絲毫不會顯露出自己做了什麼壞事，表面平靜祥和地過著平凡的日子。是上班族還是學生呢？就現在的階段看來，就算和他在電車上比鄰而坐，義男也認不出來。畢竟不知道對方的長相、形體，連眞實的聲音也沒有聽過。義男不禁希望眞的能夠鑽進電話線路裡頭。

「好吧，就這麼辦！」對方說話了，義男猛然抬起頭來。

「新宿有個廣場飯店，就在西口的商業大樓區裡。你知道吧？」

「如果是大飯店，到了應該就能找到。」

「沒問題吧？老先生可別穿拖鞋去哦，會被趕出去的。」

「我知道的。」

「我會將訊息交給飯店的櫃檯。現在開始我要準備許多事情，我看就七點吧。七點你到飯店來。太早來是沒用的，如果我看見你在那裡東張西望，就不會送出訊息的。所以你必須嚴格遵守時間。讀過訊息，就知道下一步該怎麼做了。」

「就只有這樣嗎？」

「一次說太多，老先生反而搞不清楚，不是嗎？我可是很親切的了。我還要忠告你一聲，老先生只能一個人來。要是帶警察來的話，這件交易便吹了！」

對方的聲音帶著笑意，充滿了興奮之情。

「我會祈禱老先生不要在新宿的街上迷路了，還有不要被扒手盯上了。加油囉！」說完這些，電話便立刻掛上了。

不管義男如何呼喊，對方已離去。義男看著手中發出嗶聲的話筒，感覺像是抓著一個肌膚冰冷的動物一般。

新宿的廣場飯店距離車站西口，搭計程車約五分鐘的距離，是幢高樓大廈。聽從電話對方的忠告，義男在馬球衫上搭件西裝外套，並規規矩矩穿上皮鞋。儘管如此走在金色銀色交織的華麗大廳，義男寒酸的身影還是吸引住其他人們的目光。朝著櫃檯行進的路上，總有幾個客人回過頭投射出好奇的視線。

時間正好是七點整，義男只有一個人。他嚴守著和電話機械聲的約定。

當然他也曾感到迷惑，五臟內腑像是翻騰般地焦急。不知該不該聯絡坂木？還是要通知搜查總部？幾次拿起了話筒，最後還是不敢打。萬一只是惡作劇電話，豈不是浪費了警方寶貴的辦案時間。如果眞的是犯人打來的電話，說不定會因義男的失信而損失重要線索。最可怕的是，一旦因爲義男不守信而惹火了犯人，很有可能會縮短了或許還存活的鞠子生命！

他也曾想過早一點到櫃檯埋伏，但是對方應該認得義男的長相。要是他說的「如果看見老先生在那裡東張西望，就不會送出訊息」並非只是威脅，這麼一來倒成了義男害死了鞠子。

想到這裡，義男擔心後悔無門，於是決定完全遵照對方的指示行事。自然義男也毫無選擇的餘地了。

走到一字排開的寬廣櫃檯前，義男摒住氣向最接近的穿制服櫃檯人員問話：

「請問……有沒有給我的信件送到這裡呢？」

走上前來的年輕服務人員眼角下垂，態度很親切，他無視於義男的緊張神情，問道：「對不起，請問尊姓大名？」

「我叫有馬義男。」

「有馬先生嗎？」服務人員重複一聲後，檢查櫃檯下的文件箱，翻過幾張卡片般的信件，停下來看著義男確認問說：「有馬義男先生嗎？」然後遞出一張信封說：「就是這一個信封。」

義男探過身立刻從對方手上搶過信封，伸出的手顫抖不已。

那是一只很普通的雙層信封。正面用文書處理機打出「有馬義男收」的字樣。沒有註明寄件人，封口用膠水貼得很牢靠。封口處還用紅筆劃上一個大叉。

義男立刻想要拆開信封，因爲信封的紙質厚實，加上手心流汗，不太容易開封。偏偏封口的膠水貼得很緊，他的手忙腳亂讓服務人員看不過去，而問說：「需不需要剪刀呢？」

「啊……謝謝，麻煩你了。」

義男忍著頭暈目眩與呼吸困難，用銀色的剪刀拆信。裡面只有塞了一張四摺的信紙。義男將信紙取了出來。

白底縱格的信紙上，依然羅列著用文書處理機打好的字體。上面寫著：「到飯店酒吧等著。今晚八點與你聯絡。」

義男連續讀了兩遍，讀完第三遍後才抬起頭來。剛剛的服務人員還站在櫃檯對面。

「請問這裡的酒吧在幾樓？」

「大酒吧『奧拉西翁』在頂樓的二十四樓。」

「請問電梯怎麼走？」

「前面右手邊是直上頂樓的電梯。」

義男正要立刻走過去時，突然又想起重要的事，停下腳步回頭問說：「對了，請問這封信是什麼樣的人送來的呢？」

「嗄？」對方側著頭說：「您是指送這封信過來的客人嗎？」

「對，沒錯。」義男連忙點頭稱是。

「大概是幾點送來的呢？不知道長得什麼樣子？我想應該是年輕男人吧。」

櫃檯人員溫和的臉上浮現一點陰影，對方說：「請稍待，因爲不是我收取的，我去問相關的人。」

「謝謝，謝謝。」

義男深深地點頭致意，光禿的前額竟撞上了櫃檯發出聲響。一旁正在敲打電腦鍵盤的女性服務人員忍不住發出了笑聲，她的年紀和鞠子不相上下。看見義男正在看她，她不禁收拾起笑容將視線避開了。

站在櫃檯角落等待回覆的時間，有好幾位客人前來領取鑰匙、塡寫表單，或請服務人員將行李送到客房。都是些穿著高級西裝的上班族或是華麗服飾的年輕女性。義男將視線移向大廳，有些人在那裡談笑、腳邊立著公事包，也有紳士舒服地坐在沙發椅上抽菸。大廳最裡面的空間，燈光微暗，每一張桌子都點著燭火。鋼琴演奏聲響起了，列席的客人態度悠閒。

這是一幅華麗奢侈，無憂無慮的景色。義男木然地感到一種不眞實感，想到自己不知道在幹什麼，立刻感覺疲憊不堪。這種高級飯店，平常根本不可能踏進來的。和有馬豆腐店簽約的客戶中只有小型的日式旅館，沒有飯店業者。就算是豆腐公會使用的飯店，頂多也只是淺草和秋葉原的小型飯店罷了。

打電話的人早就預知義男走進廣場飯店會有這種難堪的感受，所以才會警告他說「千萬別穿拖鞋來」。

剛剛的服務人員回來了，還帶著一位比他年輕，年紀在二十歲上下的男性員工過來。身上雖然穿著同樣的制服，胸章卻是不一樣的顏色。

「讓您久等了。」服務人員對義男點頭後，手指著年輕男性員工說：「剛剛是這一位接到信件的。」

年輕男性接著回答：「是高中女生送來的。」

義男以爲自己聽錯了：「什麼？」

「你是有馬先生沒錯吧？拿信過來的是一位高中女生。她穿著制服，所以我不會弄錯的。」

「高中……女生？」

「是的。我想她應該是在五分鐘前來的。」

義男啞然失聲。這不剛剛才發生的事嗎？說不定在飯店的門口，他才跟那個高中女生擦肩而過！

「那個高中女生是哪個學校的，你知道嗎？」

「這個嘛……。」年輕男性側著頭，不知爲什麼笑了起來。他說：「所有的制服看起來都一樣嘛。」

「她有沒有戴上學校的徽章呢？」

「你問我這些，究竟想幹什麼？」年輕男性笑著，斜視著義男問道。在一旁的女服務人員也掩著口笑出聲音來。

「幹什麼……當然是有原因的。我一定要知道才行。」

「這我就沒辦法了。」年輕人回答得很冷漠：「如果是住宿的客人還可能查出什麼，可惜對方又不是。」

一開始招呼義男的服務人員用眼光斥責年輕員工。然後對義男說：「不能幫上忙，眞是對不起。」

「哪裡，不好意思麻煩你們了。」義男搖搖

頭。看來也只能死心了。他對著櫃檯人員點頭致意後，走向大廳中央。

「如果要到酒吧的話，電梯在另一邊。」親切的服務人員提醒他。義男驚覺後立刻改變方向。櫃檯裡面又傳出了笑聲，還有女人低聲說：「老色鬼」。一定是故意說給義男聽的。

身處於頂樓的酒吧中，義男就像是米櫃中的一粒豆子一樣，不知爲何總是引人側目。因爲不知道該點什麼飲料，便點了杯威士忌。結果酒保說了一大堆聽都沒聽過的酒名，義男只好挑第一個威士忌酒名來點。

依然感到坐立不安，只是因爲頭腦十分混亂，根本無暇顧及周遭人們的好奇眼神和酒保的質疑態度。

高中女生？

義男拿出信件重讀。端正呆板的文書處理機字體和命令式的口吻。信封上只寫著「有馬義男收」的狂妄無禮。每一樣都和機械聲的打電話對手吻合，但爲什麼送信的人竟是個高中女生。

難道會是他的同夥？

打電話的人，怎麼想也是男人。不管聲音裝得如何尖細，從說話的方式就能判斷。義男長年做生意，已經看過太多的人了。其中不乏有出乎意表的客人，尤其是最近五六年，第一眼看不出年齡、性別的人增加許多。

但是基於長年的直覺，判斷錯誤的情況很少。義男直覺地相信那是男人打來的電話。這麼說來，對方不是只有一人，還有其他同夥的囉，而且還是個高中女生。如果說對方眞的和鞠子失蹤、大川公園的分屍案有牽連，那現在的高中女生也就跟綁架、殺人分屍案脫不了關係囉。

他突然想起鞠子高中時候的事來。鞠子就讀的私立女中，也是穿著水手服的制服。從義男的眼光看來，總覺得胸口開得太低，裙子的長度太短。他不便對著鞠子直說，於是試著問眞智子，眞智子也覺得如此。

「可是最近不管哪一所學校都一樣。制服越來越漂亮，就連鞠子唸的學校也是，聽說還是名家設計的制服呢！」

當時眞智子還笑著說，因爲如此還花了更多錢呢！

不過那水手服還眞的很適合鞠子穿呢。因爲眞智子曾經寄給他一張鞠子的入學紀念照，義男將照片壓在辦公室式的桌子上。木田看見了也笑著稱讚說「這麼可愛，應該框起來掛在牆上才對」。義男當時還回答說「沒有可愛到那種程度啦。」

放在桌上的威士忌酒杯，冰塊逐漸融化發出撞擊玻璃的聲響。義男看著手錶，上來酒吧已經經過了三十分鐘以上。

「八點與你聯絡。」

大概會打電話過來吧。可是爲什麼還要他多等一個小時呢？難道看他心急如焚，對方就會很高興嗎！還是說對方在就近觀察呢？

義男猛然開始環視四周。酒吧裡燈光昏暗，加上觀葉植物和屏風的阻隔，視線不很清楚。義男被帶到櫃檯最裡面，離服務生進出口最近的位置上。這裡的位置本來就視野不佳；不過眞要有心的話，從包廂處要觀察義男也並非難事。不管哪裡的酒吧，內部的結構還不都是大同小異嗎。

不管再怎麼東張西望，看來也是浪費時間。年輕的情侶、上班族的男性客人、外國旅客……就算是這些人之中藏著打電話的人，義男也認不出來的。他只有沉默地盯著逐漸消融的冰塊，等待時間的經過。

不管對方是誰，打電話的人對於時間倒是十分審愼。義男手上的錶指著八點零二分時，酒吧裡面的電話聲響了。義男的身體僵硬了，不久一名酒保輕聲地呼喚客人說：「有馬先生、有馬先生，有您的電話！」

義男舉起手站起身時，那名酒保有些驚訝，一副「眞的是你的電話嗎」的神情。

一具無線電話送了上來。

「通話」的紅色按鈕閃爍著。義男不太習慣使用這種電話，顯得有些緊張。害怕一不小心反而將電話給切斷了。

「請按通話鈕，接著就能通話了。」酒保提示。義男按下紅鈕，將話筒貼近耳朵。

「喂？喂？」他低聲地打招呼。

又聽見了那機械般的聲音，感覺比之前聽見的還要遙遠。

「嗨，老先生。愉快嗎？看來你已經平安到達飯店了。」

義男感覺喉嚨十分乾燥，一下子之間發不出聲音，乾咳了一聲。

「是的，我在酒吧裡。按照你信上說的去做了。接下來我該怎麼辦？」

「你點了什麼喝嗎？」

「威士忌。」

「眞沒搞頭。」對方開心地笑了：「對了，我早該教你怎麼點酒才對。要是老先生點了紅粉佳人，酒保一定會嚇一跳吧！」

「別說這些了……」

「你急什麼！老先生。坐在那裡感覺不錯吧？」

「我不習慣來這種地方，感覺很不舒服。」

「我猜也是。這下你應該很清楚了吧？」

「什麼？」

「現在這種時代，如果穿得不夠體面就很難生存呀。活到像你那種歲數，還是一事無成，活著還有什麼價値呢？」

義男沉默不語。清楚地感覺到電話對手內心隱藏著難以預料的凶殘。

「像老先生這種人，到了大飯店也享受不到正常待遇。這經驗不錯吧？」

「究竟你要我幹什麼呢？」

「沒什麼，只是要你上一堂社會大學的課而已。」

「聽飯店的人說送信來的是一名高中女生，她是你的夥伴嗎？」

於是對方大笑說：「那也是戲弄老先生的手段之一，你喜歡嗎？」

「到底接下來還要做什麼？我總不能一直在這裡跟你聊天吧。」

「我已經改變主意了。」對方口氣冷淡地表

示：「我和老先生的遊戲到此結束。你還是趕快回鞠子的家吧，別在那裡丟人現眼了，免得讓酒保看不順眼把你攆出去！」

然後電話便應聲掛上。

義男疲憊至極，又感覺意志消沉。既搞不清楚自己是否被作弄了？還是沒能跟事件有關的人物接觸之前便遭到挫敗，一想到這些不禁對自己的愚昧氣憤不已。當初接到前往飯店的指示時，如果能通知坂木請他作陪就好了。實在是不該一個人行動。或許坂木能告訴他如何應答，聰明地誘出對方現身。

他想要直接回家。從飯店搭上計程車告訴司機目的地時，他還是這樣的想法。因爲很想好好地休息，但是腦海中卻始終重複著他和電話對方的交談內容。尤其是那一段話縈繞不去：「你還是趕快回鞠子的家吧！」

他不是說「你還是趕快回家吧」，而是強調「回鞠子的家吧」。那傢伙知道鞠子的家並非義男的家。明知如此卻故意這麼說，是否話中有其他意思呢？

「司機先生，對不起，可否改個地點。請開到東中野。」

來到古川家門口，下了計程車，義男立刻衝到大門口。門前的燈亮著，鎖匙沒有任何異常，窗戶也都關閉著。會不會對方又打電話過來呢？義男急忙想要打開大門。

這時發現門邊的信箱裡，露出類似信封的一角。離開家門時，並沒有看見這東西。

義男取出了信封，和在飯店收到的是一樣質地的雙層白信封。根據手中的觸感可以知道裡面除了紙張以外，還有其他東西。信封沒有封口，義男打開了信封。

裡面是一張四摺的信紙和一個女用的手錶。那是只黑色皮革、造型華麗的精工表。

不需多加考慮，義男對那只手錶十分熟悉。那是今年春天爲了慶祝鞠子就業，他買給鞠子的禮物。錶背還刻有鞠子的名字……。

翻到錶背，利用門口的燈光可以看見上面刻著：「M. Furukawa」。

信紙上是一串的文字處理機字體，寫著：「這樣一來，你應該相信我是眞的了吧！」

8

武上悅郎盯著照片看。

他右手持著放大鏡，將照片貼近鼻尖仔細觀察。坐在隔壁的部下篠崎也是同樣姿勢。有時兩人會保持同樣的姿勢，交換些其他人聽不懂的話語。

「會是『川』嗎？」

「你是說三豎的川字嗎？」

「是的。」

「是嗎？應該筆畫再多一點，看起來很像是縱的線條。」

「的確看起來是那樣沒錯。不過那會不會是衣服的紋路呢？也許是一種細條狀的布紋。」

「說不定布料本身就是那種織法。」

「那也很有可能。」

「可是有這種制服嗎？制服的質料不都是比較光滑嗎？」

「嗯……。」

作爲特搜總部的辦公室旁邊，有一間小會議室。桌上排滿了許多的照片，還堆疊了幾冊檔案夾。已經整理好的照片則編號收放在桌子的角落。

這一連串的照片是秋津之前問到的業餘攝影家，在發現右手腕的前一天所拍攝的大川公園影像。武上在案發後第二天親自出馬，說服不好應付的業餘攝影家，取得了底片。洗成照片後，先將畫面中出現的車子牌照列成清單調查，然後開始一一分析照片內容。

兩人現在湊著頭討論的是，一位站在大川公園該垃圾箱旁邊的年輕女子。照片前方是波斯菊的花壇，女子站在花壇後面，所以只能看見上半身，而且是側著身子。不過她身上穿著是公司制服的背心套裝，而且背心胸前繡有公司的名稱。武上和篠崎正努力想要讀出刺繡的文字。

爲什麼鎖定該女子會是如此的重要？那是因爲她被照進的相片裡，還有一個看起來像是要靠近該垃圾箱的黑色人影。可惜的是黑色人影隱藏在樹叢裡，焦距也不太對，根本無法從照片判斷出其服裝、年紀、長相和性別。大約能推算出高度，不過也只能說是一百六十到七十公分的身高。

然而儘管所有的資訊如此模糊，這個黑色人影卻能壓倒性引發他們的興趣。就在這個焦距模糊的人物左手上，倒垂著一個怎麼看都像是褐色牛皮紙袋的物體。而且這個人看起來很像是朝著垃圾箱的方向前進。

期待這張照片很有可能是那只被發現的右手腕被棄屍的前一刻，武上認爲或許操之過急。就常識而言，不太會有那麼剛好的事情。只是過去的搜查經驗不乏意外展開的形式，何況照片中留下這樣的場面，當然是絕對不能放過的。

詢問該業餘攝影師拍攝當時，是否對出現在鏡頭中的兩人——年輕女子和黑影人有所印象，他竟生氣地嘟起嘴回答：「我又不是拍攝人，我是在拍攝波斯菊。」

「我根本沒有注意到有人。我一向不拍攝人物，因爲我不喜歡人物攝影。」

於是加上公園內的探訪，幾乎沒有得到任何能夠佐證該照片的線索。他們將一張照片送往科警研進行電腦分析，目前還沒有回音。因此武上只好土法煉鋼，彎腰低頭用放大鏡觀察。

只要能讀出女子胸前的刺繡，就不難查出其身分。這一連串的照片是在案發前一天，也就是九月十一日下午三點起到六點左右拍攝的。這一天是平常日，這一段時間，公司行號還在上班。穿著制服的女子應該不會從太遠來到大川公園，大概是公出的歸途上，特意穿過公園裡散步偷閒吧。所以很有可能是附近公司的女性員工。

「會不會是川繁呢？」

「繁榮的繁嗎？」

「是的，川繁是重機業吧。字體顯得很複雜呀。」

這時會議室門口有人敲門。武上應聲後，秋津打開門探頭進來說：「問訊已經結束，我將錄音帶拿過來了。」

「謝謝你了。」

秋津手抓著門板，半個身子探進會議室裡，低聲問道：「武上，要不要見他呢？」

「見誰？」

「還用問嗎？當然是老頭囉。你還是再問一次比較好吧，能夠讓會話更具體些。」

武上看了一下牆上的時鐘，這是星期二的下午兩點以後。

「老頭還在嗎？」

「還在問訊室裡。」

「警署怎麼說？」

「如果武上要見的話，可以去見。」秋津稍微皺了一下眉頭說：「老頭的樣子很慘。這也難怪，看起來眞是可憐。」

武上有些困惑。連剛毅的秋津都覺得可憐的人，他其實不太想見。武上之所以喜歡從事內勤業務，一方面也是因爲很少有機會會跟被害人家屬或相關人士碰面。

「飯店和古川家的搜查進行得如何？」

「我待會兒也要去現場。廣場飯店方面，並沒有特定誰是送信過來的高中女生。」

「犯人是思慮周密的傢伙。」武上說：「那名高中女生大概是在車站被叫住，給她一點小錢跑腿的。」

「我也是這麼認爲，應該不是同夥的。只是這女孩直接跟犯人接觸過，所以是重要人證。」

秋津一臉怒容地看著手上的錄音帶說：「而且聽了這個，你會覺得心裏難過。犯人居然戲弄一個年近七十的老人！」

這是昨天發生的事。與大川公園事件相關的失蹤者古川鞠子家裡，跟一連串案件有關的犯人打來了電話。正好回家的鞠子祖父接到了電話，並且應犯人的要求行動，結果沒有逮到犯人。

不過卻有了重大收穫。古川鞠子的祖父回到家，發現孫女的手錶被丟在信箱裡。

算來這是一種犯罪的宣言。大川公園的分屍案和古川鞠子的失蹤案有所關聯，雖然還不能推論是同一個犯人或同一犯罪集團的犯案，但也不能完全否定。

「眞是可惡……。」武上後悔莫及，當初應該在古川鞠子家的電話上裝上錄音機。發生電視台電話事件之後，他不是沒想過，只是沒早一聲告訴神崎警長。當時是想古川家的媽媽住院了，家裡沒有人在，加上電視新聞又大肆報導，犯人跟古川家接觸的可能性不大而打消該念頭。

武上聽說廣場飯店一案是在昨天晚上。他立刻叫醒趴著休息的篠崎，兩人從頭到尾檢查過一遍大川公園分屍案案發後的所有新聞報導。發現沒有任何節目提到古川鞠子父親的全名，和她家住在東中野的事，甚至連地址也沒有出現在電視畫面上。同時也確認了沒有報導鞠子祖父不時會到古川家看看的消息。

如此說來，犯人究竟是怎麼知道古川家的電話號碼呢？最容易想到的答案是：鞠子記錄這些資訊的東西，落入犯人手裏。關於這一點，住院中的鞠子母親還不能接受問訊，多少還不太能確定。不過從鞠子家的書桌抽屜裡，找到了她的健康保險證。她還沒有考上駕照。任職的銀行員工證，上面不會記載員工的住址和電話號碼。鞠子房間裡的抽屜中還有一個電子手冊，其中有她努力輸入的親友資訊和她房間的專用電話號碼、查聽電話錄音的密碼。大概那是她經常攜帶在身的用品，正好失蹤當天忘了帶出去。加上犯人將她的月票夾丟在大川公園裡，換句話說丟掉之前她還持有，月票上寫有姓名、年齡和性別，並沒有記載住址。其他還有什麼是年輕女子會登記家裡住址的隨身用品，武上就想不出來了。

其次能想到的是：犯人是利用東中野古川茂的名字查詢一〇四查號台。古川茂是古川家的戶長，電話當然是以他的名字登記。只是電視新聞並沒說出他的名字，犯人就無法使用該方法。只是知道「古川」的姓是很難查出詳細地址的，除非犯人事前已經掌握了鞠子家的所在。

然而這種情形下有兩種例外。一種是犯人是鞠子很熟的朋友。另一種是犯人在殺害鞠子前，或囚禁她時（現在還可能囚禁著她），從她嘴裡問出了個人資訊。

接著還有一種方法，就是查閱中野區的電話簿，從頭開始一個個打到「古川」家詢問，找尋符合條件的人家。可是特搜總部也試過這麼做，發現中野區的其他古川家並沒有接到這種的查詢電話，這一條線索也就中斷了。

特搜總部於今天早晨，派出大批警力在古川家附近進行集中式問訊。昨晚的廣場飯店一事，可以想見是犯人爲了送手錶，而故意調開鞠子祖父離開古川家的陷阱。犯人或是犯罪集團在昨晚的六點二十分起到八點之間，曾經來過古川家。如果能取得目擊證詞，搜查便向前推進一大步。武上正在期待報告和調查結果的完成。

武上拿起手邊的一份藍色檔案夾。和其他檔案不同的是，這一份還沒有訂標題。裡面包含了電視台接到的電話、來自媒體報導和搜查總部蒐集到的一般性資訊。有說是自己犯案的酒鬼、甚至是主婦通報附近的流浪漢很可疑等消息。這些都用文書處理機打成書面資料裝訂成冊。現在是到了分類的時候。其中一部分屬於湊熱鬧的雜亂資訊，另一部分則是電視台接到的電話案、剛剛秋津送來的錄音帶和書面記錄。武上在檔案上寫上標題：「來自事件關係人的間接性接觸」。

「還是見吧！」看著檔案，武上說話了。

「老頭嗎？」

「嗯。說人家是老頭太沒禮貌了。對方的名字……我還沒問呢？」

「是有馬先生，有馬義男。我去叫他吧。」

秋津一走開，篠崎便問：「我可以在旁邊聽嗎？」

「好，順便幫我記錄。這裡也要錄音才行。」

「是，我去準備。這些該怎麼辦？」是關於照片的事。

「就賭賭你的眼力囉。去跟總部報告，請他們調查川繁重機。」

「我不太確信是重機業，但川繁二字是不會錯的。」

「好好幹吧！」

篠崎調整好眼鏡一走出會議室，武上便伸個大懶腰，從椅子上站起來。突然間想起來，打開了置於會議室角落的電視。會議室除了開會也做休息室使用，為了看新聞報導等節目，所以放了一台電視。

這時正好是播放午間社會新聞的時間帶。記者站在廣場飯店的門口說話。武上拿了一只菸灰缸，靠近電視畫面收看。

畫面轉換成穿著飯店制服的女性，記者伸出了麥克風。

「也就是說當時妳在櫃檯服務囉？」

「是的，沒錯。」

「是怎樣的高中女生呢？」

「嗯……身材不高、感覺很普通的高中女生。」

「有沒有比較顯著的特徵。」

「沒有耶。」

接著麥克風轉向站在女性員工旁邊的年輕男子，他也一樣穿著飯店的制服。

「是你從高中女生手上接下了信封……」年輕服務生不等記者說完就開始說話：「沒錯，我嚇了一大跳。沒想到會是這種事，當初應該仔細看清楚她的長相才對。」

「之後有馬先生過來拿信時，你也在場嗎？」

「眞是很遺憾，實在很想多幫上他的忙的。」

同事的女性一臉沉重地低著頭，感覺上眼眶有些濕潤。

這時門口傳來聲音，聽起來是笑聲。

武上抬起頭一看，眼前站著一位矮胖禿頭的老人。身上穿著的馬球衫和灰色外套，胸前的口袋看得出香菸盒的形狀。

他在笑著，笑聲不很開朗。幽暗的眼光中滿是倦意。

「這些人昨天還嘲笑我是老色鬼！」他看著電視畫面說話。

武上從椅子上站起來，問說：「你是有馬先生嗎？」

老人點了點頭說：「是的，麻煩你了。」

武上心想：跟我的父親有點像。尤其是駝背的樣子。去年才過世的武上父親，因爲晚婚的關係，年紀比有馬義男大很多。然而現在的有馬卻也比實際的年齡看起來要蒼老許多。

9

準備好外出之前，前畑滋子打開了電視機。接著便像是被釘住一樣，緊守著電視畫面不放。

大川公園的案情戲劇般地有了新發展。昨天晚上，現場被發現手提包的古川鞠子家人，和嫌犯有了進一步的接觸。接觸的人是鞠子的祖父。犯人擺了他一道後，爲證明自己是眞的，還將古川鞠子的手錶送回。

結果今天一早起所有的新聞節目瘋狂地報導此一話題，甚至還有電視台製作了特別節目。於是滋子也因此看得入神。

到底犯人是怎樣的一個人呢？

看著電視新聞，滋子腦海中不斷重複這個問題。似乎電視節目也有著同樣的疑問，於是推出了一個想當然爾的答案。

這是一個殘酷、惡意、冷血的殺人犯。

其中最重要的特質是「惡意」。殘酷無比的犯罪過去發生過許多件，冷血的犯人也有過許多；但是對自己親手殺死的被害人家屬設計如此惡質的圈套，這種犯罪者在日本可謂前所未有。

他的目的何在？最終的目的是什麼？

古川鞠子的祖父接受來自犯人的接觸時，一開始以爲對方要以歸還鞠子來勒索金錢。這麼說來倒也合情合理，如果這是一起以要錢爲目的的犯罪行爲的話。

但犯人並沒有要錢，而是從頭到尾耍了這個擔心孫女安危的可憐老人。那麼這是他一開始就想要的目的嗎？戲弄古川鞠子的家人？

爲什麼呢？

這個疑問，從滋子離開家門、步行到車站、在電車裡搖晃之際、下車後走向朋友社的途中，始終縈繞在她腦海裡——疑問在她不甚寬廣的思索空間中狂舞。這首不愉快的波卡舞曲，讓滋子的臉頰緊繃，眼帶凶光，嘴唇的線條扭曲。來到朋友社，透過服務台的聯絡後，她坐在約好的一樓咖啡廳裡等待，並點了一杯咖啡——這之中滋子始終保持這樣的表情。

難怪約會的對象一出現便驚訝說：「怎麼了？臉色不大對勁呀。」

「總編……」滋子好不容易恢復自我，從位置上站起來說：「不好意思，我在想些事情。」

「想什麼呢？我們好久沒見了，妳的表情倒像是來跟我抗議什麼似的。」

笑容穩重的板垣坐在滋子對面的位置。

現在的板垣隸屬於朋友社十月創刊的文藝雜誌新雜誌籌備室。這件事滋子在昨天他的來電中獲知。「文藝雜誌？」對於滋子的反問，板垣曾大笑地說明：「妳以爲我不懂得小說嗎？不過，的確我是不懂，所以有些頭痛。」

接著對於滋子要求見面一事，板垣則是爽快地答應了，他說「反正閒著也是閒著嘛」。

滋子仔細地觀察板垣。自從《莎布琳娜》停刊後，最後一次跟他見面是在滋子的婚宴上。比起當時，板垣似乎瘦了一些。以板垣四十五歲的年紀來看，與其發胖，不如瘦點要好些。

「眞的是好久沒見了，滋子。」板垣一邊點燃香菸一邊說：「我一直有在讀妳的《家庭主婦》作菜專欄。妳的文字還是一樣讀起來很舒服。」

滋子微微點頭道謝說：「謝謝，能被總編讚賞眞是高興。」

「不要再叫我總編了。」板垣笑著搖手說：「我現在沒有頭銜。就算新雜誌出刊，也當不上總編輯了。」

「是嗎？不會吧。《莎布琳娜》的停刊風波早該消了……。而且《莎布琳娜》是本好雜誌呀。」

「我也是這麼認爲。可是我一向就不怎麼受到上面的賞識。」板垣伸出手指指著上方說：「雖然還想跟滋子共事，不過文藝雜誌大概不適合滋子妳，何況我也沒有權限。」

板垣的語氣中有著過去沒有的自虐情感——雖然只是一點點。電話中感覺不出來，直到面對面的交談，配合他軟弱無力的神情，滋子有很明顯的感受。

就在滋子和昭二結婚，忙著構築兩人新世界的同時，不知道板垣身邊發生了什麼事？或者說沒有發生什麼事？沒有發生板垣所期待的事。這麼說來，一向習慣抽「Hope」的他，現在手上卻是夾著「七星牌」淡菸。滋子覺得這現象也反應出板垣的立場和氣力日益低下。

於是滋子突發奇想，並說出了口。

「對了，今天我來是有事商量。說不定這件事對總編而言也是個大工程！」

面對滋子幾乎是自言自語的說法，板垣表情神妙地詢問：「什麼事？」

滋子將雙手放在桌上，身體稍微前傾地說：「已經過了一年了，還記得之前我帶來的報導文學稿子嗎？」

於是開啓了話題，按照時間順序說明整個經過，不知不覺間靠在椅子上的板垣竟重新坐正、捻熄香菸、前傾的身體和滋子姿勢一樣。

大概他有興趣吧。滋子心想。

由於東中野署的坂木刑警翻臉無情的對待，不再提供資訊；因此缺少這一類刑事案件的採訪來源，今後該如何是好呢……。滋子說到這裡才喘了一口氣，舉起早已涼了的咖啡啜了一口。

板垣從鼻子呼了一口氣說：「可是……眞是令人吃驚！」然後搖搖頭說：「世間還眞是有偶然的事。」

「就是說嘛，我也是嚇了一跳。沒想到自己筆下的女主角和這次的事件有關……。」

板垣看著滋子說：「嗄？沒……沒錯，這當然是難得的偶然。可是我要說的是不同意義的偶然。」

「不同意義？」

「嗯。」板垣掏了一下香菸盒，裡面是空的。他將菸盒放在菸灰缸旁邊，抬起了頭說：「滋子應該還記得吧？之前妳給我看稿子時，我還在《銀色人生》裡服務。」

那是朋友社出版，以銀髮族爲對象的月刊編輯部。

「是的，我還記得。」

「我一直是在那裡坐辦公桌，直到上個月才異動到新雜誌籌備室。這樣妳大概就能看出我在公司裡的地位了，不過跟這件事沒有關係。」板垣苦笑了一下。

「《銀色人生》怎麼說都不能算是成功雜誌。銷售量還不到《莎布琳娜》的一半。至於爲什麼還不停刊，我卻是搞不清楚！」

滋子沉默地看著板垣的臉。注意到這一點的板垣，不禁眨了一下眼睛。

「對不起，這也沒什麼好說的。我剛剛是要說什麼呢？對了，《銀色人生》曾寫過一個防盜專題，主要是介紹保全公司的服務內容，以及地方性獨立的警衛活動。」

「那是爲了老年人的安全嗎？」

「嗯。動機是來自於阪神大地震。不是有很多獨居的老人罹難嗎？所以春季號才針對地震、火災等災害，整理老人防災的專題。因爲大受好評，才有了推出續集的打算。沒想到到了去年秋天發生了一連串的社會案件。」

其中之一是：埼玉縣內一對富有人家的夫婦遭強盜槍擊致死的案件。因爲是使用手槍的犯罪，被媒體大幅報導。但在整個事件尚未完全平息之際，又發生了東京都一位獨居老婦人被強盜侵襲，損失財物之餘還被縱火燒死的悲慘事件。

「編輯部正好也在擬定企畫案。這麼一來，接在天災防備的專題後面，就是如何防備人爲的犯罪。而在忙著採訪的同時，又發生了第三個大事件。」

那是千葉縣佐和市老師一家被殺事件。

「很可怕的案件，滋子還記得吧？」

滋子側著頭回想。去年的秋天……。

「應該是十月中旬吧，犯人立刻被逮捕了。就某些意義而言，受害人數很多，但案件本身顯得很粗糙。」

「我沒記錯的話，應該是爸爸、媽媽和一個國中女孩被殺死了吧？」

「沒錯，妳說的沒錯。殺人手法十分殘酷。」

滋子想起來了，於是緩緩地點頭。當時她和昭二新婚還沒多久，還記得昭二不厭其煩地叮嚀過：

「發生這麼可怕的事件，晚上門窗可得關好才行。」

「被殺的老師全家是四個人，住在佐和市內的公寓裡。父母服務於都內的私立國中，生有兩個小孩。分別是高中生的長子和國中生的長女。可是這個女孩並沒有就讀於父母所服務的學校，而是地方上的公立國中。這也是整個事件的起因。」

事件發生於去年十月中旬的週末，星期五的傍晚。父母還沒有下課回家，國中生的長女一個人看家時，來了一位手提點心、身穿西裝的中年男子。對著前來應門的女孩，男子表示：「令堂是我家小孩的級任老師，有關小孩的事想跟老師請教一下。突然來訪很失禮，但是因爲我很困擾，所以便不請自來了。」

女孩了解原因後，立刻釋懷讓男子進家門。她想媽媽應該馬上就會到家了；這個男子的態度很有禮貌，看起來就像是個爲孩子傷神的好爸爸形象，所以女孩很同情他。

不料來到客廳，中年男子的態度一變。他襲擊女孩，拿出藏在口袋的繩子將其綑綁，還到廚房拿出菜刀威脅女孩保持安靜。

中年男子要女孩坐在地上後，便開始打電話。不久來了兩個年輕男子，他們是中年男子的同夥，好像就在附近盯梢。年輕男子分別拿著刀子，抵在女孩的脖子上，要她跟他們一起躲在後面的臥房裡不被發現。這麼一來女孩完全沒有辦法求救，或對即將回家的雙親和長子示警。

這時母親也回家了。女兒被當作人質的母親毫無抵抗地同樣被綑綁。三十分鐘後回家的父親也是一樣。三人被綁在一起，除了害怕顫抖，在三個強盜面前完全束手無策。

強盜三人組並沒有立即行動，而是在等待將長子一併抓住。可是屏氣凝神等到晚上八點，男孩還是沒有回家。怒氣難忍的強盜於是逼問母親，威脅說要殺死長女，他們才說出眞相：原來男孩今晚到隔壁城鎭的朋友家玩，今晚住宿在那裡。

其實眞相不是這樣。男孩的朋友家是開餐廳的，他不是去玩而是去打工，預定晚上十點才回家。母親是想：如果說他今晚外宿，或許強盜就會放過他了。不管他們的計畫怎樣，也許因爲這個謊言長子能夠逃脫他們的詭計。

事實也是如此。

「強盜三人組取出存摺、印鑑，搜括完所有的錢財後，殺死了三人。」板垣說：「原先的計畫是要殺死全家四人，趁著半夜沒有人注意時從容逃離現場。然後等星期一早上銀行開門立刻行動，領出所有能領的現金。他們的如意算盤是：周圍的人發現老師一家發生異狀，至少是在星期一以後，所以挑選週末作案。」

這樣的計畫，不管長子回家是在星期五晚上或週末上午，都沒有太大影響。因此他們躲在殺人現場的屍體旁邊靜靜等待長子的回家。當時老師一家住的不是獨門獨棟的洋房，而是許多人家群居的大型公寓。這種公寓是以「尊重個人隱私權」爲賣點，隔音設備極佳，鄰居間的交誼也相對稀薄。

「沒有任何人發現，直到長子回家的時間到來。」

滋子心想：怎麼說這整個計畫都顯得很粗糙。

綑綁住家人，將他們殺害，然後逃去。可是之後的假日裡，很難說不會有人發現他們的屍體。說不定有親友來訪，也可能有人來電。難道不會有人對老師一家完全沒有回應的事感到起疑嗎？而且發現後事情敗露，警方開始通緝，存摺和金融卡便無法使用。不管他們殺了多少人，最終的目的還是無法達成。

滋子說出自己的想法，板垣點頭說：「妳說的沒錯。」

「這個案件說是有計畫，某些部分又很隨性。說它幼稚拙劣，的確很幼稚拙劣。事實上殺死三人後的情節也是一樣幼稚拙劣。」

老師家的長子僅在週末打工，是因爲那家餐廳的週末十分忙碌。原則說好打工到十點，但經常會加班到十一點。這時男孩肯定會跟家裡電話聯絡，餐廳主人或員工也有習慣將男孩送到家門。

「就像剛剛說的，這個餐廳是長子的朋友家。兩戶人家交情很好，彼此都很熟悉。所以老師夫婦也安心讓孩子到餐廳打工，儘管回家會很晚，也不用客氣對方將長子送回的安排。」

發生事情的晚上，長子必須要加班。

「快到十點的時候，男孩打電話回家。」板垣繼續說明：「老師家的電話裝有留言設計，強盜早將電話設定成留言。男孩聽見留言時，還以為家人不在，可能是出去吃東西了。這是他對警方說的。於是他留言說：晚上會晚點回家，餐廳主人也就是朋友爸爸會開車送他回家。」

強盜們聽見了話機傳來的留言內容。

「他們開始混亂，心想這下子可麻煩了！」

滋子皺著眉頭說：「他們難道不會想說：乾脆將長子和送他回家的朋友父親一起殺掉嗎？」

「當然會這麼想。可是要是這麼做了，後果會變成怎樣呢？」板垣聳聳肩說：「開餐廳的朋友家，發現送朋友回家的父親遲遲不歸，一定會覺得不對勁吧。說不定還會跟來找。於是強盜必須殺死每一個上門來找的人嗎？豈不是沒完沒了。而且被發現的危險性更大了。」

「說的也是……。」

「於是他們做出了決定。這個計畫失敗，還是逃為上策。不過這個決定還是顯得幼稚拙劣，他們留下現場便逃跑了。」

滋子睜大了眼睛說：「留下現場嗎？丟下屍體不管？」

「沒錯，連藏起來或運走等延遲被發現的可能都沒有做。反正決定了就不管三七二十一，立刻落荒而逃。所以當時附近的居民聽見了他們經過公寓走廊時的腳步聲和說話聲。」

「可是……那麼那些錢也就沒有被偷囉。」

「聽說犯案當時老師家裡擺放的現金二十萬被偷了。存摺和金融卡則留在現場，大概是想既然不能用，偷了也沒意義吧。」

「可是他們殺死了三個人……。」

「做案手法粗糙得令人難以置信，不是嗎？這很不尋常。相對於手段的殘酷，他們對於目的的執著心卻不很強烈。這種案件過去幾乎是未曾見過！」

強盜三人組逃離後，長子回家了。他什麼都不知道，沒有任何的心理準備。

滋子有種打從心底冰涼起來的傷感。打開家門，高中生第一眼看見了什麼呢？是血跡嗎？還是更悲慘更具體的東西呢？

板垣的語氣更加沉重，他說：「實在是太悲慘了，根本找不到言語形容。」

「一個人被留下來存活在這個世界上嗎……。」

「算他命大，很是幸運的了。」

可是板垣的臉上寫著：如果換作是他處於同樣立場，恐怕不會用「幸運」來形容了。滋子相信那名存活的高中生應該也是同樣的想法吧。

「你剛剛說犯人在半個月後被逮捕了，我好像也有讀到這則新聞……。是什麼情形下被逮捕的呢？是有目擊者嗎？」

「這就是這群犯人幼稚拙劣的地方。」板垣苦笑說：「不，這可不是一件好笑的事。在作案前，他們曾經好幾次來老師住的公寓探風，當時他們用的是自用車。而作案當天則是用租來的車子。」

而且來探風時，還將車子停在公寓建地裡的禁止停車區域。

「當然管理員會很在意哪裡的車子停在這裡。有住戶看見禁止停車的區域有車，也會來抱怨。只是有可能是某位住戶的朋友開車來訪，不好意思立刻就抗議；站在管理員的立場，只要違規停車不太過分且重複，他頂多就是口頭警告一聲罷了。可是……。」

板垣伸出食指，瞇著眼睛說：「這個細心的管理人做了一個重要的動作，他將車子的牌號抄了下來。」

案發之後他想起這件事。於是警方問訊後，開始從車子找起，然後連結A與B找到了C點，將三名罪犯逮捕歸案。

滋子不禁嘆了一口氣，這眞是一件既悲慘又愚蠢的案件！

「這事件在當時是喧騰一時的話題，如今卻幾乎無人報導。」板垣說：「大概公審也已經開始了吧……。」

「不知道存活的男孩怎麼了？」滋子的眼光濕

潤。

板垣眼睛一亮地叫說：「喂……妳振作點！我們是爲什麼提到這件事的呢？」

對了，這個事件應該只是今天話題的前言而已。

「你說到了難以置信的偶然，不是嗎？」

「沒錯，妳可不要太驚訝！」板垣故弄玄虛地低聲說：「就是這個高中生發現了大川公園的右手腕。他是第一發現人。」

滋子驚訝地說不出話來，幾乎弄不清楚整段話的脈絡。

「什麼……你說什麼？」

「所以我叫妳不要太驚訝嘛。他是滋子捲入的分屍案屍體的第一發現人。還未成年，而且只是個單純的發現人，所以媒體還按兵不動。但是假以時日，應該會被大肆注意才對。」

板垣像是在蘊釀氣氛似地停頓了一下，微笑後說：「而且偶然還不只這一樁。還是跟滋子有直接關聯的偶然，也是讓我驚訝的偶然。這一連串的故事，就是在昨天，也是在這家咖啡廳，我是從《銀色人生》時期一起工作的同事口中聽到的。他是跟我一起製作防盜專題的記者。」

滋子睜大了眼睛問說：「眞的嗎？」

「當然是眞的，我才不會騙人。」

板垣認眞地看著滋子，滋子也凝視回去。

然後她問：「這個記者我也認識嗎？」

「應該不認識。是叫成田的資深記者，我也是在《銀色人生》才跟他共事的。」

「那成田先生現在還在調查老師全家被殺事件嗎？」

「沒有。他只有在製作《銀色人生》防盜專題時才參與的。」

「那麼關於這次的大川公園事件呢？」

「他好像不怎麼關心。畢竟他不是那種型的記者，只是對這些偶然感到驚訝。」

滋子放心地靠在椅背上。

「事實上，發生佐和市的案件時，他曾和那名男孩接觸過。」板垣繼續說道：「當然是因爲《銀色人生》的採訪。幾乎什麼也沒問到，但還是見了面，而且是好幾次。」

滋子點點頭，並從皮包裡取出香菸準備點上。

「也給我一根吧。」板垣說。兩人開始默默地吞雲吐霧。

終於滋子說話了：「我知道了，你是說昨天和今天連續聽見大川公園的事件，這是一種偶然。」

「嗯。」

「那跟我又有什麼關係呢？」

「這個嘛……。」板垣裝起傻來。滋子悄悄地抬起眼睛看著他。

「滋子，妳到底有多少心做這件事？」

「多少心？」

「沒錯。今後大川公園事件的採訪戰將如火如荼地展開。從昨天、今天的情勢發展來看，這將是一件前所未聞、空前絕後的大案件。老實說，什麼後盾都沒有的滋子妳，要在其中跟別人角力，我完全是不看好的。」

滋子抬起了頭，心想：可是我手邊有這些已經寫好的稿子。

「妳已經寫好的稿子一點價值也沒有。」板垣說得肆無忌憚：「問題是今後要怎麼做？要用怎樣的手法切入屬於滋子的報導文學。我在沒有看見稿子前，什麼都不能說，也不能答應妳什麼。」

「我知道。」

「要知道對手無所不在。首先那些報紙、雜誌的記者們就守在現場。他們位於最前線，如果和他們採取一樣的方式寫作，再給妳一百年也是望塵莫及的！」

沒錯，這倒是事實。

「所以，滋子妳必須找尋妳專屬的門路。而這個門路絕對不是妳那份高不成低不就的稿子。要依靠那份稿子，是以後的事。現在首先得找出前畑滋子的專屬門路才行。」

滋子再次將眼光低垂，卻不是完全地閉上雙眼。她睜大了眼睛注視著桌面，彷彿競爭對手就在上面一樣。然而儘管內心鬥志高昂，但具體行動該如何做，她不知道。所以也只是心裡保持的高亢的情緒罷了。

「剛剛我已經給了妳提示。」板垣說。

滋子猛然抬起眼睛。在《莎布琳娜》的時代裡，經常有個這樣的經驗：每當滋子陷入困境時，板垣總會作出適當的嚮導角色。

「關鍵人物就是那個男孩！」

「那名高中生……」

「沒錯，就是他。就是那個全家被殺，只剩下他一個人存活的少年，也是他發現了都會魔手下遇難的女性屍體。這是怎樣的一個巧合，不是很值得撰寫的題材嗎？裡面展現了現代社會的青春殘酷面，不是嗎？」

聽起來像是坊間雜誌的封面標題，但是板垣臉上沒有笑容，滋子也沒有笑容。

「滋子，去追蹤他吧！以他爲切入點，讓妳過去索然無味的稿子重新活過來。一開始以存活的少年爲起點，自然能帶出滋子所想寫的失蹤女性的交叉部分。相信滋子在看見古川鞠子的名字出現在自己的採訪手冊上時，那種孤獨與害怕的感受，其實已和自身的恐懼形成了共鳴，所以才能成爲報章雜誌所無法追蹤的事件記錄。關鍵字就是『突然被破壞的人生』。」

滋子不斷地點頭，感覺好像得到了解答。可是……

「我該如何跟那孩子接觸呢？」

板垣笑說：「妳只要走近他，跟他問聲好就開始了。」

「我不是這個意思，而是問他住在哪裡……」

「這些我來調查。」板垣回答得很乾脆：「別忘了我們出版社也有出週刊雜誌。不單是男孩的事，就連這次的案件、佐和市的慘案等詳細案情，只要確定的內容都能提供給滋子。消息要多少有多少，所以妳不必客氣。總之，採訪記者的資料蒐集由我包辦。這是我的協助方式，條件是……」

「條件？」

「妳要寫出好的東西！」板垣愼重地表明：「寫出好作品交給我。除了要考慮在什麼媒體刊載外，最終目標是要出書。這才是最後的成果呀。」

滋子嘴角的線條稍微緩和了下來：「那不是跟我剛剛說的一樣嗎？這件事對總編而言說不定也是個大工程！」

「沒錯，妳就讓我成爲眞正的總編吧！凡事拜託囉。」

兩人都笑了。滋子立刻覺得心情輕鬆。

「對了，在開始作業之前，先告訴妳問題的倖存長男叫什麼名字吧！老是匿名也太失禮了。他叫眞一，塚田眞一。滋子妳要跟定他，死都不能分開。」

10

內勤業務的篠崎解讀出來的「川繁重機」果然確實存在。

正確名稱是「川繁重機股份有限公司東京總公司」，位於大川公園南方第四個街區的一棟四層樓建築裡。

「工廠設在佐倉和川崎。東京總公司也預定在近期內遷到佐倉工廠建地內新蓋的大樓裡。能夠在這之前找到，我們的運氣眞好。」

拜訪川繁重機的秋津，很快就能鎖定照片中的女性員工。那是服務於會計部的佐藤秋江，二十二歲。她還記得大川公園案發前一天，曾經穿過公園到銀行去。

武上將秋津對她的問訊記錄影印了一份存檔，並仔細閱讀。他坐在內勤業務的辦公桌前，旁邊是篠崎。篠崎正在整理科學警察研究所分析該照片的報告書，表情好像不是很明朗。

武上的心境也是陰霾不開。

佐藤秋江是個相當靠得住的證人。言詞清晰、記憶力很好。連前去問訊的秋津也讚不絕口說：「眞是個聰明伶俐、可愛的小姐。」

這個聰明伶俐、可愛的小姐表示：爲了到位於大川公園北側的東武信用金庫隅田川分行，每隔兩三天必須要穿越公園一次。

「穿越公園可以不需要等紅綠燈，比較快到達。」

她還說穿越公園時，會看見許多的遊民。

「大川公園裡好像特別多。」

在附近問案時，也獲得了公園裡遊民很多的消息。他們在公共廁所的後面、有遮雨棚的長椅邊，用紙箱子圍起來居住。墨田區公所也接到過不少這一類的抗議投書。

佐藤秋江說：「我只有在白天才經過，早晨和傍晚的情形怎樣就不太清楚了……」

武上瞄了一下手邊的公園地圖，然後繼續看檔案夾裡的書面報告。從垃圾箱裡發現右手腕的塚田眞一和水野久美沒有提到遊民的存在，大概是因爲時間帶不同的關係吧。

「我通常是在東武信用金庫快要關門的時候才去，幾乎沒有例外。在那之前先將會計部裡必須到銀行完成的工作集合好後才出門。要不然，做一件事就要到銀行一趟，反而更麻煩。所以我想這張照片應該是在下午兩點半時拍的吧，也可能是將近三點的時候。」

從照片中的人影長度推斷，搜查總部也認爲拍攝時間是同一時間帶。攝影師氣憤地表示「一次要拍那麼多照片，他哪裡記得住每一張照片的拍攝時間」，根本就靠不住！

此外佐藤秋江看見自己被拍的照片，對於身後的模糊人影做了以下的說明：「當時，附近有一個遊民在走動。就在垃圾箱的附近。我不敢斷定說身後的那個人是否就是當時的遊民。」

當然武上並不認爲一般人口中的「遊民」都是危險分子。只是基於年輕女子的心理，自然會想趕緊離開。所以佐藤秋江也無暇仔細觀察那個遊民的外貌和行動。

「我不知道那個人是要丟東西到垃圾箱，還是要從垃圾箱裡撿東西。我沒有看見。」

有關他的特徵？

「我不清楚，只知道他是一個遊民。」

旁邊的篠崎嘆了一口氣。武上不禁苦笑了。

「不要那麼失望嘛。」

「是……」

科警研送來的照片分析報告結果，也推論出佐藤秋江身後的模糊人影大概是遊民之類的人物。特別是從服裝和頭髮的長度來判斷。利用電腦解析照片，將影像分解成一個個顆粒。過濾掉不必要的顆粒，加深必要的顆粒色彩，然後再一次還原成影像。於是新的照片主體會比原來的清晰許多。

照片中可疑人物的推估年齡是三十歲到五十歲，身高一百六十到七十公分。遺憾的是，臉部長相難以確認。

搜查總部認爲這個人應該和犯人有所接觸。受到犯人之託，將問題的紙袋丟進垃圾箱裡。所以只要能找出這個遊民，或許就能窺知犯人的長相樣貌。

問題是現在的大川公園裡，一個遊民也沒有。篠崎失望的原因也在此。

「都是因爲案發以來，我們的進出太過頻繁。」篠崎沒有精神地說明：「這些人害怕被牽連，都不知躲到哪裡去了。」

他們有他們的做法。一旦找到了居處，就不太容易遷移；可是要是因爲出事而離開，大部分的情況都是不會再回來了。所以要找尋他們的行蹤十分困難。

本來若是一個區域內的一名遊民失蹤了，還可能繼續追查。因爲同一區域內，還有其他認識他的人存在。然而像這次所有人都跑光了，實在令警方也束手無策。看來只能等待風聲過後，或許他們會有人肯回來吧。只是搜查總部沒有那麼多的時間跟他們耗。

武上想起了有馬義男痛苦的神情。

經過一連串的問訊後，那個老人表示：如果犯人員的聯絡某一家電視台，要有馬義男對著全國觀眾下跪，才肯放了古川鞠子，他也願意做。但直到現在，犯人雖然還是三緘其口，按照過去的經驗，對方很有可能這麼做。不，對方一定會這麼做。

有馬義男似乎也下定了決心。不管怎麼跟他說明下了跪，犯人也不一定就信守諾言；他還是堅持己見說：「不試試看怎麼知道有沒有用!?」在搜查總部的要求下，他接受在江東區深川四丁目的店裡，和位於東中野的古川家電話上，裝置通話錄音和逆探知的機器，同時他也願意接受身邊有警衛人員保護。只是就算總部長拜託他不要下跪，有馬義男還是會堅持己見，無法阻止吧！

武上覺得憤恨難平。可以的話，他希望在犯人再次戲弄有馬義男之前，將他逮捕。可是除非是奇蹟出現，現階段的前景完全不看好。

「這麼一來，只能寄望於新宿高中女生的這條線索了。」篠崎說。

就是送信到廣場飯店的高中女生，她和犯人直接接觸的可能性也很高。

「無論如何一定要找出來！」武上回應說。

「但願那個高中女生也能像佐藤秋江一樣是個聰明伶俐的女孩。」

「也許吧。」篠崎悲觀地表示。

武上再一次閱讀佐藤秋江的問訊報告。然後一邊對照大川公園的地圖，一邊根據她的證詞確認其步行路徑。同時又看看業餘攝影師拍攝的照片。

這樣子反覆進行之間，突然間他發現了什麼。

難道是他們判斷錯誤了嗎？於是立刻取出案發當天的現場照片檔案夾。不斷地翻頁，看著一連串以各種角度拍攝的垃圾箱照片。

比對過一次後，發現沒有錯誤。爲了謹慎起見又再看過一次，並對照地圖，接著又取出大川公園管理事務處管理員的問訊報告檔案夾。

大川公園裡的清掃和垃圾處理有嚴格的規定。因爲是開放式公園，沒有明顯的開放、關閉時間，必須以員工的上班時間爲基準來排定。因此使用普通掃帚和畚箕的清掃時間是一天兩次，上午九點和下午兩點。垃圾箱的垃圾回收則是在做普通清掃時進行。由員工推著手推車繞行園內，更換半透明的塑膠袋。

這一點如今不須調查，也已經很清楚了。所以說因爲前一天下午兩點的垃圾箱清空後，到隔天上午九點的箱內東西將不會改變，因此那張遊民想要丟什麼東西的照片才顯得特別醒目。

可是昧於「醒目」的畫面所炫，武上發現了一點的疏失。

「喂！篠崎。」他大聲呼喚，篠崎立刻抬起了頭。

「大川公園的地圖，有沒有列出垃圾箱的位置呢？」

篠崎立刻點頭說：「有，都畫上去了。包含位置和數量都很清楚。」

「那是發現右手腕當天的位置和數量嗎？」

「是的。」篠崎眨著眼睛說：「沒錯。」

「你看看這個！」武上將照片檔案夾推到篠崎面前說：「和案發當天的垃圾箱位置，是不是不一樣？」

試圖讀出「川繁」的刺繡字樣時，兩人不知已經看過多少次那張照片。上面有波斯菊花圃、佐藤秋江的側臉、問題的遊民和垃圾箱。

「你看看！案發當天的現場，垃圾箱的位置和波斯菊花圃有些距離。前一天的照片，波斯菊花圃全景的後面則擺有垃圾箱。如果就當天的位置關係來看，拍攝波斯菊花圃應該拍不到垃圾箱才對。角度有些微妙，但至少垃圾箱不可能拍攝得如此明顯。」

篠崎仔細地比對著照片，頭就像小老鼠般左右晃動。終於他抬起頭來說：「你說的沒錯！」同時點點頭，並立刻站起身來說：「我立刻去請他們做確認垃圾箱位置的照片解析。還有調查垃圾箱的位置是否有移動？案發前一天的清掃時，情況怎麼樣？」

「請他們調查寫成報告的事，我來處理。」

當天傍晚，詳細的調查報告完成了。

武上的判斷沒有錯誤，垃圾箱的位置確實被移動過了。案發前一天照片中的垃圾箱比案發當天的靠近波斯菊花圃約兩公尺。

前一天下午兩點負責清掃附近和換取垃圾袋的管理員表示：並沒有發現垃圾箱被移動過。

「移動垃圾箱很費力的，重得很呀。不是想動就動得了的，至少我是不想動的。」

垃圾箱在波斯菊花圃旁邊的固定位置，就是案發當天的位置。

「也就是說，案發前一天下午兩點垃圾回收後，有人移動了垃圾箱。然後在隔天發現右手腕之前又移了回去。」

總之所有留在搜查總部的成員都圍著神崎警長，進行臨時會議。會中，神崎警長問：「可是移動垃圾箱的意義何在呢？」

與會的五六個人，沒有人敢發言，表情顯得神妙。或許他們心裡是想：垃圾箱的位置多少會有差異吧，有什麼好大驚小怪的？

「我認爲很有意思。」武上發言：「大概是犯人故意移動的。」

有人忍不住笑了出來。

「犯人爲什麼要那麼做呢？」

「爲了要讓人拍照。」

「拍照？就是那張業餘攝影家的照片嗎？」

「沒錯。這個攝影家整天都在大川公園裡拍照。犯人一定是知道這件事，所以才想要利用他。」

神崎警長皺起了他灰白的眉頭。

「這話怎麼說？」

「簡單一句話，我們警方上當了。他耍了我們。」

「誰？」

「犯人。」武上用力拍打桌上的照片說：「這傢伙移動垃圾箱，故意讓它進入攝影家的拍攝範圍。接著拜託附近的遊民——大概是給他一點錢吧，趁著攝影師拍照之際，故意將紙袋丟進垃圾箱裡。於是這些都被拍進了照片裡。當然當時所丟的紙袋，只是普通的垃圾而已。他實際拋棄右手腕應該是在晚上——我想該不會是他移回垃圾箱後幹的吧!?」

所有人面面相覷，也有人忍不住笑出了聲音。但是武上毫不退卻地表示：「犯人是思考周密的傢伙，大概觀察過大川公園好幾次了。利用攝影家也是當時才想到的吧。他知道一旦奇怪的畫面被拍成照片，警方一定會上勾，忙著大肆解析照片，企圖找出丟紙袋的遊民，甚至認爲拍照的時刻就是右手腕被丟棄的時間。」

神崎警長沉默了好一陣子，然後才抬起頭說：「可是這麼做，對犯人有什麼好處？混淆棄屍時間的判斷，似乎也沒有太大的意義。」

「他只是爲了好玩吧！」武上說。

「犯人很清楚發生這種案件時，我們的搜查方式。他具有這方面的知識。他相信警方一定會找出那名業餘攝影家，然後想像著警方的行動，覺得很好玩。包含現在這一瞬間也是。」

開會的刑警們一臉半信半疑的表情。

「總之。」神崎警長表示：「再找那名業餘攝影家問訊看看，說不定能問出什麼。如果武上說的沒錯，犯人之前應該就知道攝影家的存在，熟知他的行動模式，所以兩人曾經直接接觸過也說不定。」

接著命令散會。所有人立刻離開，只剩下武上。神崎警長以眼神呼喚武上，武上走到他身旁的空位坐下。

「武上，你好像還有什麼話要說吧？」

武上一坐下來，便用手揉臉。

「對不起。身爲內勤業務，我知道對搜查方針表示意見是違反規定的行爲。」

「不用說得那麼嚴重。」警長苦笑說：「不過很難得看見武上生氣的樣子。聽說上回你和有馬義男見過？」

「是的，我們見過。」

「眞是可憐的老人家。因爲發生他的事，連冷靜的武上也氣成這樣呀。」

警長說的沒錯。有馬義男的遭遇深深地打擊了武上的心情，但是並不只是如此。

「這次的照片，上當的是我們內勤業務。因爲我們負責分析照片，所以才這麼生氣。是我被犯人耍了。」武上說：「發現照片、興奮地開始解析的是我們，還高興地以爲棄屍的瞬間湊巧被拍成了照片……」

「可是過去也有過這種偶然。」警長慢慢地安慰說：「例如偶然的目擊、偶然的遺留品、偶然的意外展開搜查而抓到犯人等，這不就是搜查的實際情況嗎？

問訊、地毯搜索，不都是寄望偶然而進行的嗎？」

「警長說的沒錯。」

「不過，這種話不應該是我跟你說的台詞吧。」

這次警長不是苦笑而是微笑。

偶然，尤其對犯罪的人來說，經常是一種敵人。再怎麼縝密的犯罪計畫，往往會因一點小意外而全盤皆輸。或許是遺落了什麼、當天下起了雨、臨時招不到計程車等，一點點小事便會讓犯人動搖，留下了證據。搜查就是要耐心地尋找出偶然的意外。

所以這一次也是這樣。案發前一天拍攝的照片，是「偶然」發現的。作夢都沒有想到犯人會在這種地方被拍下這種照片。和描寫完全犯罪的小說和電影不一樣，現實的辦案就是會有這種情形發生。

武上認爲這次案件的犯人十分清楚現實事件的側面，以及警方不會對突如其來的偶然感到懷疑，在懷疑之前先行調查的習性。

「我從來不讀推理小說。」武上說：「那些小說中如果出現犯罪現場偶然被拍攝的照片，肯定會被批評情節粗製濫造。可是實際的搜查當中，這種事是很正常的。有人說事實比小說還奇妙，但實際上事實比小說單純多了，許多情形都像是爛小說中的情節。」

「的確，多得難以數計。」

「沒錯。所以這次才沒有懷疑那張照片會是個陷阱——而是決定先行調查。反正調查過後就會知道眞假了。」

武上說：「這個犯人預知我們會這麼做。」

「垃圾箱是犯人親手動過的，或許是他小試身手的一次賭博。看看垃圾箱和遊民會不會被拍進照片裡？看看照片會不會讓警方發現？被發現後，警方如何解釋？這傢伙很愛說話，如果我們放著不管，說不定他會通知電視台有關照片的事。」

神崎警長雙手抱在胸前，稍微側著頭說：「然後笑我們嗎？笑警方看不出來是陷阱而拚命搜查嗎？還是笑警方連照片的存在都不知道？」

武上點頭說：「他就是這種人。」

「可是這對他來說都算是走險路，不是嗎？不論是惡作劇，還是爲了丟棄右手腕，犯人都必須跟公園裡的遊民接觸。」

「還有新宿的高中女生也是。」

「沒錯。只要找出他們，就能取得目擊證詞。這就是以其人之道還治其人之身呀！」

「老實說，這一點我反而不安。」

「怎麼說？」

「當初認爲照片是偶然拍到的，還不覺得怎樣。一旦發現是設計過的，不禁有些毛骨悚然。這傢伙顧前思後，設計出天衣無縫的惡作劇。因此爲了讓惡作劇更加完備，而且要保護自身的安全，該不會連用來惡作劇的道具都一一收拾乾淨了吧。」

神崎警長看著武上的臉，武上也看著警長的臉。

「遊民和……。」

「高中女生。」武上說：「不知道是否還活著？」

這裡有一個不安的母親。

她高二學生的女兒，包含今天已經兩天沒有回家了。所有可能的電話都打過了，都沒有女兒的行蹤。

以前女兒也曾離家出走過，就在最近也發生過四五天不回家的記錄。突然間回家的時候，制服收在紙袋裡，身上穿著母親從來沒看過的新衣服，臉上還化著妝。

當時母親還來不及責備她，便先哭了起來。幾乎是哀求的語氣拜託女兒：「從此不要再做這種傻事。」女兒則是用冷靜的眼光觀察這一切。

當時離家的原因是母親偷偷檢查女兒的房間。房間裏凌亂堆放著母親給的零用錢買不起的高級服飾、化妝品。母親心想這些東西是從哪裡來的？於是開始翻箱倒櫃，找到了通訊錄。翻開一看，裡面記著朋友姓名、商店名稱和電話號碼，還有男人的名字。其中有一頁則列了十幾個沒有名字的電話號碼。

母親心知有異，便撥了名單上的第一個電話號碼。

電話立刻接通了，可是和接電話的人始終說不清楚。對方是中年男性，語氣很客氣，聽不出來對方開的是服飾店還是美容院。男人說：「謝謝來電！現在方便說話嗎？妳幾歲？」

母親決定說清楚，於是表明：「我是從女兒的通訊錄中發現這個電話號碼，想知道是哪裡的電話？」

對方沉默不語。最後男人還是親切地告知：「這裡是電話交友中心，這位太太。」

然後便掛上了電話。

那一天等女兒從學校回家，母親狠狠地罵了她一頓。時而流淚說：「妳爲什麼要做這種事？」時而悲泣說：「我還以爲只有電視劇中才有高中女孩會利用電話交友賺錢！」

女兒也生氣了，高聲疾呼說：「我也有自己的隱私權呀！何況我每天都乖乖地去上學，妳還有什麼好叫的！」

的確她是有去上學，上學時穿的制服也很正常。可是在這假面的縫隙，女兒的「私生活」很不檢點。就像是迷你裙下露出的內褲一樣，顯得十分淫蕩。所以做母親的才會檢查女兒的房間。

激烈爭吵之後，看著一臉頑固、表面裝做沒事、正常上學的女兒，母親開始拚命考慮對策。她蒐集許多資訊，了解電話交友中心是什麼，以及當下部分高中女生令人難以置信的遊戲人生，這些都是她從來都不想知道的內容。

可是她還是不知道該如何是好？

女兒開始對悶悶不樂的母親展現敵意，也願意公開展現自己的私生活內幕。那不是因爲自我的反省，而是發現告訴母親她在做什麼，反而是對母親的最大衝擊！

「穿著普通制服、白白淨淨的一張臉出現，就會有一大堆中年男人圍上來。」女兒說。

「跟他們約會就有錢拿，不然就讓他們買衣服給我。一開始穿得太漂亮，男人是不會上門的，反而會吸引危險的傢伙。」一臉得意、肆無忌憚地說出心得。

「會去電話交友中心的人，通常一次就結束了，不會牽扯不清。反正只要有錢拿就好了。」

母親擔心地詢問：妳該不會是在賣春吧？女兒竟大笑說：「如果對方夠帥，就一起上賓館有什麼不好呢？誰也不吃虧，大家都愉快嘛。」

母親心痛得不知該如何責備女兒，只能哭泣。女兒竟生氣地罵說：「幹嘛擺一副臭臉哭給我看！沒有用的啦。從來也沒做到母親該做的事，現在倒會擺樣子！」

母親不禁自問：是這樣子嗎？什麼才是母親該做的事呢？我沒有做到過什麼嗎？

越想越難過，於是打電話給單身赴任到遠地的丈夫，這是她第一次因爲女兒的教育問題打電話給丈夫，長久以來照顧獨生女的責任都是她一肩扛起的。

丈夫似乎很忙、工作很累的樣子，母親根本無法說得詳細。尤其是在電話中提到女兒賣春的行爲。但還是報告了女兒離家出走，住在朋友家好幾天不回來的事。她擔心是否是因爲青春期的反抗心理等等。

丈夫卻生氣說：都是因爲妳沒用。於是母親知道丈夫已不是她唯一能訴說的對象。

從此她一個人煩惱，承受痛苦。經過不斷地暗中摸索，對女兒溫柔就被推回，怒言相向就遭反彈，苦苦哀求則被輕視。

接著女兒再度離家出走，已經兩個晚上沒有回家了。這一次她會去哪裡呢？會不會又過了四天才肯回家呢？

這一天的傍晚來了一通電話。是母親不認識的人，頭一次聽到的聲音。

聲音有些奇怪，有點像是機械合成的音效，就跟自動提款機發出的聲音類似。

「媽媽嗎？她在家嗎？」

「她是誰？你是指我女兒嗎？」母親問。

對方嘻笑說：沒錯。

「不在家吧。怎麼可能在家。因爲她在我這裡呀。」

「什麼？我女兒受您照顧了嗎？」母親急忙地問。

「沒錯，我在照顧她。她幫了我一些忙，我當然要好好待她。」

母親還沒說完「眞是謝謝你了」，對方又繼續說了下去：「媽媽，妳來接她吧！」

「接我女兒嗎？」

「嗯。她說今晚想要回家。」

母親感覺到淚水盈眶，女兒想回家了，而且還要我去接她。

「我去哪裡接她呢？」

「妳們家附近不是有個兒童公園嗎？公園裡有個造型奇怪的大象溜滑梯。」

的確是有，母親立刻知道位置在哪裡。那個形狀奇怪的大象溜滑梯，在他們家搬來這裡時就有了。溜滑梯的設計是爬上大象的軀體，再順著像鼻子滑下來。女兒小時候，母女經常在那裡遊玩。女兒最喜歡「大象溜滑梯」了。

「我知道的。只要到那裡就可以了嗎？」

「嗯。」機械聲回答：「今晚半夜兩點鐘，時間有點晚。」

母親不知謝了多少次，對方在道謝聲中掛上了電話。母親抹去淚水，通了一下鼻子。始終獨自擔心、心神不寧、一心期待女兒回家的她，根本沒有多餘的念頭去思考對方是誰？這種情形是否有些不太對勁？

於是半夜兩點鐘，她來到了兒童公園。

公園的街燈很少，十分陰暗。又是個沒有月光的晚上，天空有些陰霾，星光顯得迷濛。只有些許的蟲鳴從草叢中傳出，給人秋夜的感受。

一踏進公園裡，母親就發現溜滑梯上有人坐

著。大象的頭上有一個比夜色還烏黑的陰影。

「媽媽來接妳了。」母親出聲呼喚：「快下來吧。媽媽沒有生氣。」

可是女兒卻不下來。等不及的母親從下面伸出手拉了一下女兒的迷你裙擺。

女兒的身體傾倒，猛然從大象圓滾的身上落下，而且是頭先落地。

母親發出尖叫，立刻衝向落地的女兒身邊，抱起了女兒。可是躺在母親手裡的女兒身體早已冰冷，僵直得有些怪異。兩眼張開，半開的嘴唇似乎正在做無聲的悲鳴。脖子上的繩索勒痕已明白訴說女兒發生了什麼事？為什麼尖叫不出聲音呢？

11

前畑滋子居住的葛飾區南部町距離墨田區的大川公園並不太遠。話雖如此，這種不遠不近的距離反而奇怪，至今滋子還沒去公園走過。那裡是東京都內有名的賞櫻名勝，因為工作的關係多少也該去過兩三次吧。可是不知為什麼滋子和大川公園就是缺少緣分。

朋友社的板垣只花了兩天便將塚田真一的目前住址、就讀學校等資訊查出，告訴了滋子。據說真一現在是寄住在亡父的朋友石井老師夫婦家，住家在大川公園步行可及的區域，學校也是附近的都立高中。因此滋子決定先到案發現場的大川公園走走，然後再去石井家採訪塚田真一。

不知道是用了什麼方法，板垣連塚田真一的照片都到手了。

「這是老師全家被殺事件案發當時，我們的週刊記者拍到的。」他說明：「當然沒有刊登在雜誌上，連名字也沒有公開。」

照片的內容是葬禮，移靈的時候。在兩輛靈車之間，站著一位穿著立領學生制服的少年雙手抱著遺照。臉孔微偏，正在看著身旁手持麥克風跟參加喪禮的親友們打招呼的男子。男子大概是少年的親戚吧。喪家固然是塚田眞一，但滋子心想他們一定是不忍心讓他太難過才做此安排。

照片是透過望遠鏡頭拍攝的，所以連塚田眞一的表情也拍得很清楚。如果只是臉部表情的特寫，會覺得這是一張快要睡著的男孩相片。因爲眼皮下垂、嘴角無力、下巴的線條也十分軟弱。

可是他胸口抱著父母和妹妹的合影遺照。他的表情和遺照互成對比，形成了另一番不同的意義。

那是站在廢墟的人臉。一夜醒來，所有的人生都化成了碎片——而自己站在這些碎片上面。照片上的表情就是這樣的心境。雖然想拾起碎片，卻不知從何著手。哪一片是妹妹的骨頭？那一片是媽媽的頭髮？那一片是爸爸的血肉？

滋子凝神注視著少年手上的遺照。雖然畫面不是拍得很清楚，但可以確認出妹妹站在父母之間的身影。不知是誰沒有選用三人個別的獨照，而挑選這張合照？居然還能找到這麼適合該葬禮的照片。說不定這張照片就是塚田眞一拍的。在全家旅行的時候，「沒關係，我來拍吧！」他手執相機，對著微笑的家人按下快門。所以畫面中沒有他。當時也許妹妹曾開玩笑說「討厭，三個人拍照不吉利」，或說「站在中間的人會死耶」。抱著遺照的塚田眞一，內心可能想起了這些往事。

他的眼鼻立體，是個長相可愛的少年。一想到慘案對塚田眞一的影響，滋子有些猶豫是否該去見他。照片中神情木然的少年，一年後的現在，不知變得怎樣了？

「滋子，不要想太多，讓自己不敢行動！」板垣在交給她照片時，故意先發制人地鼓勵她。想起他的用心，滋子不禁苦笑了一下，將照片收進口袋裡，走出了家門。

在東向島車站出了電車，一邊確認地圖一邊前往大川公園。熱鬧的站前街道，跟滋子現在居住的地方有種相似的情調。幾層樓高的建築、住家、商店和工廠都混在一起林立著。婚前她住在高圓寺一帶，那是學生較多，氣氛較年輕的城鎮。婚後搬到葛飾區時，總有種不能適應的失落感。可是今天來到這陌生的街道，卻認爲氣氛跟葛飾的家鄉很像，一種油然而起的安心感。原來人也是說變就變的。

大川公園夾處於隅田川和幹線道路之中，形狀狹長。但對都市叢林而言，仍不失爲一個難得的綠色空間。規模比想像中要寬廣許多，滋子有些驚訝。

進入公園，先去尋找發現右手腕的垃圾箱。週刊雜誌上附有現場附近的簡圖，事前已經剪下來帶在身上。邊看邊找，不一會兒便來到波斯菊花圃前。垃圾箱就在附近。

那是加有蓋子的大型垃圾箱，看起來還很新。一定是因爲該事件而換新的吧。上面既沒有編號，也沒有寫什麼文字，就是很普通的公園用垃圾箱。打開蓋子看了一下裡面，垃圾已經堆了有七分滿。

現在再來調查垃圾箱，已經沒有太大意義了。滋子不禁有點心虛地看看四周。公園裏人影稀疏，偶爾看見的人都是一派休閒，步履緩慢地走過。陽光雖然輕柔而舒服，卻少有人坐在花圃邊、步道上的長椅上享受。公園是安靜而閒適的，只有在某些地方立著警方的告示板，呼籲大家提供事件的資訊。當時緊張的空氣已不復存在於公園裏了。

可是滋子還是在公園裏轉了一圈，希望能捕捉一點當時的情景。何況她還有些時間。

聽說收養塚田眞一的石井夫婦都任教職，所以白天家裡應該沒有人才對。滋子曾經打過一次電話到石井家，是在昨天晚上八點左右。

接電話是女人的聲音，大概是石井太太吧。滋子不敢報上姓名，只問說：「塚田在嗎？」

對方語氣明朗地回說：「不好意思，他正在洗澡。」

「哪裡，這麼晚了還來打擾。」

滋子是故意不報上姓名的，好讓石井太太誤以爲她是眞一的朋友。滋子也盡量裝成女學生說話的樣子。

「要不讓他回電給妳？」

「不用了，太晚了。我明天再打。」

「是嗎，眞是不好意思。」

「塚田通常都是什麼時候回到家呢？」

「他四點半到五點鐘會回到家，目前好像沒有參加什麼社團吧。」說完後石井太太接著問：「妳是水野同學嗎？」

一時之間滋子不知如何是好。水野？

「什麼？我不是。」

「是嗎，眞是對不起。聽起來你們好像不是同一個學校，所以我才會那麼問的。」

滋子連忙說聲「哪裡」便掛上電話。掛上電話後，又開始擔心對方會不會起疑。說不定已經有其他媒體人員跟眞一他們接觸過了，可是石井太太的語氣卻沒有什麼防備。也許因爲我是女的，她才沒有戒心吧。

漫步在大川公園裏，滋子不時看看手錶。她打算一到四點就離開公園，前往石井家附近。如果按大門的電鈴沒人應聲，就站在路邊等眞一回來。要是有人應門最好，就算是說出目的吃上閉門羹，也比在路上攔塚田眞一要有效率的多。

滋子相當緊張。走在公園裏，卻什麼都視而不見。腦海裡不斷練習著該如何自我介紹，見到眞一時該如何開口。有時喃喃自語，經過的行人都用奇怪的眼光看她。

繞了一圈後，又回到波斯菊花圃，還差十分鐘才到四點。滋子通過波斯菊花圃前往出口。這時才發現旁邊的長椅上坐著一位剛剛她沒看見的人。

是個女孩。細長的臉頰很漂亮，但如果能再豐腴些應該會更可愛。穿著藍色牛仔褲和白球鞋，上身披著紅色運動外套，一頭長髮束在腦後。相對於一身法國國旗般的鮮豔顏色，她的表情顯得灰暗。生氣的眼光直視著前方。因爲神情是那麼嚴肅，不禁吸引住滋子的視線。

大概是跟男朋友吵架了吧？還是跟父母起了衝突呢？會讓十幾歲的年輕女孩表情如此憤怒，究竟是什麼原因呢？

於是滋子忽然又想起今天早上的新聞報導。在三鷹市內的兒童公園裏，發現高中女生被勒殺的事件。據說是日前送信到新宿廣場飯店給古川鞠子祖父的高中女生，所以引起了社會震驚。而且在發現屍體之前，利用變聲器打電話的嫌犯還特別通知了高中女生的家裡。

當初新聞報導新宿廣場飯店事件時，曾提到送信的是一名服裝普通的高中女生。這次被發現的屍體果然也是穿著學校制服的一般高中女生，但另一方面好像也利用賣春賺取零用錢，過著奢華的私生活。這對三十幾歲的滋子而言，實在是難以理解的少女生活。

斷定這名少女是繼身分不明的右手腕主人、古川鞠子，成爲同一犯人的第三件犧牲品，大概不會有錯。而且她也是社會確實認同已經「死亡」的第一位犧牲者。右手腕的主人和古川鞠子還未正式判定生死。當滋子這麼說時，昭二還一臉不愉快地表示：「手被切下來，應該就已經死了。那已經是殺人分屍案了！」

滋子心想也是。說來殘酷，右手腕的主人還能存活的機率實在不大。只是如果還被犯人囚禁的話，就還有活著的可能。從這次的事件觀察犯人的一連串動作，感覺這傢伙居然可以殘酷到切下活人的手丟出來，只爲了看看社會的反應。就連古川鞠子的事件中，犯人以其所有物爲餌耍得警方和家人團團轉的背後，似乎也能察覺出他別有企圖。犯人抓住了鞠子，利用她的東西進行惡作劇。這一切不是要做給誰看的，或許就是要讓鞠子親眼目睹吧？讓她看著活受罪。滋子認爲這固然是慘無人道、陰險至極的做法，但至少鞠子還可能活著。

縱然這些只是她的猜測，但其他兩名女性依然生死未卜、警方還被耍得團團轉之際，爲何只有高中女生像垃圾般被丟了出來，這一點滋子不能不沒有自己的想法。難道說高中女生只是個道具？還是說犯人因爲有罪惡感，所以才趕緊讓屍體曝光？

這裡面是否隱藏了犯人的女性觀？到目前爲止，犯人做案的對象都是年輕女性。他對現在女性的想法能否從以往的過程中嗅出端倪呢？滋子心裡想著這些，眼光竟不自覺盯著長椅上的女孩。

突然間她和女孩的目光相對，滋子立刻避開了視線，趕忙往出口的方向邁進。似乎感覺到女孩的視線始終跟隨著她，但滋子還是沒有回頭地快步前進。

石井夫婦的住家很容易便找到了。走得快一點的話，距離公園不過十分鐘的腳程。那是一棟感覺蓋好沒有幾年的兩層樓房，有一個兼做庭院的停車場，一隻牧羊犬被栓在裡面。滋子走向前去，隔著圍牆探頭窺視南面突出的窗台，牧羊犬竟然舉起身子，不斷地搖動尾巴。看來牠是不適合做看門狗的！

門牌上只寫著石井夫婦的名字。窗口和陽台上都沒有曬洗的衣物，也沒有停放年輕人喜歡的越野腳踏車。一眼看過去的印象，似乎感覺不到塚田眞一的存在。

這時牧羊犬突然叫了起來，滋子嚇得跳離圍牆。牧羊犬雖然在叫，尾巴依然不斷搖晃。大概是希望滋子摸摸牠吧？滋子穿越巷道，來到對面。石井家對面是舊式的磁磚貼壁公寓，一樓的大門開著。滋子一腳踏進門裡，巧妙地將身子隱藏起來。

牧羊犬還在斷斷續續地叫著，可是石井家卻沒有人打開門或窗戶觀看。滋子看了一下手錶，時間是四點十五分。

背後的公寓住戶裡傳來重播的電視劇聲音。過了一會兒，牧羊犬也停止了吠叫。滋子靠在門後的牆上，守候著外面的狀況，內心則是不斷練習和塚田眞一第一次見面時該說的話。「你好！我是前畑滋子」。不對，應該說「我名叫前畑滋子。你是塚田眞一嗎？」還是問說「你是眞一同學嗎？我有些事想跟你談談。」

原則上滋子在服裝上也做了些考慮。穿得太休閒會被認爲不夠莊重，可是穿正式的套裝又顯得太嚴肅。最後她選擇了白襯衫配秋裝的薄外套，下搭卡其布裙和短統平底皮鞋。看起來比較清爽、清新。不過手提包還是平常工作時常用的大提包。因爲拿著大提包比較具有說服力：「我沒有騙人，我眞的是採訪人員！而不是爲了追蹤你的消息才來的……。」

這時，牧羊犬又開始叫了，而且是連續地吠叫。滋子探出頭一看，牧羊犬正拖了鐵鏈，來來回回在狹隘的庭院裡奔跑，神情十分高興。一定是家裡的什麼人回來了，滋子也做好了準備。

幾乎就在同時，從巷道的右手邊有人走了過來。穿著牛仔褲和運動上衣，肩上掛著帆布包。果然是塚田眞一，滋子立刻就認出來了。於是從門後走出想要叫住他，這時聽見了其他人的說話聲：

「慢點！就這樣逃跑，未免太卑鄙了！」

高亢的聲音幾乎可說是尖叫，尾音像箭頭一樣地鋒利。塚田眞一彷彿想躲避尖叫聲似地跑著。來到家門口時，開始摸索牛仔褲的口袋，大概是要掏出鑰匙吧。他的側臉緊張，雙肩膽怯地縮著。

「等一下，你等一下！」

聲音對著眞一追了上來，那是年輕女孩的聲音。當聲音的主人身影進入滋子的視線時，滋子大吃一驚。原來是剛剛在大川公園看見的少女，那個一臉怒容瞪著天空，表情陰鬱的少女。

眞一正好掏出鑰匙打開門時，少女也衝到了石井家門口，一把抓住了眞一背後的帆布包。

「拜託你，不要躲著我！」

眞一不出聲地拉回背包，頭也不回地開了門，一滑進家中後，立刻將門關上，門板差點撞上少女的鼻子。少女貼著門大叫：「爲什麼？爲什麼不聽我說呢？你開門呀，開開門呀！」

少女又是扭動門把、又是用力敲門，並且大聲呼喚：「塚田同學！塚田同學，你聽見了嗎？」

可是石井家裡沒有任何反應，只有牧羊犬還在吠叫。面向庭院的窗戶裡面，窗簾好像動了一下，但也只是一瞬間。

少女的狂亂舉止，驚嚇了滋子，讓她有些不知所措。附近的人們聽見吵鬧也紛紛從大門或窗戶探出頭來問：「怎麼回事？吵什麼吵呢？」

少女無視於周遭的氣氛，從門口退後了幾步，抬頭朝著二樓面對街道的窗戶，開始大聲呼叫：「塚田同學，躲起來是沒用的。我今天不打算回去了。你不出來見我，我就不回去！」

滋子的正上方，有人笑了出來。她抬頭一看，大概是這棟公寓的住戶吧，一個穿著圍裙的中年婦女，手遮住嘴巴笑著。石井家隔壁的小型工廠裡，也有兩個穿灰色工作服的男人，從鐵門的下方開口探出頭來，苦笑地看著少女和石井家的二樓。

「我是絕對不會回去的！」少女這麼一宣布，便轉過身去坐在石井家大門口的階梯上。於是滋子可以看見她的長相。或許是有些興奮，少女的臉色比起剛剛在公園看到的要紅潤許多。可是生氣的眼神還是一樣，扭曲的嘴唇破壞了少女可愛的容顏。

「小姐，跟男朋友吵架了嗎？」隔壁工廠的男人故意取笑她。於是少女轉過頭瞪著男人說：「才不是這樣子呢！」

「好可怕喲！」工廠的男人笑彎了腰，連忙鑽進鐵門裡。

少女兩手抱著膝蓋，並將頭埋在裡面。看在滋子的眼裡，覺得女孩因爲過度激動而垂淚了。

的確這現象看起來就像是小孩子吵吵鬧鬧的戀愛故事。但滋子卻被剛剛稍微瞥見的塚田眞一，因爲害怕而顫抖不已的側臉所吸引。滋子當然也有類似的吵架經驗，她和昭二就吵過。在昭二之前結交男朋友，甚至有比吵架還要嚴重的爭執。可是不管形式如何，被一個和自己有戀愛關係的女人大聲責罵，男人很少會抖成那個樣子的。女人生個氣，男人才不會害怕呢；也許會因爲惱羞成怒而兇回去，但絕對不會是害怕。男人反而害怕的是女人莫名其妙的又哭又笑。即便是十幾歲的少年少女，這現象還是不會改變吧。如果他們之間眞的是小情侶的吵架，塚田眞一要不就是跟隔壁工廠的男人一樣反唇相譏，要不就是回過頭來大聲斥責少女一頓，絕對不會是關起門來做縮頭烏龜。

滋子悄悄地離開公寓門口，越過巷道，走近少女身邊。儘管滋子的身影覆蓋在少女臉上，少女還是不肯抬頭。

「妳好。」滋子出聲打招呼：「對不起，妳也許會覺得我多管閒事。不過我還是要問一聲：妳還好吧？」

少女看了滋子一眼，立刻又將眼光移開，雙手依然抱著膝蓋。她的兩顆眼瞳就像黑色的小石頭一樣地閃亮。

「這樣子做，反而會有反效果的。」滋子說。她凝視著少女的臉繼續說：「想跟塚田說話的話，應該想其他方法比較好吧？我覺得今天還是算了吧。依現在的情形看來，不管妳怎麼做，他也是不會出來的了。」

少女不屑地將頭轉到其他方向，冷冷吐出一句：「誰要妳管！」

「妳是塚田同學的朋友嗎？」

「要妳管那麼多！」

「可是……」

「不要管我，妳不要多管閒事！」少女猛然站起身來，對著滋子怒吼。

少女的口水噴在滋子的臉上。她就像高壓電線一樣盛氣逼人，身材雖然瘦小，卻充滿了活力。但這種活力並不開朗，而是充滿了憤怒與悲嘆。究竟是什麼這樣折磨著少女呢？

滋子故意嘆了一口氣讓少女也能聽見。她站起身抬頭仰望石井家的二樓窗戶。窗簾晃動了一下，可以看見塚田真一的臉。一瞬間他和滋子四目相望。

少女還是坐在地上，蜷縮著身體，用自己的手臂抱住膝蓋，一如保護自己一樣。

她在哭泣。

滋子又走回對面的公寓門口，邊走時還從提包裡掏出手機。她將手機藏在手裡，側著頭面向石井家的二樓，稍微將手提高了一下。真一還站在窗邊，他應該可以看見滋子手裡的手機。滋子立刻晃動了一下手機，沒有出聲地動嘴唇說：「我打電話給你。」

然後躲進公寓的大門後，按下石井家的電話號碼。鈴聲響了一下，對方便有人接起話筒。

「事情突然變成了這樣。」滋子劈頭便說：「門口的女孩說她不回去，你要怎麼辦？」

還沒聽見回話，先聽見一個深呼吸聲。可以感覺到對方的困惑，滋子不禁有些同情塚田真一。

「……對不起。」他小聲地回答。

「總不能丟下她不管吧。該怎麼辦才好呢？」

眞一沒有回答這個問題，反而問說：「妳是附近的人嗎？」

「不是。」滋子對著小小話機微笑說：「老實說，我是來找你的人。」

眞一沉默了一下，接著小聲地問說：「找我？」

「是呀，你是塚田眞一吧？」

「是……是的。」語氣給人感覺只要不是塚田眞一的話，這一瞬間他甘願當隻毛毛蟲或蚯蚓。可是一旦回答「不是」，後果又會怎樣呢？

「我叫做前畑滋子，今天來是想要問你一些事情。其實我是寫報導文學的人，聽說大川公園的事件，你是第一發現者？」

「是的，沒錯。」眞一的聲音稍微加大了：「但其實不是只有我一個人發現。」

這倒是第一次聽見。

「是嗎？我不知道耶。我有很多事想問你，可不可以見面談呢？」滋子突然笑出來說：「就算被你拒絕，我是不會賴在門口不走的。不過我是眞的很想見你一面。」

眞一沉默不語，也沒有跟著滋子一起笑出來。他一點笑意都沒有。

「門口的女孩是眞一同學的女朋友嗎？」

對方馬上回答說：「才不是呢。根本就不是那麼回事。」

「是嗎……我也是這麼認爲。還是應該讓她回去比較好吧。」

眞一沒有回答，卻這麼說：「我想這樣下去，她一定不會回去的。所以還是我出去比較好吧。」

「你？」

「是的。」

「把她留在這裡嗎？」

「對。」

「馬上你父母……石井夫婦就要回來了吧？」

「是的。妳是前畑小姐吧？」

「對，沒錯。」

「妳知道我的事情嗎？」

大概是因爲改口「你父母」的關係吧。滋子對著手上的話機點頭說：「是的，我知道。石井夫婦是你過世父母的朋友吧。」

「沒錯，所以我不想讓他們擔心。」這句話說得近乎低喃。

「可是你要怎麼離開家門呢？」

「我可以從後面的陽台爬到圍牆跳出去。」

「後面也有巷道嗎？」

「有，不過是單行道。」

「要不這麼做吧！我去攔一台計程車，到路口去接你。我準備好後再打電話給你，這樣可以嗎？」

「好。」過了一會兒，他才說聲：「謝謝。」

「不客氣。」

按下通話鍵，切斷電話後，滋子保持原來的姿勢想了一下。情形比想像的順利許多。塚田眞一願意出來的話，眞該謝謝那個少女。

少女還坐在石井家門口硬撐。天氣有些涼意，她頑固的表情絲毫不變。滋子在她面前停了一下，因爲少女將視線移開，滋子便沒有跟她說話。

回到大馬路，攔了一輛計程車。一如眞一所說的，石井家的後面有一條只能容納一部車通過的窄巷。打開車門時，滋子看著石井家的陽台打電話，眞一立刻接電話說：「馬上就下來。」

果然窗戶打開，出現一名少年的身影。身手輕快地翻過陽台柵欄，跳到一樓的屋簷上。

「小心點！」一邊留意附近鄰居的眼光，滋子小聲地提醒他。還必須小心不要讓少女發現了。

塚田眞一還是穿著剛剛的衣服，背著同一個帆布包。雙腳踏在圍牆上後，輕輕一躍跳在計程車的後方。少年站直了身體，滋子才發現他比想像中要矮一些。不過現在還是繼續成長的年齡，不必過於擔心。

「妳是前畑小姐嗎？」

「是的，我們走吧。」

眞一上車後，計程車便開始行進。車子一駛離石井家，便聽見少年發出小聲的嘆息。

「最好不要離這裡太近，我們找家咖啡廳坐坐吧。」

眞一沒有回應滋子的提議，也沒有點頭，只是默默地看著車窗外。滋子在計程車裡也沒有多跟他說話。

結果他們來到了御茶水一帶。滋子認爲山上飯店的咖啡廳應該還不錯。她對眞一說明：「經常和受訪的人在這裡談事情。」眞一還是不發一詞。

計程車停在在飯店前。先下車的眞一彷彿擋在即將下車的滋子面前問說：「剛剛的車錢？」

「哎呀……沒關係啦，那沒什麼。」

少年搖搖頭說：「那可不行，請問是多少錢？」

同時準備打開背包。

滋子不禁笑了，心想：「眞是個老實的孩子！」

「眞的沒關係的。因爲你要接受我的採訪。」

「所以我說不行。」塚田眞一第一次正式看著滋子的臉，語氣堅定地說：「我沒有辦法幫妳。」

突如奇來的一擊，滋子有些錯愕：「嗄？」

「我沒有辦法接受採訪。我什麼都不會說的。」

「可是你都跟我一起來了。」

「我好像是利用妳了，對不起。因爲我一定要離開家裡，所以至少請讓我付計程車錢。」

「慢點，這到底是怎回事？」

「我不能接受採訪。」

「塚田同學……」滋子有些語塞。

少年的表情嚴肅，跟剛剛逃離少女時一樣，顯得十分膽怯。眼光在不斷眨動的眼瞼背後尋找著出路。

滋子心想：「如果生氣罵說可惡！或許可以扭轉情勢。」但是看見眞一走投無路的哀傷眼神，滋子同情地無法產生憤怒的情緒。

「要不先這麼做吧！」滋子臉上泛出笑容，輕輕將手放在眞一的手上說：「我們一起喝個茶吧？反正你馬上也不能回家。那個女孩一定還在那裡撐著。把你帶到這裡的人是我，我有責任送你回家。到時候我再提出採訪的請求，我也會跟石井夫婦見面的。」

少年拉回自己的手，並快速地搖頭說：「這樣也是不行的。」

「既然不喜歡受訪，多花一點時間也沒有關係。我會繼續請求的，直到你答應。不過要聲明的是，我不是在追蹤號外消息，因爲我不是記者。希望你能了解這一點。」

「不行。」眞一幾乎是懇求的語氣：「不管妳怎麼等，來多少次也沒有用。我已經不會回去那個家了。」

「不會回去？」滋子吃了一驚：「討厭，塚田同學，你是說離家出走嗎？你眞的要離家出走嗎？是這樣子嗎？」

「沒錯，就是這樣。」

少年游離的眼光越過滋子的肩頭找尋離開的方向，感覺上一刻都不願意再多停留在這裡。

「你以爲我會靜靜地看著這種事發生嗎？你還未成年，而且究竟能去哪裡呢？有目的地嗎？」

「我……我要去親戚家。」

滋子抬起下巴，睥視著眞一的臉，想確定剛剛說的話是眞是假。少年躲開了滋子的目光。滋子知道他是騙人的，怎麼可能去投靠親戚。這孩子根本無處可去。

「一句話不說就走，難道不會覺得對不起石井夫婦嗎？」

「就是因爲覺得對不起他們才想要離開。」

「什麼意思？」

眞一猛然抬起頭，大聲說：「我沒有必要告訴妳，這種事，跟妳沒有關係，不是嗎？」

飯店的門僮不斷看著他們倆，但滋子毫不退縮。

「沒錯，對你而言，我是個陌生人。可是事情發展成這樣，我也不能袖手旁觀。別忘了，塚田同學是你利用了我！」

「所以我說要付計程車錢。」

「這不是錢的問題。」

滋子一怒吼，眞一嚇得身體縮了起來。就像幼童被母親責罵時的反應一樣。

「不然妳要我怎麼樣嘛！」他的聲音變成無力的低吟：「只要告訴妳大川公園的事嗎？說了妳就

能滿足了嗎？我知道的也不多，也沒有接受其他媒體記者的採訪。」

突然間滋子發現了之前沒有注意到的事，眞一其實十分的疲憊。神經緊張地就像敗仗的士兵，滿身創傷卻不能夠鬆一口氣，因爲還未找到可以安心休息的地方。所以才會這樣逼著自己撐過這一切。

「塚田同學，你一定很累吧？平常都沒有睡好吧？」

眞一默默地點點頭。

「我不知道是怎麼回事，但看你很困擾的樣子。或許這也是你離家出走的原因吧？」

輕輕點頭之後，眞一低聲說出：「沒錯，但這件事我不想多說。」

一瞬間滋子做了決定。

「我知道了。」一下子語氣變得很有精神：「既然被利用，就好人當到底。暫且你先到我家吧！」

「什麼？」

「我讓你住一晚，先考慮一下未來的事。離家出走後的事，你應該還沒有詳細計畫吧？」

「嗯……。」

「像你這樣怎麼看都像是高中生的男孩，一次要找到工作和住的地方是很難的。包吃包住的工作不是那麼好找的。畢竟又不是演電視劇，離家出走的男主角，廣告過後就已經租到了房子。現實生活沒那麼簡單呀！」

眞一不斷眨著眼睛，凝視著滋子。滋子不禁笑了出來：「不過你也不必想太多。我已經結婚了，跟丈夫住在一起。只要說明今天的情況，讓你住一晚，對他而言不會造成任何困擾的，請放心。」

「不過……只有一點，」滋子伸出食指表示：「必須跟石井夫婦聯絡，不能說明原因是沒辦法，但至少要說明目前平安沒事，離家是出自個人的判斷。還要通知今晚已經找到了住的地方。」

「這些……我已經留下一封信在家裡了。」

「你寫了些什麼呢？」

「我說暫時不會回家，請不要擔心我。」眞一的眼光有些遙遠：「總之嬸嬸回家後遇見那個女孩，就會知道怎麼回事了。」

那個女孩就是指坐在門口的少女吧？原來他和離家出走有關。按捺住剛剛迫不及待想問出結果的衝動，滋子點點頭說：「既然這樣就好了。」

但眞一卻一副不可置信的表情，搖搖頭說：「奇怪的人。」

「我嗎？」

「嗯，眞是愛管閒事。」

「是呀，可是我想塚田同學若是和我一樣的立場，也會這麼做吧。實在是不能丟下不管吧。」

而滋子內心想著：「誰叫塚田同學的神情眞的是被追趕得極其憔悴呀！」

「可是滋子，做這種事不會有事嗎？」昭二在滋子耳邊低聲問。

「做這種事？」

「會不會被說成誘拐？畢竟他的父母什麼都不知道吧？」

塚田眞一坐在客廳的沙發上，表情木然地看著電視。滋子和昭二在廚房裡一邊準備晚餐一邊快速、小聲地交談。

滋子帶眞一回到公寓時，正好在門口遇見剛從工廠回家的昭二。昭二表示今天因爲工作結束得早，所以回家也早；滋子忙將他推到門後，並拉著一臉愧疚的眞一說明整個情況。

其實在回家的路上，滋子便感覺到忐忑不安。帶回一個素未見過面的高中生回家，還要讓他住一晚，不知道昭二會怎麼想？答案是個未知數。她之所以拍胸脯跟眞一保證說沒問題，不過是裝個樣子，也是情勢使然。如果說出「可能會被昭二唸」的眞話，相信眞一的脖子會縮得看不見。

昭二並沒有立刻抱怨，也沒有生氣。只是一臉困惑地從上到下看著塚田眞一。眞一整個人縮得更小，害怕他說出「對不起，我還是走吧」，滋子在一旁緊緊抓住他的手臂。

「我也不知道了……總不能丟下一個無處可去的孩子不管吧！」昭二的說詞雖然奇怪，但已經很讓滋子放心了。也許待會兒會吵架也說不定，總之目前已經平安度過。於是滋子開始用心準備晚餐。因爲擔心讓眞一和昭二面對面坐在一起，彼此會不自在，她把昭二叫進廚房幫忙。

今天晚上沒時間出去買菜。萬一把眞一留在家裡，他們去超市的話，也許他會趁機逃走。所以只能就現成的東西湊合著做菜，感覺上將是一頓急就章的晚餐。

「不會被認爲是誘拐的啦。」滋子邊切洋蔥邊說道：「這是你想太多了。」

「是嗎？我有些不安心。」

「昭二怎麼這麼膽小……。雞蛋不要打到發泡，只要用筷子攪拌一下就好。」

「滋子一個人無所謂。」昭二有些悶悶地說：「因爲是妳的工作。可是我什麼都不知道，卻被牽扯進來。我可是上班很累想回家休息耶。」

「這一點我也覺得很過意不去。可是現在請原諒我嘛，拜託。下次我會補償你的，眞的。」

昭二雖然還是一臉不高興，卻哈哈笑道：「這雞蛋要怎麼辦？」

「先放著，從冰箱拿出起司來。」

從冰箱回來時，昭二神情嚴肅地問：「可是不管是報導文學還是記者，也會做這種事嗎？過分關心採訪對象，不是一件不好的事嗎？」

這對滋子倒是一針見血的質問。昭二所謂的「普通記者」，面臨這種情況時不知會如何處理？

「這個嘛，我也不太清楚。」滋子老實說：「可是那孩子眞的很可憐。」

「感覺是很可憐，但爲什麼一定要離家出走？這一點不先搞清楚，不是很奇怪嗎？」

「他不想說嘛。好像有什麼複雜的內情吧。」

「是嗎，我覺得是滋子想太多了。應該是跟父母吵架吧，不過就是這麼簡單。要不要打賭呢？」

會是這樣嗎？滋子一點也不認爲會是如此。

「那種年紀的小孩，什麼事情都會說得很誇張。何況他是因爲父母過世，被其他人收養吧？一點小吵架都會看成嚴重的事。根本是太誇張了！」

「昭二也是一樣嗎？以前跟媽媽。」

昭二有些動搖：「是吧。對了，千萬別跟媽

說，這種事要是讓她知道就糟了。」

「我才不會說呢，只要你肯閉嘴的話。」

「可是隔壁有個ＬＫＫＣＩＡ。」

「如果她問起，就說是我堂弟好了。好了，拿個盤子來。」

儘管是食慾旺盛的年紀，遇到這種狀況，還是不太願意動筷子吧。眞一幾乎沒有用餐，不管滋子怎麼勸菜，他只是沉默而畏縮的樣子。昭二看著眞一和滋子，不時故意發出開朗的聲音說：「你肚子餓了吧？不用客氣。」或是「滋子還蠻會做菜的嘛。」但眞一對這些話只是表現得更加畏首畏尾。

難過的晚餐即將結束時，滋子開始後悔是否不該帶眞一回家。也許應該讓他住在哪裡的飯店就好了，可是又怕一離開視線眞一又跑了。

「累了吧？我幫你鋪棉被，你早點睡。明天的事明天再商量吧？」

「不用洗澡嗎？洗了澡身體會舒服許多吧？」

「對呀，我都迷糊了。我找些衣服借你穿。」

「不是有我的內衣褲和睡衣嗎？還有一些買來還沒穿過的新貨吧。我老婆每次一遇到拍賣就會買一堆放著。」

聽著兩個人一搭一唱地說話，眞一只是低著頭不發一語。滋子覺得她和昭二就像相聲演員一樣，說著一些冷笑話的橋段想炒熱場子，卻只是惹來一身汗水。

忙了半天，終於昭二禁不住發火了。大概他覺得生氣是他這個一家之主的權利吧！

「我說……」他大聲地教訓眞一：「你雖然是小孩子，可也不是小學生。到人家家作客，也不應該是這種態度。搞什麼嘛，擺出一副臭臉！」

「昭二！」

「滋子妳閉嘴！」昭二氣勢凌人：「我是要教他做人的禮貌，不能太放縱他。」

眞一抬起頭，並從椅子上站起來說：「我還是告辭吧。」

「最好這麼做，這樣的話我也輕鬆。」

「可是你要去哪裡呢？」

「他愛去哪就去哪。一兩個晚上露宿街頭又不會死人。」

眞一一把抓起了帆布包，往大門的方向走。滋子抓住了他的手臂說：「不要太衝動。昭二也是一樣，拜託。是我將塚田同學帶回家的，這一切都是我的提議。塚田同學一開始就說要到別的地方呀。」

「那妳爲什麼不讓他去呢？」

「你怎麼可以說那麼冷酷無情的話？」

「我冷酷無情？」

「這不是冷酷無情是什麼？」

「我可是工作完回到家裡。沒想到家裡來個不認識的傢伙，還不知爲什麼擺著一副臭臉。而我可是一直忍受到現在，這樣還說我冷酷無情嗎？」

「整天嘴裡掛著工作工作的，工作就有那麼偉大嗎？誰還不是一樣在工作嗎！」

眞一吃驚地看著惡言相向的滋子和昭二。接著他的臉上浮現了近乎絕望的痛苦表情。

「你們不要再吵架了！」聲音有些像洩了氣的皮球。

滋子回過頭看著眞一，不知不覺放開了緊抓著他的手臂的手。一不小心碰觸到了不該提的事情。

「塚田同學……。」

昭二還是一臉怒容，但情緒已經沒有那麼激動。眞一對著他說：「對不起，都是我不好。你們那麼親切對待我，我卻表現的那麼差勁。」

「可是提議的人是我呀。」

眞一搖搖頭說：「這是兩回事。不過還是很謝謝你們。」

「你打算去哪裡？」

「隨便找個地方住吧。我身上有帶錢。」

「你還是回家吧！」昭二突然開口說：「離家出走只是裝個樣子吧？」

「昭二！」滋子阻止說。眞一則看著昭二的臉。

「我也有過經驗，和父母吵過架，臉上總是掛不住的。」

「根本不是那麼回事……。」

「那不然是怎麼回事？」昭二怒吼說：「小孩

子不回家一定有什麼理由！」

「昭二！不要那麼大聲說話。」滋子靠近昭二說：「大家小聲一點說話。塚田同學，其實我也很在意，你爲什麼非得要離家出走不可？能不能告訴我理由？這樣子我們也好幫你什麼忙。」

塚田眞一無力地雙肩下垂，嘴裡卻沒有吐出言語。

昭二一副不相信的口吻說：「我就說吧，根本說不出來。我看是沒什麼大不了的理由！」

「昭二，你安靜點！」

滋子的視線始終看著眞一的臉，一如對決般彼此凝視著對方。如果滋子在這場瞪視的比賽中輸了，眞一將永遠離她而去。現在是關鍵時刻。

眞一的頭有些偏右傾斜，眼皮也動了一下。然後他說：「你會寫吧？」

「嗄？」

「我的離家出走和大川公園的事件毫無關係，可是妳會寫吧？只要我說的，妳都會寫出來吧？這就是前畑小姐的工作，這就是妳的目的。」

滋子把心一橫回答說：「如果跟大川公園的事件無關，我就不會寫。」

「騙人。」

「我沒有騙你。」

「來我家採訪的人都是這麼說的。」

昭二一步跨上前，爲袒護滋子而說明：「滋子不會騙人的，她說不會寫就是不會寫。不要把她跟一般社會版記者混爲一談。」

眞一因爲昭二誇張的聲勢而張大了眼睛。滋子也想說幾句話而探出了身子，但眞一先開了口：「不要說得那麼好聽，是眞的嗎？聽我說完後，眞的不會寫嗎？即便自己不寫，也可能將消息賣給其他媒體呀！不是嗎？」

「你這傢伙，說的是什麼話！你以爲滋子是那種人嗎？」

滋子連忙拉住掄起拳頭的昭二。

「算了啦。」

「既然這樣，我願意說。」眞一語氣快得有些歇斯底里：「今天妳也看見了吧？那個追著我的女孩。妳以爲她是誰嗎？爲什麼要緊追著我不放？」

眞一還說這已經不是第一次了。

「她已經好幾次埋伏在我上下學的路上，或是打電話給我。儘管我拚命要求她不要到石井家來找我，她也答應過一次，但是因爲我始終避不見面，今天對方終於追上家門來了。我一直很努力不要讓叔叔嬸嬸發現這件事，看她這個樣子，現在應該已經曝光了吧！」

昭二不禁嘿嘿笑說：「原來是你的女朋友呀？該不會把人家肚子搞大了，人家要你負責任呢？」

這話說得太過分，連滋子都想賞他一巴掌。但是行動之前，整個人卻先僵直了。

昭二也僵直了起來，發不出聲音。

因爲塚田眞一的全身顫抖，連身體兩側握緊的拳頭也微微顫動。

「你幹嘛做出這種表情？」昭二裝腔做勢地反問：「到底是怎麼回事嘛？」

「那個女孩……。」塚田眞一開始說話。一如要吐出不小心呑進的污水，像反胃一樣地一字一句從身體深處說出話語：「叫做樋口惠。本來應該是高二的學生，現在已經休學，因爲某種不得已的原因。」

「樋口惠……。」

當然這是滋子不認識的名字，可是感覺好像有聽過。突然間她想起了殺害佐和市老師一家的報紙記事中，好像出現過樋口的名字……。

像遭受電擊一般，滋子不禁喊出：「樋口？是那個樋口嗎？」

「樋口是誰呀？」昭二也問：「我怎麼都不知道。」

滋子知道了，眞一也知道滋子知道了。塚田眞一是全家受害殺人事件的倖存者，他悲慘的嘴角扭曲著，對著滋子想要做出笑容。

「樋口秀幸就是殺死我父親、母親和妹妹的犯人。樋口惠是他女兒，他的獨生女。」

昭二啞然地張著嘴，然後問說：「犯人的女兒爲什麼要來找你？爲什麼緊追著你不放呢？」

深呼吸一口氣後，眞一低聲回答：「她要我去見她爸爸一面。」

「要你去？」

「沒錯，就是要我。去見她爸爸，聽他說話。然後……然後……。」

眞一的聲音開始混亂。就像跟朋友吵架，抽搐著跑回家跟母親哭訴的小朋友一樣，言語斷斷續續。

「她說只要我跟她爸爸見了面，就會知道她爸爸其實是被犧牲者。於是我也會答應在減刑請願書上簽名。樋口惠希望我那麼做。」

在眞一恢復平靜之前，滋子和昭二只能默默地守候。他們將眞一帶回客廳，讓他坐在沙發椅上。接著滋子也坐在他身邊。

眞一的淚水立刻便止住了，只是呼吸還很緊促，痛苦得就像長期窒息的人一樣渴求空氣。的確他剛剛溺水了，沉溺在苦惱的泥淖中。如今好不容易才用雙手撥開冰冷的池水，游向岸邊大聲求救。

「你還好吧？」

過了一會兒眞一才從顫抖中喘了一大口氣。滋子凝視著他的臉問說：「要不要喝水呢？」

「好……。」

遞給他一杯水，他接下並說聲：「謝謝。」他的手還有些微的顫抖。

「對不起！」昭二縮著頭說：「剛剛我好像說了不該說的話。」

眞一頭低著搖了兩下。滋子對著昭二微微一笑，現在的他需要一點的安慰。昭二也回她一個虛弱的笑容，當然也安慰了滋子。於是兩人可以共同來安慰眞一。

「樋口惠正在爲她父親的減刑發起請願運動嗎？」滋子慢慢地開始提問。

眞一點點頭說：「不只是她，還有附近的人和公司以前的員工也在幫忙。」

詳細情形昭二完全不清楚。滋子一方面跟他說明，一方面跟眞一做確認。

「樋口秀幸在塚田同學家附近開了一家洗衣公司，他是總經理。擁有自己專有的洗衣工廠，生意很好，底下有十名員工。」

公司的名稱是「白秀社」。

「他本來是繼承家裡的洗衣店，在他手上擴大營業變成了公司。經營手腕十分高明。」

「剛剛說他手下有十個員工，規模和我家工廠差不多嘛……。對了，我家是開鐵工廠的。」昭二對眞一說明：「是做零件的企業。」

「是的，樋口的野心很大。而且他的野心並不只是擴大白秀社而已，他還經營不動產。」

昭二的表情變了：「什麼時候？」

「還用說嗎？還不就是泡沫經濟時期。」

「那泡沫景氣一完蛋……。」

「一切都化成了烏有。當時想要靠轉售不動產賺錢的公司和個人不都是同樣的命嗎？」

負債換來了更多的負債。樋口秀幸在一九九五年的秋天累積了總額十億日圓以上的負債。結果白秀社破產，他的個人資產歸零，員工也紛紛離散。

「這種情形日本到處都有。雖然很倒楣，卻也很可憐……。」昭二喃喃自語。突然間看見默默點頭的眞一，他連忙改口說：「我這麼說並不是袒護樋口那傢伙。」

「是的，你別誤會。」滋子也接著說：「我也覺得那種人根本不値得同情。」

儘管出現破產的危機，只要有心東山再起，樋口這種人應該是有出路的。繼續在洗衣店工作，慢慢累積資金，自然能重開自己的店。要將店面擴大，固然需要長久的辛苦與努力，可是他不像手無縛雞之力的上班族，畢竟還有一技在身，爬起來是沒有問題的。

然而時代的洪流一霎時之間呑沒了樋口所有的財產，他已經不知道該如何忍耐了。只想要在最快的時間裡取回失去的東西。他想要籌集資金，早日振興公司。只要有資金的話，只要有錢的話。

銀行、公營的金融機關當然不會禮遇樋口了，景氣也一路下滑。當年在泡沫經濟時期，滿日本都是黃金，而今看來都是幻影。幻滅和焦躁的交錯下，樋口走向了唯一的結論。

他決定去偷盜。

「如果他去搶銀行還說得過去，爲什麼會去他家呢？你的父親是做什麼工作的？」

眞一低著頭看著茶杯回答昭二的問題：「他是老師。」

滋子偷偷觀察眞一的側臉，確定是否還可以繼續說下去。

「聽說你爸爸剛剛才繼承一筆遺產。」

「遺產？」

「是的，一小筆金額就是了。」

「於是有風聲傳了出去囉。」

「沒錯，因爲住在附近，所以樋口也聽說了。眞的只能說是運氣不好……。」說到這裡，滋子連忙閉上嘴。她看見眞一緊閉上眼睛，好像在忍受痛苦一樣。

「塚田同學，你還好吧？」

眞一沒有回答，但稍微張開了眼睛。他的呼吸又開始有些紊亂。

「不管怎麼說，錯的都是樋口，不是嗎？」昭二雙手抱在胸口，看著滋子的臉問：「不過家人總是希望救自己人嘛。什麼是減刑請願書我不知道，要找人簽名也無所謂。可是找上塚田同學，未免也太過分了，只爲自己好。我聽了就很生氣！」

樋口秀幸頗受到員工的信賴。因爲公司破產使得信賴自己的員工和家人走投無路，他也深深覺得責任重大。迫於重整的壓力或許是逼他鋌走險的原因吧！

「犯案不是樋口一個人幹的。」滋子繼續說明：「還有兩個以前的員工幫他。現在三個都被關了起來，減刑請願運動應該也包含他們的家人參與吧？」

「大概吧。」眞一點點頭。

「獲得減刑的根據是什麼？他們有什麼理由可以訴求呢？」

這一點滋子也很想知道，於是她看著眞一問：「樋口惠有沒有說什麼？」

眞一想了一下動了一動嘴唇，結果還是保持沉默，只是搖搖頭。

「該不會是強調他們是泡沫經濟下的受害者吧？」

現在的昭二完全生氣了，語氣也顯得暴躁：

「開什麼玩笑！一開始他們想靠不動產賺錢的想法就不對。對於老老實實做生意的人來說，他們的理由根本說不過去。」

前畑鐵工廠的生意也很吃緊，任何時候都像是在走鋼索。只是隨著時局的不同，鋼索的粗細也有所不同。所以昭二的憤怒比起滋子的一般觀念還要來得激烈許多也說不定。

「知道樋口惠的事，只有塚田同學一個人嗎？」

「到目前爲止的話。」

「先不管石井夫婦，不知道對方，也就是樋口的律師是怎麼想的？他知道樋口惠來找你的事嗎？」

「應該不知道吧。」眞一回答的直接：「就算知道，說不定也無法阻止她。那傢伙的住所沒有一定。」

「樋口惠嗎？可是她這樣是擾亂受害人家屬的情緒。塚田同學你沒有跟負責的檢察官說嗎？」

「沒有。」

「爲什麼不商量看看呢？我是不懂公審的事啦……。公審已經在進行了嗎？」

「對方要求做精神狀況鑑定，現在公審中斷了。」

「精神狀況鑑定？」昭二又生氣了：「什麼跟什麼嘛！難道他想說因爲當時喝醉了或嗑藥，所以不知道自己在做什麼嗎？簡直是逃避責任嘛！」

「你不要怒吼嘛！事情沒有你想像的單純。何況那也是被告的權利呀。」

「那被殺死的人該怎麼辦？」

「這根本是兩回事嘛！」

「滋子，妳到底是站在哪一邊的？」

滋子一聽不禁苦笑了起來，昭二就是這麼單純。

「有什麼好笑的！」昭二忿忿然說：「從來沒聽過這種事。這樣豈不是一而再地踐踏塚田同學嗎？」

他蹲著走上前，拍拍眞一的肩膀說：「我知道了，剛剛是我的不對。我已經了解你不能回家的理由了。你根本沒必要去見那個叫樋口惠的女孩。那種自私又不要臉的女孩，對她大吼大叫也是不會死心回去的。」

昭二張開堅固的牙齒笑說：「放心吧，今天起我們會保護你的。我和滋子都會站在你這邊的。」

12

九月底，距離十二日的案發已經半個多月。武上悅郎重新改寫掛在墨東警署內大會議室門外的毛筆字看板。因爲推測認爲大川公園的分屍案和日前三鷹市高中女生被殺事件是屬於同一犯人或犯罪集團所爲，所以重新設立了兩個案件的共同特別搜查總部。

就在這個時候，大川公園案件的特搜總部找到了一名很有可能的嫌疑犯。那是住在公園南方兩公里外沿河的公營住宅，一個二十五歲的無業青年，名叫田川一義。

事實上田川的名字早在搜查行動開始之初，就列在搜查總部的檔案裡。那是一份列有現行居住在墨東警署以及附近的城東、荒川、江戶川、久松警署轄區內的性犯罪、殺人、傷害等暴力性犯罪（武裝強盜、重大竊盜、縱火等除外）的前科犯名單檔案。大川公園案件發生前後所製作的這份檔案裡，合計列了二十三個名字。

這種做法固然有煽動對前科犯的偏見，帶來影響他們回歸正常社會的批判，可是一旦發生像這次的重大案件時，搜查的正常程序還是會先從以前發生過的類似手法案件和犯人著手。特搜總部裡安排了兩人一組共六組的專案班，負責調查檔案內的二十三名前科犯。一開始調查便發現其中有七名因爲其他案件的嫌疑，現正在收押中，也有已經被判入刑，所以第一階段就已經被除名了。

剩下的十六名之中有十四名已經確知其現在住所和聯絡資料。剩下兩名不知去處，負責的觀察單位也無法掌握他們的現況。可是這兩名之前都是因爲在酒館打架和與鄰居起衝突而犯了傷害致死的罪行，就這一點來看，他們和這次事件的關聯性應該很低。

十四名的名單中，特搜總部鎖定的是編號六號的四十九歲男性和編號十一號的二十六歲男性。兩人都是以強暴婦女、強制猥褻之目的犯下綁架誘拐罪行。編號六號是慣犯；編號十一號雖然沒有留下正式記錄，但在未成年時期就已經是慣犯的事實，早爲逮捕他歸案的辦案人員所熟知。兩人的作案現場都限定在首都圈中。

編號六號居住在久松警署轄區，編號十一號則居住在城東警署轄區。專案班在此兵分兩路，分別取得轄區警力的協助，開始徹底調查兩人的生活狀態、居住環境等現況。

這時剩下的檔案資料回到了武上的手中。名單中除了被畫上重點搜查嫌犯的兩名外，剩下的十二名之中還有兩名是性犯罪前科，分別是編號二號和編號十三號。兩人的罪行都屬於輕微型，但爲了慎重起見，還是做了現況的搜查。結果搜查報告表示可以將他們從搜查對象上除名，歸檔之後武上也忘記了這事。因爲此時他的重點也放在編號六號和編號十一號身上。但後來浮出檯面的田川一義，其實就是當時被壓下來的編號十三號。

特搜總部以大川公園爲基點找尋居住在轄區內的嫌犯，是認爲犯人對於大川公園附近的地理形勢相當熟識。大川公園從三年前的春天到秋天做過全面性的改建工程。現在進行中的部分補修工程，也是因爲當時的預算不足而遺留下來的。三年前的改建工程包含了園內設施、植樹、公園出入口位置的變更等，規模相當大。根據區公所公園管理課裏的人員表示，改建之後面貌一新。

因此十分熟悉現在大川公園的犯人，應該不是十年前就在大川公園附近居住或工作的人，而是最近這幾年對大川公園有相當認識的人。尤其是設計武上所提到的該垃圾箱陷阱，犯人必須是經常出入大川公園，對於垃圾回收的週期有一定的知識，所以不可能是住在遠方的人。

可是關於垃圾箱的陷阱一事，搜查會議上雖然有過檢討，但對於武上的意見看法分歧，贊成和反對的人數各半。有趣的是一向對武上十分欣賞的秋津刑警投反對票，反而是他的死對頭鳥居刑警站在武上這邊。也或許本來只要是秋津反對的，鳥居就會贊成吧。

「武上未免太過於高估了犯人吧。」會議之後秋津說：「我可不認爲那傢伙有那麼大的膽子和頭腦。」

「欺騙高中女生，那裡需要膽子和頭腦呢！」

秋津苦著一張臉說：「三鷹的那個女孩本來就是問題少女，不是嗎？雖然很可憐，但未免也太容易上鈎了吧？」

遺體被發現的高中女生，名叫日高千秋，十七歲，池袋一所私立女中的高二學生。給廣場飯店的服務人員看她的照片時，他們一眼就能認出是當天送信來的高中女生，而且都指證說制服也沒有錯。根據這項證據，所以搜查總部才會合而爲一。這個事實雖然已經公開發表並被媒體報導，但犯人方面仍保持沉默。

武上並沒有高估犯人的打算，只是認爲對方很聰明、很狡猾，而且很愛說話。既然警方已經證實了兩個事件的關聯性，老實說武上也很期待犯人極可能對此發表聲明。愛說話的犯人就讓他們說話吧，到時候自然會露出馬腳。

可是這一回犯人卻沉默不語。對於要求有馬義男在電視機前下跪一事也不再說什麼。武上心想：

該不會是犯人那裡出了什麼事吧？

就算出了什麼事，其實也沒什麼大不了吧。頂多就是感冒了需要睡覺，或是工作忙、出差什麼的，也有可能全家出國旅遊了，一些想當然爾的理由。幹下這些案件的犯人本身，其實跟日常生活的小事情是密不可分的。

「他」或是「他們」——這種由多數犯人共同做案的計畫性犯罪，在日本國內幾乎沒有前例。但武上比較在意的是：犯下這些案件的人，在其誘殺年輕女性的罪惡行徑背後，是否也表示其本身具有一定的魅力？換句話說，兇手往往是我們認爲最不可能的那一類型。說不定是很有社會地位的人或是具有相當的經濟能力，也可能是有能力、有來頭、看起來人很不錯、已經結婚甚至有小孩的那一種。總之和「犯罪者」的形象差之萬里，可說是健全而正常的社會人士。

犯人和有馬義男的談話、和日高千秋媽媽的談話、和電視台的電話交談，武上不知聽了幾遍這些記錄，想要推理出他是怎樣的人。不僅是談話的內容，連遣詞用句都很講究，語彙也很豐富，可見得是受過教育的人。聲音雖然經過變造，年齡也不容易鎖定，但應該是在二十到四十幾歲的年紀吧。這樣的年紀又有些教育程度的人，不太可能沒有固定的職業。如果是失業的人，大概也是因爲企業縮編或日幣升值造成的公司破產吧……

有幾個地方頗值得注意，例如，犯人將有馬義男約到廣場飯店，卻又揶揄老先生在高級飯店也得不到應有的尊重。這只是侮辱有馬義男的說法呢？還是犯人本身的自卑情節作祟？也就是說犯人自己在高級飯店也是得不到「應有尊重」的對待。

武上心想：的確有些飯店是看人決定如何服務的。可是近十幾年來這種情形已經大幅改善了。這也是社會整體逐漸豐富化、多樣化的證據之一。而且常常可以看見一身髒兮兮穿著牛仔褲、破T恤、背著登山包的學生們約在飯店大廳見面。

很有可能是年紀七十好幾的豆腐店老闆有馬義男在飯店裡有些心虛，偏偏又遇到態度不好的飯店人員，事實上那一晚也的確如此。但也很有可能是比有馬義男還年輕的犯人在說「老先生可別笨手笨腳的，會被趕出去的」之前，就已經主動說出老先生將受到高級飯店輕視的話語。武上覺得這一點很奇怪。

這麼一來，犯人是基於「上一代」的經驗和思想說出這句話的囉？所以這不是推斷犯人現況，而是可以推斷其生長環境的線索。

還有一點值得推敲之處。這個犯人很愛說話，同時也很能讓被害人說話。

以古川鞠子的事件來看，犯人和有馬義男的接觸是他主動打電話過來的，而且也來過古川家。他是怎麼查到古川家的住址和電話號碼的呢？當時固然也做過許多推論，但自從發生三鷹的日高千秋遇害一事，武上認爲是犯人直接從被害人口中問出來的。

日高千秋的遺體被發現在她家附近的兒童公園裏，坐在大象造型的溜滑梯上。據說這個溜滑梯是日高千秋小時候的最愛，連她媽媽都已經忘記這件事。還是犯人主動說：「妳們家附近不是有個兒童公園嗎？公園裏有個造型奇怪的大象溜滑梯。」

爲什麼犯人會知道千秋和大象溜滑梯的事？

假設犯人和日高千秋是從小認識的好朋友，很早以前就知道溜滑梯的事，所以這個朋友和大川公園的事件也有所關聯。可是到目前爲止，還沒有出現千秋和鞠子以某種方式認識的可能性，連結她們的交集是犯人。所以這個假設必須擴大成：犯人是千秋的好朋友（熟知她童年的記憶），同時還知道古川鞠子的電話號碼和住址。

這個假設似乎有些牽強。如果千秋和鞠子都是高中女生的話還說得過去。一個是高中二年級，一個是剛剛就業的銀行粉領族，而且鞠子畢業的學校和千秋也不同。住的地方，雖然東中野和三鷹都是在中央線的路上，可是其他幾乎沒有什麼共通點了。

搜查會議上，有人提出了奇特的見解：犯人會不會是鞠子的同事或上司？如果是公司裡的人，自然很清楚古川鞠子的私事；可是和日高千秋又有什麼關聯呢？

千秋從事過賣春行爲。她母親已多少有些察覺，同學之中也有人聽千秋相當露骨地表明過；而且千秋是自主的，並沒有參加什麼集團或有人領導，她主要是透過電話交友中心叫出對方男性。對方有意，千秋也覺得可以時，就上賓館，這是千秋一貫的模式。千秋之所以開始這種行爲，是受到了她最要好的朋友影響，而她的這個朋友在今年六月因爲校內竊盜行爲而被勒令退學。之後還是跟千秋繼續往來，所以特搜總部也傳她前來問訊過。這個女孩也是「單打獨鬥型」的賣春，跟本案的關聯不大。

提出這個奇特意見的人還說：古川鞠子的同事會不會也是日高千秋的客人呢？這樣兩人就能牽上線了，這個人自然也就是犯人了。這種說法固然有趣，但問題是殺人的動機何在？而且根據這種說法，又該如何解釋目前身分未明的第三個受害人，也就是右手腕的主人跟本案有什麼關聯呢？如果說她公司裡的同事或以前同事涉案，還是說她也是一位從事賣春的年輕女性，似乎都顯得太過牽強了。還不如單純一點思考：這種不特定多數的年輕女性遇害事件，受害人彼此之間並沒有關係，受害人的個人資訊都是犯人在行凶前直接問出來的。

然而日高千秋和犯人之間過去是否認識呢？這一點卻無法立刻斷言。有可能在送信到廣場飯店那天，兩人才第一次接觸；也有可能犯人以前就是千秋賣春的對象，這一天被叫了出來。萬一犯人是千秋之前的「熟客」，那麼調查她所留下來的日記、記事簿、通訊錄、手機通聯記錄等，應該就能發現什麼線索才對。

現在這個階段，只有一件事是確定的。日高千秋對於這個犯人感覺「還可以接受」，所以才會談得那麼深入，才可能將童年往事告訴對方。

送信到廣場飯店後，日高千秋的遺體在兩天後被發現，驗屍結果顯示死亡時間並未超過二十四小時。這對特搜總部而言是個意外的事實。送信過後的兩天裡，她在哪裡？做了些什麼事呢？

犯人是否在她身邊？她是基於自由意志留下來的，還是被拘束了？說不定第一個晚上是自由意志，隔天因為廣場飯店的事被報導，千秋發現了那封信的意義，於是行動被拘束了。後者的說法，武上比較贊同。當然她的「自由意志」也是被犯人教唆的。總之到了第二天千秋知道了犯人叫她送到廣場飯店的信是怎麼一回事，而且她也知道犯人的長相。名字、經歷都可以做假，長相特徵被知道了就完了，所以千秋的自由之身絕對不保。

現在看來，千秋不太可能一開始就是共犯。大川公園的事件案發時，她的母親還叮嚀她說：「出了這種事，晚上不要玩太晚了！」而千秋回說：「我才沒麼笨，會被男人給殺了。」日常生活的態度雖然不檢點，但也沒有太大變化，據說對於這些事件的報導也沒有太大的興趣，不會刻意閱讀或收視。如果千秋是共犯的話，應該不至於如此冷靜吧。不管怎麼說，她畢竟只是個十七歲的女孩。

日高千秋是半途被牽扯進來的。可是牽扯她涉案的人，在被發現犯案行為之前，日高千秋對他抱有相當的好感和信賴。連自己媽媽都已經忘記的大象溜滑梯心情故事，她都願意告訴他，就是最好的證明。

根據解剖報告顯示，她是在吃完最後一餐不久後被殺害的。吃的是漢堡類的垃圾食品，高中女生的最愛，可見得千秋的餐飲還是受到正常對待。體內並沒有測出殘留的精液，無法判斷她和犯人之間是否有過性行為，身上也沒有受過人為暴力的痕跡。除了脖子上的勒痕外，千秋全身的皮膚完好。頭髮留有洗髮精的成分，腳趾頭之間驗出有水垢；意味著兩天之內曾經洗過澡或淋浴。

千秋的死因是繩索勒緊脖子造成的窒息死。但不是雙手用力拉扯繩索，而是「吊死」的，換句話說是「縊死」的。這一點媒體的報導多半不正確，頻繁使用「勒死」的字眼，與事實大相逕庭。「勒死」和「縊死」在脖子上留下的痕跡（索狀痕）完全不同，一眼就能分辨的。

武上從未接過強制縊死被害人的殺人案件。十年前遇過一個案例：一名妻子因為久病不癒，於是將繩子套在門楣上想要自殺，因為太過害怕站在板凳上始終不敢跳下來。結果丈夫回家後，妻子哭著哀求丈夫閉上眼睛幫她踢倒板凳。因爲這個案例留有妻子的遺書，周遭的人也做證她平常就有自殺的念頭。醫學方面也證實丈夫爲了照顧她，精神和經濟方面都已到達極限。所以被認定是幫助自殺，不是殺人故不定罪。

當時負責搜查的同事還說過：「如果我和丈夫的立場一樣，大概也會踢倒板凳吧！可是踢倒板凳的同時也會抱住妻子的身體。沒有這麼做，是否表示丈夫的內心裡存有殺意呢？」那時的武上正好因爲某些事和妻子處得不愉快，聽了同事的說法，內心有些動搖。還很認眞的想說：「是我說不定會踢倒板凳，然後丟下家裡和工作遠走他鄉！」當然這些話他沒有跟妻子說過。

日高千秋脖子上的繩索痕跡，很明顯是被縊死的。但根據她被吊死的狀態來看，過程相當粗暴，脖子附近有繩索造成的明顯擦傷。大概是在還有意識的時候，不斷掙扎，想要拉鬆繩索而造成的吧？兩隻手的指縫中還殘留繩索的纖維，右手中指的指甲是破裂的。

所以不是平心靜氣接受縊死，千秋是被犯人強迫上吊致死的。

究竟犯人是如何逼她就範的呢？是花言巧語騙她說是遊戲嗎？千秋如果是男性的話，很有可能是被暗示：上吊之後意識朦朧之際的自慰很舒服。事實上也有很多人沉溺於這種樂趣，一不小心過於用力而窒息身亡。但那些都發生在男性身上，不適用於千秋。

而且千秋的遺體被發現時，身上是穿著制服的。連襪子都是和制服配成套的。只不過新的內衣褲和襪子是母親沒有見過的，大概是犯人買來給她換穿的吧。

和犯人在一起的時候，千秋不可能都是穿著制服的，應該會換穿比較容易活動的衣物吧。因爲沒有發現書包或其他所有物，無法判斷。根據她過去的行動模式判斷，千秋自行攜帶換穿衣物的可能性很大。而且她可能洗過澡，這種推斷更加錯不了。

會不會是犯人強迫或欺騙千秋，在縊死她之前讓她先換好制服呢？的確千秋回到母親身邊時，她一身的制服打扮讓母親十分震驚。對犯人來說，這也是絕佳的戲劇效果！

然而要誘騙已經知道自己送到廣場飯店的信和什麼事件牽扯在一起，多少有些開始害怕的千秋，對犯人而言應該不是很容易的事吧。要強制她做什麼事，也不是隨便想想就能成功的。萬一是在千秋哭叫求饒的情況下，犯人如何控制場面呢？

而且犯人還得多花一道手續，讓千秋換好制服後才將她縊死。這是怎麼辦到的？是用什麼手法讓千秋就範的呢？

犯人和千秋之間——或許應該說是千秋到了危急時候，脖子上被套上繩索，板凳都放到眼前了，還認爲對方會聽自己說的話，還以爲對方是在開玩笑，還相信自己不會遇到這種事。儘管知道對方曾對古川鞠子和失去右手腕的女性做過不人道的事，還堅信自己沒有問題。千秋眞的抱有這樣的心情嗎？

因此武上根據這一點斷定犯人——和日高千秋最後接觸的人，應該是個極具魅力、感覺人很不錯的男性吧。

武上想了很多，覺得大學生左右的年齡最有可能吧？就像是個帥氣的大哥哥。可是這麼一來在經濟能力面就有些困難了。於是他又覺得像秋津這種三十幾歲，正值努力工作的年紀也很有可能。突然間他想到日高千秋的父親是個忙碌的企業戰士，目前仍在單身赴任中，千秋和父親、母親和父親，都因爲父親以公司爲中心的生活方式，長久以來處得不好。所以說像千秋父親一樣年紀的男性也値得考慮。他和神崎警長一起吃午飯時，說出了自己的想法，提到說不定犯人和日高千秋的父親長得很像。警長認眞聽他發表意見後表示：下午會跟千秋的母親要父親的照片。

經過許多的試驗錯誤，於是從前科犯的名單中又挑出了編號六號和編號十一號的嫌犯。武上尤其注意他們的外觀、氣質、經濟能力等方面。拿起專案班跟蹤拍攝的照片左看右看，認眞比對；想像自己是高中女生是否願意跟這樣的男人交往？是否願意上床？是否願意說出心裡話，聊起陳年往事？

調查前科犯的專案班中，秋津和鳥居各處一方。武上也問了一向對立意見很多的這一對刑警。秋津負責調查編號六號的嫌犯，他認爲六號涉案的可能性不大。

「這傢伙簡直像個糟老頭！」他說：「依我看來，像這種糟老頭樣的男人，年輕女孩會靠上來嗎？因爲之前的經歷，現在連固定職業都沒有，很缺錢。上一次入獄時就跟老婆離婚了，出獄後一直是一個人過活。行動固然是自由，可是他連部車子都沒有呀。」

特搜總部認爲：從廣場飯店事件的機動力、搬運千秋遺體的手法來判斷，犯人應該有自己的車子。

至於編號十一號在很多方面跟武上描述的犯人很像。鳥居也表示：「可能性很大。」

編號十一號的青年之前犯罪的案件是：和他交往的女友提出分手，心生怨恨的他開始跟蹤女友。因爲對方有所警戒，於是他將目標轉爲女友高中一年級的妹妹。在女友妹妹放學路上強拉對方到賓館軟禁，並施以暴力傷害。

這是五年前的事，編號十一號當時是大學三年級學生。被害人趁其不備逃出賓館到附近的派出所報案，巡警立刻趕到賓館時，他還在床上呼呼大睡。

根據辦案人員表示，犯人在接受訊問時，時常將姊妹兩搞混，時間和星期幾的觀念也很模糊，所以被認爲精神狀態有問題。而且他還在住家附近，幹下數起侵襲夜歸女子、毆打或拉扯女性的案件。其中有一位被害女子還做證說，犯人還對著他大罵某個女人的名字。事後發現罵的就是他交往過的女友名字。似乎在他眼裡只要是年輕女子，就是甩了他的可惡女人。

最後檢察官申請幫他做精神鑑定，鑑定報告也提出了公審，但沒有被認定是心神耗弱或心神喪失，而是被認定具有充分的責任能力，被判五年的拘役。被告人沒有上訴，直接服刑。

「公審之中沒有提出他在未成年時也犯過幾起案件。大概辯護律師沒有提出上訴，也是爲了能讓他認罪後，早日接受治療吧。五年的拘役是重是輕，眾說紛紜。不過當時的檢察官是女性。」

鳥居不太懂得做人——從有馬義男的那件事就能證明，但做事沒有話說。工作認眞的人容易與人發生摩擦，不過武上倒是看好他認眞做事的態度。有關編號十一號的調查，鳥居做成一份詳細的檔案。

「未成年時犯下的案件，內容大多是同一類型。纏著對自己冷淡或拒絕交往的女孩不放，甚至強行約會、一天打上百通電話、直接上門就想霸王硬上弓等。他不是結群組黨鬧事的那種，而是很黏的孤獨一匹狼。」

「可是有暴力傾向。」

「沒錯。服刑期間是模範生，所以五年縮短成三年便假釋出獄了。定期還跟觀察單位見面，也到觀察單位介紹的醫生那裡接受心理治療。和父母同居，沒有固定職業，目前在徒步可及的便利商店打工。他個人希望能夠回到大學就讀。」

「主修什麼？」

「他是法學部的學生。」鳥居一笑也不笑地回答。

「這麼說來，假釋出獄以來一直很安分囉。」

武上看著鳥居的臉問：「可是你說他很有可能跟大川公園的案子有關係。這是爲什麼？」

「首先是因爲他的外觀。我很贊同武上說的犯人描述。」

「的確從照片來看，這年輕人長得不賴。」

「臉色不是很好，但身材夠高也很壯，十分帥氣。搞不清楚爲什麼會被女友甩了？」鳥居自己問起了自己。說起來鳥居也是個單身漢。

「又有知識，學生時期的成績不錯。聽他高中的同學說，他還是同一年級裡的資優生。當過學生會長，是被選出來的。」

武上緩緩地點點頭。

「要將日高千秋的遺體搬上溜滑梯，需要很大的力氣。這一點他的條件符合，而且他也有車，是小型家用車。」

兩個座位的紅色小車，就像玩具一樣。

案發前後的大川公園、送回古川鞠子手錶的時刻前後的古川家、廣場飯店周遭、發現日高千秋遺體前後的兒童公園附近，目前仍在繼續調查這四個地區的可疑車輛。到現在爲止的報告當中還沒有出現類似的紅色小車。紅色車子比較少見，應該很容易留在目擊者的印象當中。

「這一點固然有所保留，但我還是認爲這傢伙是決定性的嫌犯。」

聽說最近編號十一號有結婚的傳聞。

「調查時發現，是打工地方認識的女朋友，年紀比他大。是對方想要結婚，所以調查了他身邊的資料。」

好像是拜託了徵信所。

「調查員到過他家附近問話。現在他住的附近鄰居都不知道他有前科，只說他是個規矩的好青年。但徵信所還是以他們獨特的管道查出了他的過去。結果女方嚇跑了，還洩漏給打工的地方知道。於是很倒楣地，不欲人知的過去便傳開來了。」

「什麼時候的事？」

「今年四月中旬。」鳥居說時，眼睛還轉動了一下：「古川鞠子失蹤確實是在六月初吧？」

「嗯。六月七日。」

「過去他所發生過的事，所有以前因爲女性關係的糾紛都將成爲動機。交往的對象跑了、他被人甩了或討厭，這次的情形也是一樣。於是他討厭女人的毛病再度復發，導致他犯下這些案件，不是嗎？」

「那個年紀比他大的女友呢？」

「換了工作，已經離開他了。已經知道她的住址，我打算去找她，應該可以知道得更詳細吧。還有一點，他打工的便利商店是連鎖店，總公司在新宿。應徵的面試和一開始的研修都是在那裡進行的。」

「新宿的哪裡？」

「西新宿的中央大樓，就在廣場飯店隔壁。」

武上雙手抱在胸前說：「有沒有派人看著？」

「二十四小時守著。」

「什麼時候要在搜查會議上說明呢？」

「還不知道，警長說要再多蒐集一些證據。確認不在場證明是一件難事。」

「我知道。我也會隨時準備好資料。對了，還有一點……？」

「哪一點？」

「編號十一號現在怎麼生活？還繼續在打工嗎？」

「還繼續著，沒有因爲前科敗露被解僱，本人也沒有辭職。眞不知道他心裡是怎麼想的？聽他同事說，他表示過去的事是被冤枉的。」

「他沒有遠行或生病在家躺著嗎？」

「沒有。」

和鳥居分手後，武上拄在桌子上思考。他認爲標號十一號是犯人的可能性只有百分之五十。的確他很符合武上描述的犯人條件；如果他眞的是犯人的話，這一陣子的沉默又該如何解釋，難道只是他一時的興起？

神崎警長對於調查前科犯名單，抱持相當審愼的態度。尤其是對象鎖定編號六號和十一號以來，調查進度也不在搜查會議中作全面性的報告。因爲他很討厭經由當班記者將資訊洩漏給外部知道。

神崎警長剛出道在他所屬警署工作時，曾發生過三億日圓相關案件的誤逮經驗。這件事在年輕神崎刑警的內心裡烙下很深的陰影。因爲這種錯誤產生的損害有多大——不只是被誤逮的「受害人」，搜查當局也蒙害，償付的代價有多高，他最能感同身受。同時神崎也對喜歡附和的日本媒體產生極大的不信任感，像他這種怎麼挖都挖不出新聞的警察，在記者之間算是出名的了。加上特搜總部長的竹本搜查一課課長也是備受媒體評判的人物，於是兩人意見統一，使得這件社會性影響力絕大的事件，在搜查過程中資訊極少曝光。

當然媒體方面也發出強烈的不滿。對於經過半個月還是沒有線索的搜查總部，給予極其嚴厲的批評報導就是一例。武上也蒐集了這些的新聞報導，並繼續錄下相關的電視節目。錄影的工作因爲總部內人手不夠，而且也不是本來的業務，主要是武上的妻子幫忙代勞。除了電視新聞外，白天播出的社會新聞節目，他太太顯然要比他清楚得多了。

事件正熱門的時候，武上根本沒有看錄影帶的空檔；事後再看，也幾乎找不到跟事件有關的新發現。但是他太太十分清楚武上凡事都要記錄的個性，還是繼續認眞地錄下相關的節目。

這一天過了中午，武上太太爲他送來了換洗衣物。開會中的武上無法出來和太太見面，但之後打開袋子一看，在內衣褲和襯衫間發現了一支錄影帶。上面貼有太太手寫的便條紙，說是某新聞節目製作了使用變聲器打惡作劇電話的專輯，可能會有參考價值。

由於特搜總部保持沉默，媒體只有運用自己的方法，以不同觀點切入事件的報導。武上在晚上休息前，利用會議室的電視和放影機播放帶子。跟他一起看的是篠崎。武上太太在便條紙上註明，這是一個包含廣告約二十分鐘的專輯。武上兩手空空便開始觀看，篠崎則立刻打開記事本，寫下節目中受理的案件。武上內心覺得很高興。

專輯先開始說明變聲器的機械構造、流通管道、價格、使用方法等資訊，之後介紹去年一年在首都圈發生的電話惡作劇案件總數（當然是指公開的件數）和其中使用變聲器的件數。結果數字竟比想像要少。

節目主持人表示：「或許是打惡作劇電話的人，在心理上還是偏好用自己的聲音！」篠崎也將這句話記了下來。

廣告之後的畫面說明使用變聲器還是不能改變人的聲紋。這一點說的沒錯，變聲器只能「改變你耳朵聽到時候的聲音」，卻不能改變聲紋。這對搜查來說是件好消息，表示還沒開發出這種的技術。而這一點卻是鮮爲人知。

武上他們追查的犯人，爲了不留下自己的聲音成爲證據，所以才使用了變聲器。他最初的電話是打給電視台，除非是笨蛋，否則任何人都會跟他一樣有所顧慮。只是他到底知不知道聲紋是無法改變的呢？如果不知道，看過這個電視報導，說不定會開始緊張了。

專輯的最後一段，是採訪曾經被變聲器電話騷擾過的人們。共有兩位，兩位都是女性。臉部打了馬賽克，說話的聲音也經過處理。一位是住在埼玉縣的家庭主婦，另一位則是住在東京都內的粉領族，她自己一個人住。前者一天會接到超過一百五十通的惡作劇電話，身體都氣壞了。粉領族接到的電話則涉及她的私生活，她懷疑是公司同事搞的鬼，最後不得不把工作給辭了。兩件案例都曾麻煩警方出馬，但還是無功而返。

訪問的後半段，埼玉縣的家庭主婦聲淚俱下地控訴遭到惡作劇電話的損害外，還說出另一件驚人的事實。她所居住的新興社區裡，人際關係很狹隘。當她被惡作劇電話騷擾的消息傳出，居然有人開始放出風聲懷疑是不是受害的她本身也有什麼問題？

「有人懷疑我是否有婚外情，所以對方打電話來騷擾；也有人說會不會是我先生搞外遇；更過分的是有人說可能是我在賣春或是玩電話交友，所以電話號碼被外人知道了。這些都是空穴來風，可是我又無法一一舉證反駁，眞是氣死我了……。」

專輯結束後，武上關上放影機，並問篠崎：「大川公園一帶過去有沒有發生過使用變聲器的騷擾電話案件呢？有沒有這方面的調查？」

篠崎立刻回答說：「這方面的報告還沒有看到過。」

「應該做這方面的調查才是。」

「可是就算有這種案例，爲什麼過去的問訊中卻沒有人提過呢？」

「被害人不好意思說出口吧。一不小心說出有過這種電話，擔心會被造謠或被人說長說短的，徒增困擾。剛剛那個太太說的話，你應該也聽見了吧？就是會發生那種情況呀。」

篠崎眨了眨眼睛，然後站起身來說：「我先去調查轄區內的惡作劇電話報案或申訴記錄。」

因爲這時已經開始將焦點鎖定在前科犯名單中的編號六號和十一號，武上對於變聲器騷擾電話的調查不是很熱中，只是覺得不妨試試。

沒想到到了第三天，也就是二十七日竟有了幾項戲劇性的變化。

一個是：編號十一號今年六月七日的不在場證明找到了舉證。六月七日是古川鞠子失蹤的當天。

要確認在便利商店打工的編號十一號之不在場證明，一如鳥居說過的，的確相當困難。日高千秋失蹤當天，他早上在家裡，之後出門打工到六點，接著便外出，行蹤不明。這也是加強他涉嫌的因素。可是問題是他交代不清六月七日前後的行蹤，只知道他六月六、七、八、九日這四天請假，但人在哪裡做什麼卻不知道。

在不斷追問之下，答案從他高中同學的口中說出。原來這四天，編號十一號和朋友參加了自我啓發的課程。

編號十一號的朋友也是跟父母住在一起、沒有固定職業也沒有就業經驗。一心夢想能自己經營事業，參加過許多的訓練經營者的自我啓發課程。他和編號十一號從高中以來就斷斷續續來往，也知道他有前科的事，但處於同情的立場。爲了幫助編號十一號回到正常社會，過去曾經幾度邀請他一起參加課程，好不容易在六月七日那天實現了。

這項證詞立刻被證實。詢問過舉辦自我啓發課程的單位後，果然發現編號十一號和朋友出席的記錄。而且這個課程的性質特殊，四天之中參加者完全無法外出，除非緊急狀況來自外部的聯絡也被阻隔。課程的地點位於千葉縣館山市的某家公司專用會場，參加者有專車自車站接送，所以不能自行開車。調查當地計程車公司的行駛記錄，這四天之間完全沒有會場到館山車站或東京、館山車站到東京或會場的使用情形。詢問其他參加課程的學員，也都做證這四天編號十一號和朋友完全共同作息共同上課，不可能擅自外出，甚至回到東京。

編號十一號涉案的可能性一下子變輕了，鳥居覺得十分不甘心，卻又無可奈何。假如說編號十一號有共犯，誘拐古川鞠子是由共犯所爲，就事件的性質來看未免太過牽強。至於編號六號的嫌疑性本來就不大，所以前科犯名單的調查可說是又回到白紙一張了。

然而就在這時取代上場的是編號十三號的田川一義。

一開始是負責調查可疑車輛的刑警們提出了一份報告。在大川公園的事件案發後一個星期內過濾公園周邊可疑車輛的過程中，發現同一家租車公司裡有一個人租借了三次車子。那是住在品川區大崎的一個二十五歲上班族。租車的時間分別是九月四日、十一日、十二日；十一日是案發前一天。車種每次都不同，所租的車每次都會停在公園附近；這從業餘攝影師的照片中可以證明。找到本人詢問上述情事時，他說這三台車都是朋友拜託他租的，他的朋友名叫田川一義。

「他有過前科吧。」大崎的上班族提到。田川一義在兩年前，也就是二十三歲那年在上班的辦公器材租賃公司女子更衣室裡架設針孔照相機，將拍攝的照片匿名寄給畫面上的女性，之後因此而吃了官司。大崎的上班族就是他當年的同事。

「做的事固然很可惡，但工作也辭了，他也有所反省。我覺得他也接受懲罰了，怪可憐的……。雖然我們也不是很熟，只是偶而會一起喝喝酒罷了。」

他還提到田川因爲有前科的事，產生了一種害怕面對人的恐懼症。

「他說覺得大家都知道他做過什麼事，都用一種輕蔑的眼光看他。心裡也知道這是一種精神妄想症，可是就是無法擺脫這種想法。田川有一陣子自己一個人不敢出去買東西。他自己也很想想辦法希望能救救自己。」

田川犯的前科和拍照有關，他從小就喜愛攝影，養成了一個人攝影旅行的習慣。

「不敢在人前出現，不就連就業也有困難了嗎？當初雖然是犯了罪，可是把他喜好的攝影也給拿走，對他恐怕更不好，這是他母親的意見。只要拍攝的東西沒有問題，拍些山呀海的就沒關係了吧。對他來說也是一種復健……。」

攝影旅行必須有車才方便，既可以載東西，也可以睡在裡面。可是田川沒有自己的車子。

「所以是我去幫他安排租車事宜的。本來這是不應該的，反正人家也不會查，而且費用有繳的話，又有什麼關係？」

九月的三次租車，他都爽快地答應了。聽說田川是到有明的野鳥森林拍照。但爲什麼車子卻在大川公園附近徘徊呢……？

幾乎跟這份報告同時出爐的是，之前武上提議的騷擾電話調查結果。使用變聲器的惡作劇電話，去年一年在墨東警署轄區內發生了三件。其中一件的受害人是田川一義居住的公營社區內一位年輕家庭主婦。

這一件沒有報案，而是在問訊中得知的。被害人接過兩次電話，兩次都是對方單方面說出猥褻的言語，並未涉及被害人的私生活。大川公園的事件案發後，犯人打電話到電視台時，被害的家庭主婦心想世界上就是有些人會做同樣的事，但並沒有將兩件事情連在一塊思考。

田川一義和這名女性是公營社區裡的同一棟住戶。不管另外的兩件騷擾電話，搜查本部對這一件十分感興趣，於是開始了對田川一義的徹底調查。

時序從九月轉成了十月。

武上彙整了田川一義的個人檔案。他的父母很早就離婚了，他從十歲到現在都跟母親兩人一起生活。五十歲的母親在人形町的百貨店當店員，家裡沒有其他收入。田川從當地高工畢業後，換了好幾個工作，二十三歲那年因犯罪而辭職的辦公器材租賃公司，其實也做不到半年。

根據觀察單位的說法，田川害怕見人的恐懼症應該不是騙人的。田川不斷對觀察單位提到：人們都對他輕蔑，在他背後指指點點的。他也很努力重新生活，觀察單位相信他跟這次的事件沒有關係。

犯人依然保持沉默。下一次他會在何時何地，以什麼方式說話呢？下一步的動態將會如何呢？他是田川嗎？還是不是田川呢？

13

「喂。老先生，你還好吧？」

接起電話，聽見的竟是那聲音。又是那個使用變聲器的聲音。

有馬義男慌張地看看四周。剛好有客人來，木田正在招呼。義男按下設在電話機旁邊的錄音按鈕，重新抓好話筒。並將手心冒出的汗水，往大腿的褲子上一抹。

「老先生，你聽見了嗎？」

「喂，我有在聽。我人還在呀。」義男立即回答：「又是你呀？」

對方的機械聲音笑說：「你說的你是指誰呀？」

「你就是在廣場飯店給我留信的人吧？」

「沒錯。不過何必說得那麼拗口呢，我就是誘拐老先生孫女的男人呀！」

木田還在招呼客人。義男探出身體打開辦公桌前的小窗戶。有馬豆腐店外隔著狹小的停車場，旁邊是一棟兩層樓的公寓。公寓一樓的窗戶開著，可以看見裡面坐著刑警的臉。義男對著他搖搖手。

原本無所事事的刑警，神情變得緊張。看著他開始行動，義男吞了一下口水後，開始對著話筒呼喚。

「喂！喂——」

對方沉默無聲，難道是掛上電話了嗎？

「喂！喂——」

「老先生！」突然冒出的聲音，還帶有一些笑意：「你好像在搞什麼鬼嘛？」

「搞鬼？」

「我知道，那裡有警察，是吧？發生那種事，這也是當然的。我自然也會考慮到這一點。所以想用這個電話進行逆探測試沒用的。我用的是手機呀！」

招呼完客人的木田回到他身邊。義男撕下手邊的便條紙，寫下：「是手機！」給木田看。木田立刻衝出店面跑到隔壁公寓去。

自從出了廣場飯店的事後，義男身邊就不乏警察保護。刑警們幫他的電話裝上錄音機，租下隔壁公寓的一間空房，設置了逆探測的機器，作爲戒備的據點。義男一個人住的家還有很多空房，義男也願意讓警察住下；但警方考慮到犯人不僅是打電話，也可能直接接觸義男本人，就像上次將鞠子的手錶送回古川家一樣。爲了因應這種情況，還是選擇了埋伏比較不明顯的隔壁公寓。

因爲早聽說犯人可能使用難以逆探測的手機，義男並沒有太失望。只是覺得對方使用手機，但在他的聲音背後卻沒有其他雜音，或許是在室內打的吧。

看著無聲轉動的錄音機，義男心想該如何開口才能盡量拖住對方讓對方說話呢。警方之前曾經指導過他。

「看來犯人似乎很喜歡有馬先生。」廣場飯店的事件之後，在墨東警署碰面的神崎警長對他說：「今後對方還是很有可能跟你接觸。他要求你在電視機前下跪，應該是說得很認眞。站在我們的立場，無論如何希望能多蒐集到犯人的資訊。如果對方主動接觸時，請盡量讓他說話。」

義男問：「警察先生，爲什麼你們會認爲犯人很喜歡我呢？」

神崎警長黑得像鋼鐵一樣的眼睛閃爍了一下，回答：「不知道爲什麼。不過從交談的氣氛、對方的做法中可以感覺。」

義男又說了：「那傢伙喜歡我，大概是因爲我是個無助的老頭子吧！」

「你是無助的老頭子嗎？」警長一副不讓對方否認的強烈眼光看著義男：「的確犯人對你有所輕視，但這一點對我們卻很有利。只要犯人喜歡，就讓他認爲你是個無助的老頭子吧。我們要利用這一點，也因此你絕對不會是一個無助的老頭子。」

義男挺直了腰桿，兩腳用力踏在地上。

「你是不是忘了對我說過的話？」

「什麼話？」

「你說我如果在電視機前下跪的話，就要將鞠子還給我。不是嗎？」

「這麼說來倒是眞的耶。」

「所以我一直在等你，我想你一定會跟我聯絡的。」

「老先生，你眞的做得到……。」話說到一半，犯人突然猛烈咳嗽。大概是將手機移開嘴邊，聲音變得遙遠。透過變聲器傳來的咳嗽聲，有種刺激耳膜的噪音，同時又有種人類的感觸。義男猛然覺得背後一涼。

等待對方咳嗽停止，義男再度說話：「你感冒了嗎？」

對方清了清喉嚨，回來接電話說：「有一點。」

「咳嗽的話，菸還是別抽的好。」

對方聲音尖銳地反問：「我抽菸？你怎麼會知道？爲什麼？」

對方反應如此激烈，義男也嚇了一跳。

「上次說話的時候，我聽見打火機的聲音。」

義男還記得當時很想鑽進電話線裏毆打對方。自己的孫女命在垂危，你居然還能吞雲吐霧！

「老先生的耳力還不錯嘛！」

「因爲我也吸菸所以知道。」

「不必說我了，倒是老先生才應該戒菸呢。」

說完犯人發出痙攣般的短笑：「算了！反正你已經一隻腳踏進棺材裡了。」

義男沉默地聽著機械的笑聲。這時跑到隔壁的木田回來了，一臉緊張地注視著義男。

「你今天打來有什麼事？看來你已經忘記電視台的事了。」

「我是想聽聽老先生的聲音呀。」

「聽我的聲音？」

「嗯。想聽聽你問說：鞠子還好嗎？」

義男眨了一下眼睛。上次和神崎警長見過面後，他被帶到一個負責文件業務的中年刑警那裡，重新說明了和犯人之間的對話。那個刑警好像是叫武上，義男想起他說的話。

「下次犯人和你聯絡的時候，雖然很難過，但在對方說出口之前，請不要先問對方你孫女的消息。只要有馬先生沉默不說，對方一定會自己提到。對方其實是很想說這件事，一旦有馬先生什麼都不問，對方反而覺得無趣而自行爆料，說不定一不小心就說出其他線索。」

義男慎重地回答：「我一直都很擔心鞠子的事。」

「眞的嗎？可是你卻一句話也沒問到她。」

「就算開口問，你還不是什麼都不說。」

「所以你就去找警察？眞是差勁。警察都是群飯桶！」

「是嗎？」

「沒錯，他們什麼也沒發現。」

「你的頭腦很好呀。」

「老先生，你是想取笑我，好激怒我，是嗎？」

「我沒有。」

「那你跟我道歉！」

「道歉？」

「因爲你剛剛的說話。說什麼我的頭腦很好，簡直是瞧不起人的說法嘛。」

「我沒有那個意思呀。」

機械聲就像和父母吵架的小孩一樣，快嘴地遮住了義男：「我不要聽你說理由，我叫你道歉！可惡的死老頭！」

義男緩緩地眨了一下眼睛，然後一字一句咬著牙說出：「眞是對不起，我跟你道歉。」

「你要說：我誠心跟你道歉。」

「我誠心跟你道歉。」

「你不要太放肆了，死老頭。」

義男將話筒貼在耳邊，眼睛看著木田的臉。他不安地縮著身體，手指緊緊抓住身旁的柱子。

「老先生，我可是對你的舉動一清二楚。你想幹什麼，我全都知道。所以不要輕舉妄動，凡事聽我的，知道嗎？」

「我知道，我完全知道。可是我有個請求，如果鞠子還活著，至少讓我聽聽她的聲音，好嗎？」

對方立刻笑說：「不行！」

「鞠子不在那裡嗎？」

「我說不行就是不行！」

犯人又開始咳嗽，聽起來咳得很痛苦。義男心想：這是感冒快好時所剩下的嚴重咳嗽。

「老先生……咳……咳……你還眞敢……咳……咳。」

這時義男突然靈機一動，睜大了眼睛。他找了一下桌子四周，發現身後的大豆桶裡有個量豆子的器具。義男將量豆器戴在頭上，一手抓著話筒，一邊拉長電話線走到店面。

木田吃驚地看著這一切。可是義男用眼光和下巴跟他打聲招呼，他立刻將接在牆上的電話線扯下來。電話線一放鬆，義男便能走到店裡冷藏庫的外面。

量豆器是塑膠製的小桶子，微禿的義男將它戴在頭上對著街頭一站，走過有馬豆腐店的行人看見立刻發出驚奇的笑聲。甚至還有騎腳踏車的女性吃驚得差點翻車了。

「老先生，你聽見了嗎？」

「是的，我聽得見。」

「老先生，你可不會以爲激怒我就沒事了吧？」

「我沒有意思要激怒你。只希望你告訴我鞠子平安無事。」

機械的怒吼聲刺激著義男的耳膜：「要怎麼對待鞠子是我的自由！老先生沒有任何權利，聽見沒有？」

「我是鞠子的家人呀。」

「家人也沒有權利！只能聽從我說的做。我已經說過很多次了，你不要老人痴呆給忘了！」

路上的行人看著頭戴量豆器、打電話的義男，不知心裡做何評價？

「可憐的糟老頭！你重複說一次：我是可憐的糟老頭。」

「我是可憐的糟老頭。」

「再說：我沒有活著的價値。」

「我沒有活著的價値。」

「眞是個沒用的死老頭！」同時伴隨著嘲笑的機械聲。

「我要是覺得無聊，再跟你聯絡吧！老先生。」

電話切斷了。義男默默地看著話筒一會兒，耳朵聽見嘟嘟聲的空響。然後回頭看著木田說：「掛斷了。」

「老爹，你爲什麼要道歉？」木田抱著電話機走上前，一邊手指著義男頭上的塑膠桶問說：「那傢伙要你這麼做的嗎？」

「沒有，不是的。」

後面的電鈴響了。義男將話筒交給木田，立刻回到客廳。原來是跟隔壁公寓直通的對講機響了。

「有馬先生，你沒事吧？」刑警呼喚說。

「我沒事，已經錄下音了。」

「我們先調查一下這周邊，在這裏還沒有聯絡之前，請不要離開店面。犯人很有可能在這附近。」

對講機一切掉，義男對木田說：「我也是這麼認爲。」

「認爲什麼？」

「我在想那傢伙可能在附近，看著我們的店打電話……。因爲是用手機，所以才可以這麼做吧？」

「嗯，的確可以。」木田點頭說，然後睜大了眼睛表示：「所以老爹才會戴著桶子跑到店外面嗎？」

「嗯。我以爲那傢伙看到這樣，一定會笑出來。」

「可是，爲什麼……？」

「那傢伙說了：老先生的舉動，我可是一清二楚。而且還咳得很嚴重。」

咳的那麼辛苦，應該不是演戲。

「不是常有這種情況嗎？感冒後睡在床上，等燒退了、咳嗽停止後出門，吹了風立刻又開始咳嗽。所以我猜對方可能是站在那邊。」

木田睜著膽怯和憤怒的眼光看著街頭的方向。義男趁此時偷偷背著木田拭了一下眼角。

鞠子已經不在人世了。

之前是百分之九十的死心，但還抱著百分之十的希望。刑警們也說鞠子還活著，被犯人抓在身邊的可能性很大。

可是這個希望已經破滅了，鞠子已經死了，肯定錯不了的。義男心中十分確信。

今天義男狠狠地激怒了對方。為了報復，那傢伙知道如何作弄義男、如何對付義男是最具有效果的。只要讓鞠子出聲，哀求：「爺爺，救我！」就是最好的方法。

可是對方沒有這麼做，立刻就拒絕了。完全沒有表示什麼時候可以，或要他做什麼就能聽聽鞠子的聲音，反而只是出言侮辱了義男一頓。

鞠子已經死了。鞠子已經到了那傢伙無法觸及的地方去了。義男心中茫然地想著：只有這一點是已經確知的了。

犯人再度打電話給有馬義男。同一個時間點，最大嫌疑犯的田川一義在做什麼呢？

事實上他正在距離他家走路約五分鐘距離的理髮店剪頭髮。「田川專案班」將車子停在可以監視店門口的路上，用望眼鏡追蹤他的行動。田川離開家後，一位步行尾隨其後的刑警，在田川走進理髮店之後不久，才假裝走進店裡問路。

那是一個中年的理髮店老闆，守著只有兩張理髮椅的小店。刑警利用跟老闆說話的機會觀察田川的樣子。田川正坐在椅子上翻閱雜誌等待剪髮。刑警跟老闆道謝後，繼續保持監視的狀態。當他走回定位時，一個客人離開店面，田川被叫到鏡子前面坐下。

由於監視田川和調查其周邊的行動才開始不久，還不知道這家理髮店是否是他常來之處。從外面透過大型玻璃窗，只能看見老闆熱心地招呼田川，但田川面無表情地不發一語，而且眼光低垂著，不敢和老闆的視線相對。這一點倒是能證明他有「人群恐懼症」。

實際上田川經常是關在家裡的。偶而外出也只是到馬路對面的便利商店買雜誌，或是前往北邊距離兩個街角的錄影帶店。衣食住全靠母親，沒有上班，也沒有在找工作。全家靠著母親一人的薪水，生活應該十分辛苦。監視開始沒多久，曾有一位瓦斯公司的收費員來催討滯繳的瓦斯費。

理髮店老闆俐落地修剪田川的頭髮，田川眼睛閉著。在車裡監視的兩名刑警，對於平時可以出來剪頭髮的田川，不時說些語帶諷刺的笑話調侃。理髮店門口的雙線道屬於附近小學的學區，下午的這個時刻，四、五個戴著黃色帽子的一年級生手牽手紛紛走過理髮店的玻璃窗前回家。其中一個背著紅色書包、穿白襪的小女孩，大概是聽到朋友講的笑話，笑得特別大聲。這時店裡的田川突然張開眼睛看著小女孩，快速得就像是貓看見老鼠時一樣的本能反應。田川繼續看著小女孩，直到她消失在視線外仍看著那個方向。拿望眼鏡看見這光景的刑警，事後對同事提起當時的個人感想時，不禁表示：感覺有點毛骨悚然！

車裡的刑警心想：既然能來理髮店，就應該一個人能去租車。要朋友代勞，該不會是租車的背後有不可告人的目的吧？就在這時，剪髮結束了。老闆將田川身上的披肩取下，然後田川跟老闆說了什麼便站了起來。老闆指著後面，田川朝那方向走去。

「上廁所嗎？」

田川的身影消失在視線前，車裡的刑警以無線電對徒步的刑警下了指示。通話一結束，來自有馬豆腐店隔壁公寓的「有馬專案班」通知：目前犯人打電話過來了。

眞是微妙的時間點，簡直就像是計算好的一樣。

「他在打電話，該不會是用店裡的電話吧？」

「他敢如此冒險嗎？在那麼小的店裡面。」

田川班立刻跟總部聯絡，總部命令繼續待命。這時無線電通知：犯人是用手機聯絡的。

「田川有手機嗎？」

「沒有看過。」

「該不會又是跟朋友借的吧？眞是個好朋友，可惡！」

田川還沒出來。老闆正在掃地。無線電說明犯人還在繼續通話中。

「要不要進店裡確認？」

總部命令繼續待命。車裡的溫度升高了，犯人還在通話中。

老闆掃完地後走進店裡面。透過玻璃窗看見店裡空無一人，鏡中反映牆上的時鐘，秒針朝相反的方向轉動。

無線電通知說犯人掛上電話了。

「老闆去哪裡了呢？」

這時田川回來了，坐在理髮椅上。呼吸一口氣後，老闆也出現了，拿了推車上的整髮液，噴在田川頭髮上。車裡面的刑警大聲吐了口氣。

理髮一結束，田川走原路回家，田川班回到現場。

詢問理髮店的老闆剛剛的情況，他回答說：

「剛剛的年輕客人嗎？他是去上廁所。」

還說是來第二、三次的客人。每次都是這樣，不怎麼愛理人，老闆也沒聽他說過話。

「老實說，給人的感覺很陰沉。電話？他沒有用店裡的電話。從廁所打手機嗎？他有嗎？我不認爲他有打耶。」

「什麼？咳嗽？那個客人有咳嗽嗎？我想是沒有。看起來不像是感冒了。我說警察先生，那個人做了什麼事嗎？」

刑警們早被交代不能多說，立即離開現場。

聽完田川班的報告，武上立刻帶著篠崎離開墨東警署前往有馬班。他穿著夾克、沒有打領帶，篠崎則換上西裝外套、襯衫和牛仔褲的裝扮。

「這麼一打扮，就算被犯人看到，也會以爲我們是在豆腐工會裏面工作的人！」篠崎說。他肩上掛著一個大皮包，裡面裝有錄音設備。正在拷貝錄音帶，準備順便送到科警研去。

豆腐店有店員木田看著，有馬義男被叫到隔壁公寓裡去。他一副失魂落魄的樣子，讓武上很擔心，說話的聲音也沒有精神。

篠崎前往科警研後，武上開始拍攝有馬豆腐店周遭的照片。爲了製作詳細地圖，他問有馬有沒有商店地區地圖？有馬將牆上的撕下來給他。

「情緒好一點了嗎？」武上問。

有馬義男緩緩地眨了一下眼睛，用手揉一揉臉頰。

「鞠子不會回來了。」幽幽地說出這句話。然後說明爲什麼不回來的理由，聲音有些沙啞。

武上認爲義男的推測很有道理，但不敢說出口來。只能靜靜地聽義男的意見，不敢隨便說出安慰的話語。

從事刑警的職業後，常常會看見有很多不可理喻的人，可以扭曲自己的本性、傷害周遭的人、讓家人爲他流淚；但相反的也有人用普通的語言、生活態度，努力維持正向的心情過生活。現在的武上就是這樣的心情。

有馬義男比起犯人所想像的要聰明，而且有魄力。能夠從犯人不以他孫女爲擋箭牌來推論孫女已死。其實這些不過是在推測的範圍內，他可以不去正視，但他選擇了勇於面對事實。不管多麼悲慘、多麼痛苦，他嚴禁自己憑藉著一絲希望的觀測？這不是一個力量微弱的老人做得到的。武上不禁揣想眼前這位豆腐店的老爹——有馬義男有過怎樣的一生。

有馬義男茫然地看著窗外低喃道：「我該怎麼跟眞智子說明這件事呢……？」

古川鞠子的媽媽還在住院中。生命沒有問題了，但傷勢還是很嚴重。因爲部下的失職造成這種結果，武上知道自己必須再一次跟家屬賠罪才是。

「她的情形怎樣？」

義男搖搖頭說：「外傷逐漸恢復當中……。事實上，她不肯開口說話。」

武上稍微睜大了眼睛。義男看了一下桌面，然後打開抽屜，找到香菸並取出一根。

「她不肯說話。」他說，同時用十元打火機點燃香菸。他的手指有些顫抖。

「意識恢復後，一句話也沒說嗎？」

「是的。她不肯說話，也裝出聽不見我說話的樣子。整個人精神恍惚地躺在床上，只是睡著。」

這也是逃避現實的一種形式吧。

「醫生怎麼說？」

「醫生說這種症狀很難處理。總之先醫好外傷，然後再給精神科的醫生看看。現在精神科的醫生偶而會來看看情況怎樣。」

聽說半夜會突然哭泣。

「她不是放聲大哭大鬧，而是默默地流淚哭泣好幾個小時。我人不在那裡不知道，聽說只要一開始，哭整個晚上就不會停止。因爲這對身體也不好，所以醫院會給她打精神安定劑。」

因爲鳥居前往問訊的態度不佳，傷害了古川眞智子的情緒。武上再一次跟義男賠罪。

「他本人也在反省。」

義男揮揮手說：「算了，已經是過去的事了。重要的是……。」

店門口來了客人，義男有些受到影響。木田忙著招呼客人，有馬豆腐店的生意興隆。

義男壓低聲音說：「重要的是，警方能抓到犯人嗎？」

很直接的質問，因爲感覺後面還有什麼話沒說，武上沒有回答地看著義男的臉。老人捺熄香菸，眉頭有些打結，慢慢地挑選字眼表示：「我不是看輕警方才這麼問的，我知道你們也很盡力。只是總覺得……總覺得這個犯人不是一般人能夠抓得到的。」

「你是說他異於常人嗎？」

「異常……。」義男側著頭說：「如果是指他腦筋不正常，我倒不是這個意思。」

武上沉默地點點頭。

「我不是沒看過頭腦不正常的人。事實上我有些客人就是這樣。」

用手指著木田所在的店的方向，義男一臉認眞地繼續說下去：「他一個月會來一次，一個身材魁梧好像摔角選手的年輕人。不帶錢就來買豆腐，叫他付錢時，他就要其他客人幫他付。被強迫的客人當然很不甘，可是對方的力氣大，又不想惹麻煩，只好付錢了。我要是看店就會阻止他，跟他說：沒錢就不要來買豆腐。於是他會當場搥胸頓足地大叫，可是我毫不退縮，他鬧夠了便會回去。他出現在我店裡已經一年了，是我們這個商店區裡的名人。」

「巡邏的警察也知道他嗎？」

「知道。有時也會關心來看看，還說會不會是什麼藥物的中毒患者呢。」

這時義男微微笑了一下，好像每一根皺紋也都在微笑一樣，表情十分柔和。

「後來在其他地方又遇見了那個身材魁梧的男人。他居然從對面走來跟我說：『老爹，你家的豆腐很好吃耶，眞的。比超市賣的都好吃，下次我還要去買！』。」

武上也跟著苦笑。

「眞是個奇怪的男人。年紀輕輕的，卻也眞可憐。」義男說：「那種奇怪，我可以理解。可是害鞠子……害鞠子的犯人，卻不是那種的奇怪。刑警先生你不這麼認爲嗎？」

「的確，你說的沒錯。」武上緩緩地回答。

「這傢伙的標準只有他自己能夠理解，跟普通人頭腦想的正常尺度根本差太多。所以刑警先生，我很擔心。不管怎麼努力，因爲尺度不同，警方是追不上犯人的。」

武上也有很多話想說，尤其想稱讚義男頭腦的冷靜。但在腦海中沉澱過後，說出來的只有一句話：「犯人也是人，這一點是不會錯的。是人的話，就會被抓到。」

他其實也是說給自己聽的。

「他不是感冒了嗎？有在咳嗽。所以那傢伙也是人呀。」

對了，感冒。他的咳嗽證實了武上「犯人可能發生什麼事」的猜測。因此武上將田川一義從嫌犯的名單上除名。儘管搜查總部有其他意見，武上個人卻是很有自信這麼做。是不是用手機，不是問題。武上毫無疑問地確定犯人是未知的人物，至少目前還是未知。

「是人嗎？」義男低喃道：「他是人嗎？」

之後過了一個禮拜。絲毫沒有進展的一個禮拜，一切都潛伏在水面下的一個禮拜，呈現膠著狀態的一個禮拜。田川一義還在警方的監視下，武上畫好新的地圖，科警研將錄音帶做了音響分析，有馬義男利用開店空檔到醫院探望古川眞智子，媒體方面報導了犯人再度打電話到有馬家的事實，當事件的衝擊越來越淡的一個禮拜過後——

古川鞠子的遺體出現了。

14

東京都中野區中央。位在山手路和青梅車道十字路口北邊的第三個街角，有一家名爲「坂崎搬家中心」的公司。

說是「中心」聽起來公司很大，其實員工包含打工的學生共五人，四十五歲的坂崎老闆還身兼司機，其實是間小公司。表面上是做搬家業務，趁著空檔也接受其他的工作。例如家中有大型家具想要換地方擺啦、不會組裝組合家具啦、一個人無法更換漏水的破屋瓦啦、想要丟棄大型垃圾啦、公寓外側的逃生梯下不去等瑣事，只要一通電話服務就來。親切的工作態度頗受到街坊鄰居的好評。開店以來才經過六年，還算是新公司，不過口耳相傳的結果，從去年起東京都東部已經有客戶上門。電視節目中還曾經報導過這家奇特的公司。

在東京二十三區的西部地區，包含中野區一帶、新宿區北部、練馬區、豐島區等地儘管經過韓戰之後的高度經濟成長期，目前還留有很多的獨門獨戶住宅、低樓公營社區、雜院式公寓等老式建築。如果泡沫經濟多維持一年或許有所改變，這些舊式建築雜處在突然冒出的停車場、零碎的空地間和空屋率頗高的租賃大樓中，其實也已形成了一種街頭風景。這群住在老房子的居民，抬頭就能看見新宿副都心的高樓大廈和奢華得令人好笑的新宿都廳；他們的共同特點就是平均年齡很高。很多人的老伴已經先行過世，成爲獨居老人。這附近的氣氛很適合「古老」的形容詞，除了肯忍受不方便的人外，一般年輕人都不願意住在這個歷史中古的區域，所以這裡進出的人口有限，定居的人數每下愈況。

因爲是這樣的地區，提供便利服務的行業乃成爲必要。年輕單身者或育兒中的夫婦們居住的區域，換家具這種小事通常會自己來。郵購買來的家具，也不至於不會組裝，打開拆封就束手無策。但是隨著小家庭制度的普及，如今高齡者越多的地區，情況就另當別論。坂崎老闆就是看準了這一點，所以公司業務立刻上軌道。雖然沒有賺大錢，營業額倒是逐漸成長。而且老闆本身也覺得對地方有貢獻，不免有些自負的心情。

十月十一日星期五。這一天一早就有一件搬家業務，坂崎老闆清晨五點便起床了。公司是木造住宅，月租十八萬日圓，老闆一家就住在二樓。生財工具的兩輛卡車停在走路五分鐘距離的兩層樓停車場裡。所以要不是門口有塊手寫的招牌「坂崎搬家中心——任何小東西都接受搬運，任何小問題都提供協助」，恐怕沒有人會認爲這裡竟然有一家搬家公司吧！而且大門口排滿老闆娘精心栽種的花缽，旁邊則是停著老闆小孩們的自行車和三輪車。

從床上爬起來的坂崎老闆，下樓打開大門，走出去到信箱裡取出報紙。這時他看見小孩的自行車輪子旁邊，放著一個紙袋。不是色彩鮮豔的百貨公司紙袋，而是牛皮紙做的，大小約五十公分的四方型紙袋。附有紙把手，開口的地方用膠帶封住了。

他想會是什麼東西呢？走近一看，發現作爲垃圾紙袋顯得很新，連封口的膠帶也很新。是誰把這東西忘了放在這裡嗎？

拿起來看看，比想像的要重些。坂崎老闆皺著眉思考。他沒有撕開膠帶，直接從縫隙窺探裡面。看見了土塊，土塊潮濕，還混雜了一些枯草。

什麼東西嘛！他有些不太高興。會是有人不知丟哪裡，就把花缽裡的廢土丟到他家嗎？這附近應該沒有人會把空罐子丟到別人家門口，也沒有人會在不是可燃燒垃圾日丟棄可燃垃圾。他以爲這種沒常識的人應該很少才對。

十分生氣的坂崎老闆提著紙袋，繞到家門旁邊。在他家和隔壁之間有一道五十公分寬的防火巷，總之先將紙袋塞在裡面。泥土屬於不可燃的垃圾，還要幾天後才能拿出來倒。在那之前只有先保管囉，誰這麼缺德，眞是過分！

回到家，老闆娘已經起床到廚房燒開水。坂崎老闆嘟著嘴提起今天早上的事，老闆娘也一臉不高興地回說：待會兒會確認一下裡面是什麼再說。

「也許就跟你說的一樣，不知道花缽裡的泥土該怎麼處理，就丟到我們家了。」

「既然這樣，也該先說一聲吧。」

「可能是想會收錢吧。」

吃早飯的時候，員工們紛紛來上班。今天要搬家的是來自彌生町獨戶住宅的八十五歲獨居老太太所委託。聽說是因爲覺得一個人住有危險，決定搬到八王子的長子夫婦家一起住。他們爲老媽媽空出了一間三坪大的和室，所以現在這個家裡的所有東西是容納不下的。搬家的同時還必須幫忙處理廢棄物。

開完會後，帶著員工一起到彌生町已經是七點多了。八點開始正式作業。業主的老太太不肯丟棄舊的家具，吵著這個也要帶走、那個也要帶走，讓坂崎老闆好生困擾。長子夫婦之前就已經將要帶走和要處理的家具清單交給了他，但是老太太這裡意見不同。畢竟付錢的人是長子夫婦，坂崎搬家中心夾在中間很難做事。獨居老人的搬家常會遇到這種情形，坂崎老闆多少也有些經驗，只好不時安慰老太太，不時跟著一起罵罵長子夫婦，讓搬家作業繼續進行。

就是說嘛，他們也都不來幫忙。可是老太太妳可千萬不能生氣呀！因爲以後就要跟兒子他們一起生活了。坂崎老闆正在說這些安慰的話時，工作服口袋裡的手機響了。

是老闆娘打來的：「老公，你等一下！」聲音有些奇怪，有些顫抖：「今天早上你說的那個紙袋，我打開看過了。」

「喔，妳說那個呀。怎麼了？難道裡面埋有金塊嗎？」一邊擦拭額頭上的汗珠，坂崎老闆笑著說。可是老闆娘一笑也不笑。

「才不是那樣呢，一點也不好笑。裡面好像有骨頭什麼的！」

「骨頭？」

「是呀。不是有土塊嗎？土裡面可以看見頭骨之類的東西，還有手掌和手臂的骨頭……。怎麼辦？應該報警嗎？」

「等……等一下！」

坂崎老闆也嚇了一跳，一時之間無法判斷該怎麼做。要是隨便打一一〇的電話，事後丟臉更討厭。他爲了避開周遭員工的耳目，走到路邊，壓低聲音說：「總之還是等我回家再說！」

「可是你今天是整天的工作，不是嗎？而且是在八王子吧？必須將家具和老太太送到那邊，我才不想等到傍晚呢。實在有夠恐怖的！」

「妳不會放到看不見的地方嗎？放心吧，不會有骨頭什麼的啦。」

「可是眞的很像是頭蓋骨耶！」

「那是模型啦，模型。所以才不好處理，給丟到我們家來。妳也眞是笨蛋，這麼大歲數了還那麼膽小。」

責罵過依然不安心的老闆娘後，他關掉手機，回去繼續工作。將行李捆包好後，讓老太太坐在前座，便開車前往八王子。經過高圓寺的陸橋時，手機又響了起來。

「老公……。」

「怎麼又是妳？什麼事？我正在開車。」

老闆娘的聲音不只是顫抖，而是完全的崩潰：「電視台的人來了。」

「什麼?是上次「Special東京」的人嗎?」

就是曾經報導過坂崎搬家中心的資訊節目。

「才不是呢。是新聞報導的人。說是HBS電視台。」

不是地方電視台，而是全國網路。前面的號誌是綠燈，坂崎老闆先將車子停在路邊。還來不及問他們來家裡幹什麼，老闆娘半哭的聲音開始訴說：

「那個紙袋中的東西，果然是骨頭。HBS說他們接到了電話，說是那個行蹤不明的女孩子屍骨。」

坂崎老闆的眼前一陣黑暗。

坂崎老闆一邊安慰妻子一邊捆包家具時，HBS的總機接到了這樣的電話。

「喂?我要跟報導大川公園和三鷹高中女生謀殺事件的人說話。」

是使用變聲器的聲音。自從上次其他電視台接到犯人打來的電話後，公司裡規定只要是提到案件的電話一律先轉到新聞部。因此總機小姐不管是什麼惡作劇電話都轉過去，至今已轉過去十幾通了。

這一次她心裡也是這麼認爲，但還是轉給了新聞部。

新聞部的記者在通話之前先按下了錄音鍵。不過這只是小心起見，過去已經被許多愛湊熱鬧的人惡作劇過，浪費許多時間。記者其實沒有太多的期待，於是叼著香菸前來接電話。

第一聲變聲器的聲音如此說明：「這不是惡作劇的電話!」

記者心想：是喲!大家都是這麼說的。

「我是想給你們獨家消息才打電話來的。你是新聞部的記者嗎?眞是幸運呀，該不會是啣著金湯匙出生的吧?」

「有何貴幹?」

「不要那麼不客氣嘛，小心我掛上電話。到時候你會後悔一生。聽清楚了，你現在接的電話，可是具有讓總經理表揚的價値呀。」

因爲嘴裡啣的香菸，記者的眼睛被燻到了。加上昨天半夜在能登半島的日本海上發生外籍漁船沉沒事件，至今還不能確定船上人員安全與否?新聞部爲這條消息忙得不可開交。

「如果你提供的消息這麼有價值，那我一定要聽聽看了。」記者盡可能裝出認眞的口氣。後面走過的其他記者聽見他的說話，故意跟他擠眉弄眼。他則舉起一隻手揮動表示：又是惡作劇啦，惡作劇的電話。

「我是希望對所有媒體公平，這次選中你們台打電話通知。」變聲器的聲音說：「準備好了嗎？你要聽清楚。在中野坂上車站附近，有一家名叫坂崎搬家中心的公司。公司很小，不要找丟了。那裡有古川鞠子的遺體。」

記者坐直了身體問：「古川鞠子？你剛剛是這麼說的嗎？」

「不是說過了嗎？叫你要聽清楚。鞠子的遺體裝在紙袋裡，寄放在坂崎搬家中心。我是覺得有馬老頭很可憐，才決定還給他的。」

接著發出尖銳的笑聲，而且還被自己的笑聲噎住了。

「你們去查看看嘛！這可是獨家消息。大概連警察都還不知道吧。不過要是坂崎搬家中心報案了，那就另當別論了。總之你們還是快點行動吧！」

電話到此切斷了。記者一時之間啞然無聲，然後趕緊調查坂崎搬家中心的電話。果然有這家公司，也有電話號碼。打過去後，出現中年女子的聲音。記者報上名後，立刻告訴對方此一情形，並問說有沒有那只怪的紙袋？對方十分狼狽地回答：「裡面有……有一些奇怪的骨頭，我還在想該怎麼處理呢……。」

接電話的是坂崎老闆娘，她剛剛才跟坂崎老闆通過手機。因爲覺得奇怪和心中不安，記者一問話便都說了出來。

「請放著不要動，我們立刻會過去確認。也請不要報警，說不定是惡作劇。」

這時記者的指示是否構成妨害公務罪，日後將成爲國會上爭論的大騷動；但此刻十分困擾的坂崎老闆娘，聽見記者強而有力的聲音，反而覺得發現了依靠一樣，自然聽從其指示。結果三十分鐘不到，電視台的採訪小組便到達現場。

ＨＢＳ的記者兩手戴上白手套，確認了紙袋的內容物。混在泥土中的人骨立刻跑了出來。有頭蓋骨、下顎骨、手腳的骨頭、肋骨，幾乎呈現一具完全白骨化的遺體。

「該不會是模型吧？」

臉色蒼白的坂崎老闆娘立刻衝去打電話，記者也攔她不住。老闆娘的三兒子——還在唸幼稚園的小男孩看見母親非比尋常的模樣，神情十分害怕。小男孩雙手緊抓著打電話報警的媽媽身體，電視台的攝影機不忘捕捉這一幕場景。

附近人們發現坂崎家的異樣，都趕來看熱鬧。記者開始在現場採訪，坂崎家對面的鄰居打開了電視，轉到ＨＢＳ台，原來重播的電視劇已經中斷，改成臨時插播的新聞快報。沒想到自己家門口竟成了新聞的現場。

在混亂與騷動中，從紙袋中取出的白骨屍體就曝露在一片空寂中。地面上只鋪著一塊塑膠布，骨頭分散地排在上面。塞滿潮濕泥土的眼窩靜靜地望著自己被帶來的這個陌生人家，尋找著自己的親友臉孔。這時屍體還只是「她」，直到比對牙科醫生的齒模記錄確定是「古川鞠子」後，已經是那一天的深夜了。

於是鞠子終於回家了。沒有比這種回家孤寂的了。

ＨＢＳ開始播放新聞快報的時刻，塚田眞一正在山上飯店的咖啡廳，和石井良江面對面坐著。旁邊坐著的前畑滋子則擔心地看著兩個人的臉。

眞一住在前畑家之後，滋子便打電話跟石井家聯絡。雖然也要求眞一說說話，但他表示不知該說什麼而拒絕了。滋子和良江約好見面後，便掛上電話。

她對眞一說：「石井夫婦已經知道整件事情了。」

一如眞一所擔心的，他離家出走那天，樋口惠一直守在石井家門口。遇到剛回家的良江還逼問她：不要將眞一藏起來，趕快把人交出來。

「嬸嬸一定嚇了一大跳吧？」

「她很擔心你呀。」滋子說。

儘管已經約好了見面，實際上眞的碰到面，卻還是花了些時日。石井良江一看見眞一的臉，便急著確認他是否健康，然後道歉說：「我很想早點來看你……可是我好害怕！」

「害怕？」滋子覺得奇怪。

良江點點頭看著眞一的臉說：「小眞，那個女孩……叫做樋口惠的，爲什麼會知道我們家呢，你知道嗎？」

眞一沉默地搖搖頭。

「她說是找了徵信社調查的。」說時良江一副聞到臭味般地皺起了鼻頭：「小眞的行李搬來我們家時僱用的卡車就是她的線索。」

眞一茫然地想起：當初從佐和市的家，那個殺人現場的家搬來書桌椅、小型書櫃和一些衣物。原來是那輛卡車！

「當時我先生很反對，說不要從佐和市的家搬東西過來。他說發生過那麼不幸的家，東西應該全部都留下來才對。可是我卻沒有答應他。」良江對滋子說：「我認爲至少該讓眞一帶一點東西過來吧。當初要是聽我先生說的就好了，這樣她就查不出我們家了。小眞，我對不起你。」

良江的聲音沙啞，眞一聽了低下了頭。眼前看見的是紅色的菸灰缸，他盯著菸灰缸說：「當初是我說要搬書桌椅過來的。」

良江從皮包裡取出手帕擦拭眼角的淚水。

「這不是你們兩位的責任。」滋子靜靜地表示：「眞一同學被人追著跑，這件事本身就不正常！」

「那個女孩發瘋了！」良江生氣地說：「實在太不要臉了。有那樣的父親就有這種女兒。」

「是她跟石井女士說找徵信社查的嗎？」

「是的，說的時候眼睛還發亮呢。當時因爲小眞不見了，我的心情很混亂，根本不知道該怎麼辦。那個女孩居然每天都來家裡或是打電話來。不管我怎麼告訴她小眞不在家，一開始她完全不相信，還說是我們將小眞藏了起來，喊著要我們交人出來。可是後來她終於發現我們說的是眞的，才肯承認小眞眞的不在我們家裡。接著她開始問我們將人藏在哪裡？我說不知道，她就說：沒關係，我自有辦法找得到。然後就說出了徵信社的事。」

良江悄悄回過頭看了飯店的門口一眼。

「所以從那之後我和我先生就變得神經兮兮，總擔心有沒有人在跟蹤我們……。因爲太害怕了，幾乎都不敢出門。畢竟對方是那種人，不知道她會做出什麼事來？直到前天還請了專門拆竊聽器的人來家裡檢查過一遍。我先生說是爲了預防萬一。」

「對不起，嬸嬸。」眞一說：「眞的很對不起。」

「爲什麼眞一要道歉呢？這不是眞一的錯呀。」良江說完，聲音有些哽咽。

「電話中我也說過了，眞一同學現在和我們夫妻住在同一棟公寓裡。」滋子說。爲了讓良江安心，盡可能用最溫柔的語氣。這一點眞一十分了解她的用心。

公寓的房東當然就是前畑鐵工廠。一樓南側有一個房間正好空著，除了三坪大的臥室外，還附有二坪大的廚房。事實上爲了幫眞一租這個房間，滋子和婆婆之間還起了點衝突，搞得昭二夾在中間大肆斡旋才沒事。眞一也知道這件事，因爲就發生在身邊，不想聽也聽得見來龍去脈。

「這件事千萬不能跟石井女士說。」但是滋子事先叮嚀過他：「你不必在意，昭二不是也說過嗎？我們都站在眞一這一邊的。」

有關房租和生活費，和滋子夫妻討論的結果，決定讓眞一支付一定的金額。眞一有自己名義開的帳戶，那是父母留下來的遺產，原則上在他未成年之前是不能提領的。但是一部分的金額還是可以自由運用，所以將先動用那一部分。

石井良江見過管理眞一財產的吉田律師，將整個情形說明後商量對策。今天和眞一等人見面的目的就是來報告商量結果。

「吉田律師也很驚訝！」良江說：「還說不能這樣就算了，必須跟負責的檢察官商量一下才行。吉田律師也會跟樋口秀幸的律師——他們那邊是

『律師團』吧，說明這個情況。」

「透過正常的法律的程序，眞的能制止樋口惠的行動嗎？」

良江嘆了一口氣說：「吉田律師說這種情形他沒見過，所以不敢立刻肯定回答。如果是被樋口秀幸威脅不能說出不利於他的證詞，那就是威脅罪。可是是樋口惠說的話，就不一樣了……。雖然我覺得兩者沒有什麼不同。」

滋子說：「不管動機是什麼，樋口惠的行動算是一種偏執狂，難道不能申請對她下行爲禁止的命令嗎？比方說禁止在眞一同學半徑兩百公尺的範圍內出現之類的命令。」

「聽說申請很花時間。」

「可是還是應該試著申請看看吧！」

眞一搖搖頭說：「沒用的，那傢伙的住所沒有一定。」

「我們第一次見面時，眞一同學也這麼說過吧？」

對於滋子的詢問，眞一抬起陰暗的眼光回答：

「我也有過同樣想法，並對她說過。我說要報警，要請求法院判決。那傢伙居然對我嗤之以鼻。」

「你說什麼？」良江聲音尖銳地表示：「她憑什麼笑你？」

「她說警察沒辦法抓她。因爲她還未成年，連離家出走都受到保護，而且沒有做出觸犯法律的行爲。到法院也是一樣，不管我到法院控告什麼，因爲不知道她的居所，根本無法找到她；就算下了判決，文件也送不到她手上。做什麼都是沒用的！的確也是這樣，那傢伙還是有讀這方面的知識。」

「她媽媽在幹什麼？」滋子不高興地問：「難道她媽媽也是居所不定嗎？」

「吉田律師說要確認一下才知道。只是不知道她媽媽是否知道樋口惠採取的行動？」

「如果是她媽媽出面指責，或許有些效果吧。讓她媽媽來告訴她：做那種事只會招致反效果！」

喪失鬥志的眞一，幾乎是毫不關心的語氣表示：「說了她會聽嗎？」

「不聽也要叫她聽呀！」良江生氣地說。

「話雖沒錯，可是也不能將那女孩關在什麼地方吧。」

「這難道眞的是樋口惠一個人的想法嗎？」滋子納悶說。

「這話怎麼說？」

「我是說這不像一般高中女生會有的想法。尤其是居然會想到要眞一同學在減刑請願書上簽名就會有效的主意。可是應該也不可能是律師團要她做的，該不會是她爸爸的慫恿吧？」

良江睜大了眼睛問：「樋口秀幸嗎？」

「是的。不是說樋口惠有去看過她爸爸嗎？」

「這是什麼父女嘛！」

良江雙拳緊緊地握住，彷彿事實已經確定了一樣。

「簡直是野獸，殺了三個人還不夠。只能說他們是野獸，眞不知該怎麼形容了！」

滋子偷偷用斜眼瞄了一下眞一。眞一低垂著眼睛，用手觸摸冰水的玻璃杯。

「爲什麼不能趕緊判死刑呢？」良江的眼睛充血。她的血管跟著怒氣一起膨脹，幾乎可以看見熱血澎湃的樣子。

「爲什麼還得公審呢？他們做的事不已經罪證確鑿了嗎？偏偏現在公審中止了，居然是對方要求做精神鑑定。什麼精神鑑定不鑑定，爲什麼要答應他們的這種要求呢？」

「嬸嬸，妳不可以說這種話的。」

在眞一還沒說出「嬸嬸是當老師的」之前，良江語氣激動地先說：「我知道，我當然知道。可是小眞你不覺得很不甘心嗎？他們不問是非就殺了你全家人，不是嗎？不過就只是爲了要錢。他們有什麼權利嘛？做出這麼殘忍的事，爲什麼他們還能活著？爲什麼法院還要保護他們的權利？」

「嬸嬸……。」

「沒有人願意幫被殺的這邊多想想！說什麼犯人也有人權，人權必須受到保障，整天將這題目掛在嘴邊高唱。難道說被殺的人就是活該囉？如果法院不能爲我們做什麼，那我就去殺了他們，對！我就去殺了他們！」

良江用力喘息地坐在椅子上，渾身還是充滿了怒氣。然後從張大的眼睛裡掉落一滴滴淚水。

「我也很不甘心呀，嬸嬸。」眞一好不容易說出這話。

良江猛然抬起頭，驚惶失措地舉起手掩住嘴巴說：「對不起……我居然問你甘不甘心……我不是那個意思……。」

眞一點點頭，身體微微顫抖；可是他無法正面看著良江的眼睛。

「我很恨呀！」他只是反覆訴說：「我不能原諒他們！也想殺了他們！儘管殺了他們，爸爸、媽媽和妹妹也不會回來，我還是很想殺了他們。我不能忍受跟那群爛人呼吸同樣的空氣，我不要他們活在這個世界上！」

「眞一同學！」滋子搖搖頭說：「夠了！」

「可是不行。」眞一說：「只是殺了他們是不行的。那樣還是不能解決問題。要怎樣才能解決問題，嬸嬸妳應該也很清楚。」

良江的臉色發青：「小眞……你還在在意那件事嗎？」

「我也有責任。」就像將胃裡的東西吐出來反芻一樣，眞一慢慢地說話：「就算殺了他們，我還是有責任。因爲不知道該怎麼辦？所以我才到處逃避。」

滋子出面結束話題說：「這件事到此爲止，別再說了。」

石井良江握著冰水杯，玻璃杯內側的冰水不斷震動著。

一來到戶外，街頭的吵鬧包圍住滋子和眞一。看著良江前往御茶水車站方向踽踽獨行的背影消失在人群中，眞一表示：「我想走一下路。」

「我也是。」

沒有理由地他們朝秋葉原的方向前進。過了一會兒，眞一問說：「前畑太太，妳不問嗎？」

「問什麼？」

「我說我家的事件我也有責任，妳不問是什麼意思嗎？」

「嗯，我不問。」滋子神情認眞地表示：「我已經決定在你說我可以問之前絕不問。」

眞一雙手插在褲子口袋裡，這時他的手肘碰到了滋子的手肘。

兩人沉默地走著，感覺疲倦有些減輕了。

「嬸嬸好像受到很大的刺激。」眞一說：「她平常不會那樣子說話。我還是第一次聽見她說要殺人……」

「精神有些混亂了吧。」

「要不是這樣的話，對不起我說得難聽一點，她也不可能將我寄託給來路不明的前畑太太的。」

滋子笑說：「說的也是。」

「在前畑太太的眼裡，我才是來路不明的小子吧！」

「所以我們打平了。對了，小眞，要不要買個電視或音響什麼的？」

他們已經來到秋葉原車站附近。平常日的電器街上一樣人潮洶湧，商店林立的大樓外牆上，貼滿了色彩鮮豔的廣告海報。

「房間裡什麼都沒有，感覺很寂寞吧。」

兩人穿越斑馬線。滋子在石丸電器一樓的電視賣場前停了下來。

陳列的電視螢幕，播放的都是同一個畫面。圍觀的行人在電視牆前排成了半圓形。

那是新聞的實況轉播，眞一看了，滋子也看了。電視雖然被消音，但光是用看的也能了解新聞的內容。

「是那個事件……」眞一說：「找到遺體了。」

滋子撥開人群走到前面，眞一看著她的背影。滋子這時還在寫眞一在大川公園發現那隻右手腕的經過，並打算去見水野久美。但是因爲發現了遺體，她的採訪計畫將有所改變。

畫面上出現年輕女孩的照片特寫，字幕打出「古川鞠子」。對了，就是皮包在公園被發現的那個人嘛？長得很漂亮嘛，笑得很可愛呀……。

突然間眞一想到：不知什麼時候會抓到這個犯人？就算被抓到，到時候一定又有一些人會出面維護犯人，說犯人也是社會的犧牲者。而反對的意見總是又小又細，終至聽不見吧。

這世界上充滿了犧牲者，每個人都是，眞一心想。那麼眞正該對抗的「敵人」究竟在哪裡呢？

新聞快報開始時，有馬義男正好一個人看店，所以沒空看電視。

木田出去送貨了。臨時桔梗亭又來叫貨，只好從冷藏庫裡的庫存湊出數量交貨。木田邊做邊唸說：「那裡的老闆實在很亂來。」

義男笑著送木田出門。自從上個禮拜犯人打電話過來後，兩人從未就這件事談過。彼此都裝作沒有這回事，繼續做著平常的工作。守候在隔壁公寓裏的警察，也幾乎不會成爲他們的話題。這樣子大家都輕鬆。

上午的客人不多。義男在辦公桌前記記帳、時而讀讀報紙，也算是看店。今天的社會版並沒有報導大川公園的相關事件。確認過之後，他翻到體育版正要閱讀時，門口有人喊：「老爹！」

是附近一位年輕家庭主婦的常客。因爲下午有兼差，所以經常會在上午來買豆腐。平常她都是一個人騎腳踏車來，今天則帶著小孩。五、六歲的小女孩騎著有輔助輪的鮮豔腳踏車，跟在媽媽的腳踏車後面。

「歡迎光臨！」

義男一出來，家庭主婦指著冷藏櫃，聲音明朗地說：「哎呀，油豆腐已經上市了呀？」

「是呀，前天上市的。」

「那給我四塊，還要絹豆腐一塊。」

義男先洗手，然後將商品裝進紙袋裏。這時小女孩下了腳踏車，正走進店裏來。

「有沒有跟爺爺打招呼呢？」媽媽命令說。

「妳好呀！」義男先笑著說。小女孩還是扭扭捏捏的。

「是妳的小孩嗎？第一次跟妳一起來我店裏呀。」

「這是最小的女兒，上幼稚園的是大的。」

「小妹妹，妳叫什麼名字？」義男彎腰詢問，小女孩趕緊躲在媽媽身後。

「眞是討厭，她就是這樣害羞。」

「女孩子要這樣才可愛嘛。」

「那可不行，現在女孩這樣的話就糟了。老爹，你已經落伍了。」

生意還沒做完，後面的電話響了。年輕主婦無所謂地表示：「沒關係啦，你去接電話。」

「不好意思。」

義男小跑步到辦公桌前接電話，聽見了坂木達夫的聲音。

「有馬先生，你有在看電視嗎？」

鞠子失蹤擴大成爲大事件以後，坂木還是常常打電話來鼓勵義男，也陪他一起去醫院探望眞智子。可是現在耳邊的他的聲音，有種從未聽過的緊張情緒。

「沒有，正在播什麼嗎？」

「請你打開電視，轉到HBS台。」

「又發現什麼了嗎？」

「隔壁的刑警們沒有說什麼嗎？」

「是呀，什麼都沒有。」

「那他們還不知道吧？有馬先生……。」坂木停下來，稍微吸了一口氣，然後說：「看來是找到鞠子小姐了。」

一時之間義男呆住了。什麼都沒有說地放下話筒，立刻跑到客廳打開電視。螢幕上出現整面的鞠子照片。

那是警方要求，他從相簿裡找出來提供的照片，是今年新年時拍的。畫面上只用了臉的部分，但義男一眼就知道是那張照片。鞠子在笑著，她的手上應該是握著橘子。那之後還拍了一張，鞠子故意將一瓣橘子塞在嘴裡，裝出可笑的樣子。

「老爹？」年輕主婦還在店裡呼喚著。

「怎麼了？老爹。」

她住在附近，當然也知道鞠子的事，知道鞠子是義男的孫女。但到目前爲止，她只有一次開口問義男此一事件。那是廣場飯店的事被報導後，她來買豆腐，找錢的時候她說了一聲：「老爹，你還很健康，千萬別認輸。」

她的聲音很有精神，「別認輸」的說法也很新鮮。之前人們總是對義男說「眞可憐」、「你很擔心吧」之類軟弱無力的話語。她的這句話帶給了義男一些力量。

可是現在她的聲音卻有些顫抖。站在店門口也能看見電視畫面，她大概也已察知事態的嚴重吧。

義男盯著畫面看，聽現場記者播報的聲音。當畫面回到鞠子臉部照片的特寫時，他才緩緩離開電視機回到店裡。

「老爹……。」主婦輕聲低喃。

一副快要哭出來的表情。小女孩緊靠在母親的背後。

「是不是找到你孫女了？電視正在播放新聞嗎？」

義男點點頭，同時整個人身體一軟，兩手撐在冷凍櫃上。

「太過分了！」年輕主婦一手按在額頭上：「眞是太過分了！」

她空著的另一隻手則緊緊抓住小女孩的手。小女孩抬頭看著母親，接著又看著義男的臉，然後又看著母親。小女孩小聲問說：「媽媽，妳爲什麼在哭？」

白骨屍體正式被確認是古川鞠子，已經是當天深夜，過了半夜兩點以後。屍骨安置在墨東警署裏，義男前往警署，坂木跟在他身邊一同前去。

透過齒模鑑定身分的過程十分順利，完全是坂木的功勞。鞠子失蹤不久，他就對精神狀況還正常的眞智子問出鞠子一向就診的牙醫資料。

不過坂木說明這件事時，口氣充滿了歉意。彷彿因爲他的這番居心，招致了這種不幸的後果。

義男搖搖頭說：「鞠子的事，我早已死心了。回來了就好，這樣我也能安葬她了。」

坂木噤口不言，因爲他知道義男並不是眞的「死心了」。

義男自己也不知道自己是否眞的死了心。說的話沒有什麼力道，連腳下也感覺踏空。心中想的、腦海裡思考的，都缺乏眞實的感受。

連鞠子已變成一堆白骨，他也沒有眞實的感受。

古川茂已經先行抵達墨東警署，一位年紀較大的刑警陪他身邊。

「爸爸！」古川說：「眞是遺憾。」

古川的臉色陰暗灰青，眼睛充滿血絲，下顎一帶滿是鬍渣子。過去他就是個鬍鬚濃密的男人，而今義男突然才看見他已鬍鬚花白。

四個人一起來到地下室的遺體安置室。安置室的大門是褪成灰色的門板，上面鑲有毛玻璃。走廊上放著一張靠牆的長椅，來到椅子前就能聞到燒香的味道。

陪同的刑警做出「請進」的手勢，這時古川說話了：「對不起，爸爸。請讓我先進去。」

義男無言地抬頭看著古川的臉。

「我想和鞠子單獨見一面。她是我的女兒。」

坂木想要說些話，但看見義男點了一下頭後，退到後面坐下。

刑警和古川消失在灰色門板後面，坂木坐在義男旁邊。

周遭一片安靜，和門板漆成一樣灰色的水泥漆走廊，到處都有黑色的斑痕。義男開始一一數了起來。

有些斑痕形狀像是鞋印，朝著出口的方向。或許是來訪時一身輕，回去時身上背負著什麼，因爲背負的東西太重，所以才留下了鞋印也說不定！

來這裏造訪的，都是些什麼人呢？他們帶什麼來？遺失了什麼？又得到什麼而走呢？是看破、絕望、悲傷還是憤怒呢？

不對，來這裏是不可能獲得什麼的。那個留下鞋印的人，其實沒有背負什麼東西吧。而是離開的時候，覺得存活也是一種負擔，所以才留下鞋印的吧。

數到第七個斑痕時，門裡面傳出古川的哭聲。

「眞是遺憾！」坂木說。

義男雙手掩住了臉。埋首在手心的黑暗中，眼前浮現許多鞠子的身影。在婦產科玻璃窗對面的嬰兒睡臉；搖搖晃晃學走路拍著手的笑臉；穿著幼稚園制服，因爲帽子太大被義男邊拍照邊取笑，於是氣得哭出來的小臉；嘟著嘴說再也不穿粉紅色等孩子氣衣服的圓臉；收到同學寄來的情書，吐著舌頭欲羞還喜的紅臉……。

「鞠子是否喜歡那男孩子呢？」

「他不是我喜歡的那一型。怎麼辦呢？爺爺。」還有她跟眞智子吵架，離家要求住在義男家一晚時困惑的臉；穿著剪短的牛仔褲，整個屁股都要露出來了。義男責怪她，她反而嬌嗔說是爺爺居心不良想太多，好一段時間見了面也不說話的生氣的臉。

「爸爸好像有外遇了！」她來說這件事時擔心的臉。

「爺爺除了奶奶，有沒有其他喜歡的女人？」義男回答：「我哪有那個閒功夫！」於是她睜大眼睛怪說：「這算什麼回答，根本是逃避做答。」

當時她嘟著嘴的表情也浮現出來了。

最後一次見面她的臉是怎樣的表情呢？因爲義男血壓高，她很擔心。

「等我領了年終獎金，就買個血壓計送爺爺。讓爺爺每天量，注意健康。」

可是還等不到發獎金的日子，鞠子已經不在了。

「鞠子！」古川呼喚的聲音傳了出來。

義男也在心中呼喚：「鞠子，妳回來了！回來了就好。已經沒事了，已經不必再害怕了……。」

這麼說起來，以前曾經說過同樣的話安慰鞠子。那是鞠子六歲的時候，古川家住在公司宿舍，庭院裡有一棵大柿子樹。鞠子和朋友吵著要摘樹上的柿子，於是看高不看低地直往樹上爬，等到一不小心低頭發現高度時，竟害怕得動也不敢動了。這時來她家作客的義男經過了才將她抱下來。並對哭成淚人兒的鞠子安慰說：「已經沒事了。下次不可以再做那麼危險的事了……。」

鞠子……！義男在心中反覆呼喚。鞠子，那個時候不是已經說好了嗎？下次不可以再做那麼危險的事了。爲什麼還會發生這種事？是誰騙了妳，帶妳去爬說過不再上去的柿子樹呢？那傢伙現在在哪裡？他長什麼樣子？妳告訴我呀，告訴爺爺呀！不管他跑到哪裡，爺爺都要追到他，爺爺一定要抓到他。

鞠子，鞠子。妳是爺爺的心肝寶貝呀！

「有馬先生！」

坂木將手放在義男肩上。義男一方面感受到他手的溫暖，一方面聽著古川的哭叫聲，站在緊閉的灰色門板前悲傷飲泣。

「喂……。」尖銳的機械聲呼喚。

接電話的人是木田孝夫。因爲他留下守候，公寓裡的「有馬班」派了一名刑警陪他。那名刑警按下了錄音鍵。

「是有馬豆腐店嗎？」機械聲問。

「是的。」木田回答時可以感覺自己的嘴唇顫抖。

「你不是老先生嘛。對了，老先生應該是去警察局了。」

「你是犯人吧？」木田說：「有什麼事？到現在你還想怎樣？」

「哎呀，你的口氣很猛嘛！」機械聲高興地語尾上揚：「你是他親戚？」

「你管我是誰。」

木田有兩個上國中的小孩，一個兒子和一個女兒。鞠子遇害，可說是好友家的悲劇，對他而言絕對不是外人的事。

「你這傢伙口氣倒是不小！」機械聲說：「對我這種態度，小心會後悔的。而且你爲什麼沒有感謝我？」

「感謝？有什麼好謝你的。」

「我不是將鞠子還給你們了嗎？」

「你這傢伙……。」

「我可是很辛苦耶。已經埋起來的東西還要挖出來，這種骯髒的工作很辛苦呀。我是看在老先生太可憐，所以才特別爲他做的。」

木田氣得眼前一陣暈眩：「你還算是人嗎？」

對方大笑，木田更是氣說：「像你這種傢伙，我最清楚了。連一對一也不敢的膽小鬼。只會打這種騷擾電話、欺負女孩子，根本不敢跟男人對抗！你是個沒有用的爛傢伙！」

「你真的這麼想嗎？」機械聲停止了笑聲說：「你以為我不敢對男人下手？」

木田倒吸了一口氣。旁邊的刑警做手勢要他繼續拖延對話。

「是嗎，那好，我也有我的想法。你給我仔細看著，死老頭。下次要是死了個男人，那可是你害的喲。」

電話切斷了。坐在旁邊負責聯絡的刑警低聲說：「又是行動電話。」木田抓住電話機，用力連線甩向牆壁。電話機發出一聲鈴聲，滾落在地上。露出底部的樣子就像是在嘲笑木田一樣。

15

武上悅郎喝醉了。

那是十月二十一日，也就是發現古川鞠子屍骨十天後的下午的事。接近黃昏的時候，武上家客廳的窗戶斜斜射進橘紅色的陽光。

說他喝醉了，其實也沒有喝太多酒。不過是洗完澡喝罐啤酒解熱，而且還是小罐的。這麼一點酒也能醉人，可見得他是累壞了。

古川鞠子相關的文件工作多半是急件，這三天武上幾乎是不眠不休，連用餐也難得正常。屍骨必須做的各種鑑定、齒模對照、送交各單位的文件等填寫都是武上的工作。發現屍骨現場的實況調查報告、照片的彙整等大工程也必須完成。在這之間，共同搜查總部又在前天晚上舉辦了成立以來的第一次公開記者會，他必須確認會上宣讀的調查過程報告有沒有錯誤，並模擬記者團提問的問題做成答案手冊。連續三天下來，連鐵人武上也累壞了，居然坐在馬桶上時也打起了瞌睡。

九月十二日大川公園事件案發以來，已經經過了四十天。這中間他幾乎沒有回過家。看不下去的神崎警長要他回去兩三個小時也好，洗個澡之後再來上班。其實神崎警長本人也是不回家一族，有時換穿的衣物沒來得及送，也只好繼續穿著領子污黃的襯衫硬撐。

武上家位於大田區的大森，距離六鄉土手車站走路約五分鐘。附近還保存許多二次戰後興建的文化住宅，混雜在小型家庭工廠之間，是個人口密度極高的區域。武上家原本也是文化住宅，但在十年前重新改建過。改建固然是武上出錢做的，面積不大的土地則是太太從家裡繼承的遺產。要不然以武上一介地方公務人員，哪有能力在東京都內擁有房子。

幾年前這附近的土地紛紛蓋起房子，後來泡沫旋風吹了又散，到處又變成了空地。武上家隔壁的房子原來是一家板金鍍金公司，也不知道是因爲破產還是被炒地皮，一夜之間化爲烏有，現在成了停車場。也因此武上家的客廳變得通風良好、光線充足，居住環境舒適得有些心虛。

剛洗完澡的武上一邊坐在窗邊享受微風，一邊讀著隔壁停車場裡的車牌號碼。回家做短時間的休息，他不希望心裡還想著辦案的內容。可是說得容易要做卻很難，這時最好的辦法就是頭腦塡滿其他東西。武上讀著車號，並試著背下來，有時還會就數字編密碼以利記憶。

可是他還是會想起古川鞠子的案件。

發現那樣的遺體，對搜查總部而言眞是莫大的侮辱；對被害人家屬更是難以治癒的創傷，而且傷口太大無法縫合，還會留下永遠無法抹去的傷痕。長年的工作經驗，有很多刑警已經練就控制情感的功力，武上就是其中之一。共同搜查總部內的年輕小夥子還沒有這種功力，所以墨東警署三樓男生廁所的便斗就被打破了，必須請人來修理。

「是誰踢壞的呀？」篠崎佩服地看著便斗說：「這種東西不是想踢壞就能踢壞的呀！」

現在篠崎正泡在武上家的浴缸裡。他屬於情緒比較穩定的那一型——不是靠經驗培養，而是個性使然。他和武上一起，工作很努力，所以疲勞的程度應該不下於武上。內勤業務的成員中，不知是幸運還是不幸，他最受武上器重，所以也成了不回家一族。結果今天給他稍事休息的許可，他居然說：「反正住在外面，回不回家也沒什麼差別，不如窩在空桌子下面睡覺吧。」武上只好把他給拉回家來。

武上的妻子在附近藥局打工。跟武上他們前後腳進家門，現在爲了準備晚餐出門買菜去了。他女兒讀大學還沒回家，所以家中十分安靜。

武上不斷盯著停車場裡的車牌號碼。他的記憶力很好，看兩遍就能記住所有的車號。他雖然覺得將頭腦用在這種事上很無聊，卻停不下來。一停下來就會想起古川鞠子的案件。

可是過了一會兒，思緒還是很自然地跑到案情上面。沒辦法的他乾脆開始思考那個身分不明、只發現右手腕的女性案件。

一隻右手腕，線索實在少得可憐。但是擔心會是自己的妻女而前來詢問的民眾卻很多，目前還不能鎖定特定對象。手腕上只有指甲油的顏色和手臂內側有顆小痣等特徵，至今仍找不到一個條件符合的失蹤女性。

犯人究竟想怎麼樣呢？

關於古川鞠子的案子，他以驚世駭俗的手法將她送回，也跟被害人家屬有馬義男接觸過。但對於右手腕的主人卻三緘其口。

應該只有犯人知道右手腕的女性是誰，他也應該知道如何跟她的家人聯絡才對。可是爲什麼他沒有採取和古川鞠子一樣的做法呢？

「爸爸！」武上的太太在廚房裡叫他。

武上抬起下巴問說：「什麼事？」

「浴室裡安靜得過分，那是篠崎先生吧？不會有事吧，你去叫他一聲看看。」

武上站起來，走向浴室。隔著玻璃門叫了一聲，沒有回應。他打開門探頭看了一下，篠崎的頭靠在浴缸邊緣，睡得正香甜。

武上推推他的頭說：「不要睡著了。」

篠崎吃驚地睜開眼睛，一不小心整個頭落入浴缸裡。

「對……對不起。」他邊吐水邊解釋說：「因爲太舒服了。」

「睡著了會死人的。」

「是，我就出來了。」

關上門時，武上聽見裡面低聲抱怨：又不是在雪山裡，睡著了會死人。他心想下次要給篠崎一份參考資料，讓他看看躺在不斷加溫的浴缸裡睡著而溺死，最後身體整個燙熟的屍體照片。

剛剛篠崎的頭髮飄出香味，這傢伙一定是用了女兒的洗髮精。武上的女兒正値青春，堅持不用跟父母和臭弟弟一樣的毛巾、洗髮精。她有個人專用的清潔用品，別人擅自使用就會惹她發怒。爲了不讓篠崎在家慘遭女兒的修理，看來吃過飯後還是早點回總部比較好。

他順便走到門口瞧瞧，看見信箱裡有晚報。因爲武上家訂了三份報紙，光是晚報也是厚厚的一疊。他將晚報拿到客廳準備依序閱讀時，篠崎已經走出浴室，並跟妻子道謝。身上換穿了乾淨的衣物。

晚報上沒有什麼新的報導，只是忠實地記錄今天上午的記者會內容。此外還提到目前正在繼續對坂崎搬家中心周遭的可疑車輛進行調查並對該公司相關人士做問訊。

「有什麼消息嗎？」篠崎問。他手上拿著裝有麥茶的玻璃杯，因爲他不會喝酒。

「什麼也沒有。」

發現古川鞠子的遺體後，搜查總部裡有很多人主張在不公開田川一義本名的前提下，應該對外說明總部已鎖定嫌犯進行調查的事實。換句話說，他們是想要強調搜查總部並非什麼都沒有做的積極派人士。

但最後積極派的意見還是被壓了下來，武上也認爲這是應該的。鞠子屍體被丟棄在現場的時間還未確定，但可以肯定的是在發現的前一晚。這段時間田川一義在大川公園附近的家裡面，一步也沒有外出。這一點專案監視班已經確認。總部今後應該也會減輕對田川的搜查人力；或者還要繼續監視的話，也會有一番再檢討的過程吧。所以強調已鎖定嫌犯進行調查的說法是自欺欺人。

搜查方針也因爲這件事分爲兩派，一派主張繼續鎖定單一犯人，一派則建議加入有共犯的觀點進行調查。如果選擇前者，田川因爲有不在場證明，自然就不會是嫌疑對象。可是他爲什麼要租車在大川公園附近徘徊？沒有找到令人信服的答案之前，他還是令人懷疑。

「大概是《週刊郵報》吧！居然寫說搜查總部無能，是群飯桶。」

「現在被怎麼寫，我們也沒話說。」武上說話的時候，電話鈴響了。他拿起話筒，聽見了秋津的聲音。

「是武上嗎？」急切的問話聲，讓武上直覺發生了什麼事？

「怎麼了？」

「你有沒有看《日本日刊》？」

那是無法訂閱，只能在車站店頭零購的晚報。

「沒有。上面寫了什麼嗎？」

「田川的事走漏風聲了。」與其說是生氣，應該說是啞然的語氣：「雖然沒有寫出名字和刊登照片，從報導的內容可以知道寫的就是田川。」

「標題呢？」

「連續女性綁票殺人事件的重要嫌犯？到底是哪裡走漏了風聲？」

「一定是總部吧。」

這是被壓制的積極派故意洩的密。洩密的對象不選擇七大報而是晚報的做法，讓武上心生厭惡。

「根據田川監視班的報告，已經有電視台採訪車出動了，大概是掌握詳細情報了吧。他們會問田川什麼嗎？」

武上掛上電話，回頭對篠崎說：「我們回署裡。」

塚田眞一將剛送來的可口可樂，一箱一箱搬進倉庫裡。因爲身上的制服太大件，站起來坐下去的時候都必須拉一下褲腳。那樣子店長看了也覺得好笑。

在前畑公寓生活之後，眞一立刻在附近走路不到十分鐘的便利商店找到打工的機會。儘管父母留下給他的帳戶，足以應付目前的生活開銷，但他並不想遊手好閒。畢竟整天閒著，這樣的生活不很健康；而且在還不清楚樋口惠的動向前，他也不能回學校上課。因此他認爲打工是最適當的做法。

這裡原來是賣酒的雜貨店，以加盟方式改變成爲大公司旗下的便利商店。原來雜貨店的小開現在是店長，年紀才三十出頭。事實上他是前畑昭二的小學同學，現在還經常一起喝酒。

所以這是個很好的工作職場，眞一立刻就習慣了工作內容。店長的太太個性開朗大方，比滋子還要用心照顧眞一。因爲男生的制服褲沒有更小的尺寸，她說要幫眞一修改腰身，可是就是找不到空閒的時間。

搬完可樂箱後，眞一拿拖把擦拭地板時，隔著自動門的落地玻璃，看見滋子急匆匆地走來，一手抓著錢包。因爲不耐煩等待紅燈變綠，直接就穿過車與車的間隙過馬路。眞一質疑地伸長脖子想說：怎麼了？滋子已經一腳踏進自動門走進店裏。她立刻走到收銀檯，從架上取了一份晚報說：「你好，我要這個。」臉上沒有笑容。

負責收錢的店長問說：「怎麼了？滋子。」

滋子站在收銀檯前，將錢包夾在腋下，直接就翻起晚報來看。她手上拿的是《日本日刊》。

「有什麼消息嗎？滋子姐。」眞一問。滋子咬著牙，專心地閱讀報上的文字。眞一也跟在她背後一起閱讀。

「連續女性綁票殺人事件的重要嫌犯？」

他眼睛睜大了。

「嫌犯。」滋子喘了一口氣，眼睛離開報紙時開始說話了：「大川公園事件的嫌犯出爐了。現在電視新聞也在報導，又是HBS台。」

「電視台嗎？又開始了？」

「是的。在報紙還沒寫之前，電視台的人已經跟嫌犯接觸過了。因爲《日本日刊》和HBS是兄弟公司嘛。結果這傢伙還接受採訪，所以新聞鬧得很大。」

「那不就是獨家專訪囉？」店長說。

「好像是住在大川公園附近的人。我是想利用廣告時間先過來讀報紙。小眞，你要跟我一起回家吧？」

滋子小跑步離開店面，店長看看手錶說：「沒辦法囉。」

眞一對店長說明：正在幫滋子做些事。

「那你明天多做一小時補回來。」

「對不起。」

眞一拉著褲管，緊追在滋子後面離去。

臉部打了馬賽克，聲音也做過處理的嫌犯「田川一義」十分愛說話。

他說：在HBS採訪小組跟他接觸之前，他完全不知道自己已被列入這一連串事件的嫌疑犯。爲什麼會這樣？他也想不透理由何在。

採訪的記者說出了田川的過去以及他租車在大川公園附近徘徊被人目擊的事實。田川立刻對自己的過去，口氣激烈地辯駁：「那不是我做的，我是被人陷害的。」

他的說法是：當時同一職場有一位二十七歲的前輩才是「更衣室色狼」，針孔拍照事件的犯人就是他。

「可是他是因爲總經理的關係進公司的，做出這種事被人知道就糟糕了，所以拿我去頂罪。」

記者問他：爲什麼不在公審時說出來，爲自己的清白戰鬥呢？

「如果那麼做，沒有十年、十五年是等不到審判的結果，什麼事情都會吊在半空中。我雖然不甘心，可是也不希望自己的人生和在裡面。所以才會很快就認罪，希望判輕一點的刑罰就算了。」

記者說明：這種案件跟殺人罪不一樣，在法院爭論也不會拖延太長的時間。沒想到田川反而更大聲說：「你又不是當事人，你知道什麼？」

田川的過度興奮幾乎打斷了採訪，所有過程都被拍攝下來播放。於是記者換個話題，詢問他：九月四日、十一日、十二日分三次透過朋友租車，一而再不嫌麻煩地租車在大川公園附近繞是爲了什麼？尤其是十一日是該事件案發的前一天。

田川的興奮一下子停住了。就像烏龜察覺危險立刻縮頭一樣，他也採取了防衛的姿勢。他說：我沒有去大川公園。自從被人陷害入罪後，就不相信別人，連出門都很痛苦，所以請朋友幫忙租車。當時是外出拍攝野鳥，到有明的森林四處走走，究竟跑了哪些地方也記不清楚了……。

使用整個午後社會新聞節目所做的專訪，其實內容的時間並沒有很長。而且後半段是將收錄的內容重複播放，最後總結事件的概要便結束了。新聞吵得很大，但眞正能夠作爲線索的部分還值得商榷。而且也沒有提到警方是否會就這一事件做公開的說明。

前畑滋子一邊用錄影機錄下這段專訪，一邊仔細盯著畫面上的「田川一義」——其實現階段對身爲觀眾的她而言應該是「T先生」，她注意聽他的說話、觀察他偶而出現的模糊身影、手腳的動作等。

採訪的過程中，T很喜歡晃動腳。尤其是T答不出記者的質問時，腳晃動得更加厲害。他想用雙手制止，於是壓在膝蓋上面，可是一旦膝蓋開始晃動，連手掌、手臂、肩膀也跟著搖動。這些情況滋子都仔細地觀察到了。

T的手指纖細得不像男人。右手中指上戴著一個做工精細的戒指。是銀製的、寬一公分以上的大型戒指。他身穿舊牛仔褲，腳上是破球鞋，更加顯得那只銀戒指在他身上是大放異彩的配件。

說不定對T而言，那是個具有特殊意義的紀念品。滋子爲了看清楚戒指，好幾次探身靠近電視機。可是看電視當然很困難，所以節目結束後她立刻放錄影帶來看。找到畫面後暫停，仔細觀察。可惜東西本身就很小，很難看得清楚。好不容易只能看出表面不是光滑的、有一些凹凸不平的浮雕。

「發現了什麼嗎？」坐在滋子身邊的沙發上，安靜看電視的眞一發問。

「沒什麼啦。我只是覺得他手上戴的戒指有些稀奇。」

「戒指？」

滋子再一次將畫面定格，只給眞一看。眞一點點頭說：「喔，這個呀。」

語氣很平淡，說不定他是覺得滋子怎麼注意這種小地方。

「妳覺得怎樣？」眞一又問：「這傢伙很有問題吧？」

「不知道耶。」滋子誠實地搖搖頭說：「首先他開的車在大川公園被目擊的證詞是從哪裡出來的並不清楚。就是警方發出來的消息，有多少可信度也還是問題。」

「關於這個採訪，警方什麼意見都沒有表示。」

「至少在目前這個時間點還沒有做出任何表態。」

「電視台一開始就這麼做了，以後不會出問題嗎？」

「本人答應要接受採訪的，應該不會有問題吧。」

眞一聳聳肩說：「這傢伙爲什麼肯出面呢？」

滋子看著他。眞一還在盯著定格畫面上，打著馬賽克的T的臉。

「他難道不知道出面接受採訪，根本不會有好事嗎？結果還不只是被挖出過去的醜事而已嗎？」

滋子微笑說：「說不定他的前科眞的是被冤枉的。所以他認爲這是控訴的好機會。」

看著電視畫面，眞一眼神憂鬱地表示：「也許是吧，但也可能是說謊。透過電視騙大家說他被冤枉了。」

「嗯，兩者都有可能吧。」

「搞不清楚狀況之前，就先給他說話的機會嗎？」眞一問：「而不聽聽被這傢伙拍照的女人、或是其他知情的人說出他們的看法嗎？」

「說不定之後會出來吧……。」

「可是這樣是不公平的，先到處亂說的人是他，是這位T先生呀！」

滋子噤口不言，只是看著眞一。他嘴裡說的是剛剛電視上的採訪，但心裡卻好像想著其他的事吧。

「我去打工了。」眞一起身離去。

回便利商店的途中，眞一在公寓附近的公共電話打電話。心想對方可能還沒回家吧，還好本人出來接電話了。

「是塚田同學嗎？剛剛看過電視了嗎？」

是水野久美。眞一帶著洛基到大川公園散步，跟他一起發現垃圾箱裏棄屍的少女。

在因樋口惠的事離家出走之前，眞一和久美逐漸說起話來了。垃圾箱的事件過後不久，有一天早晨眞一帶著洛基在大川公園散步時，又遇見了久美。當時眞一想裝做沒看見走過去，不料久美卻追了上來。她說：她一直很在意自己在墨東警署會議室裡的輕率發言，想要好好跟眞一道歉。

「我一遇到可怕的事就像是歇斯底里一樣，居然說覺得很興奮。完全沒有考慮到塚田同學的心情，眞是對不起。」

當時的久美並不知道眞一過去家裏的事，所以沒有什麼好抱歉的。可是她只是表示歉意，卻沒有繼續追問發生在眞一家的悲劇詳情。

第二天、第三天，他和久美還是在同一時刻在大川公園裏碰到面。眞一已經開始為樋口惠的出現而感覺到危機，生活變得緊張不安，只有在早晨這一刻看見久美明朗的笑容才能稍微平靜些。因為她先將電話號碼告訴了眞一，眞一也將自己家的告訴她。這種交流是發生佐和市悲劇以來的第一次。

之後眞一終於離開石井家後，久美還是打過好幾次電話來，聽良江說久美很關心他。所以等眞一在前畑公寓安定後，他也不時會跟久美聯絡。

「電視我剛剛看過了。」眞一回答：「只是還不知道怎麼回事。」

「說的也是，不過好可怕。那個人感覺不是很正常呀。」

「國王和洛基還好嗎？」

眞一離家後，久美代替石井夫婦照顧洛基。她很喜歡動物，還跟眞一說過將來想當獸醫。

「很好呀！毛已經長齊了。」久美笑說：「可是有時候會找塚田同學呢。不斷在院子裡聞來聞去，然後對著樓梯的方向大叫。」

「那傢伙就是愛撒嬌。」

推銷報紙的人送了兩張電影票，久美問說星期天要不要一起去看院線片，這次的西片是部大製作，口碑不錯。

「我想人一定很多吧，因爲不用錢。」

由於眞一沒有馬上答應，久美問說：「怎麼了？」

「最近有和那傢伙碰面嗎？」

他和久美提到「那傢伙」就是指樋口惠。爲了照顧洛基，每天要上石井家，過去久美已經和樋口惠碰過兩次面。當然久美早已知道她的背景、爲什麼緊追眞一不放的理由。

「嗯……沒有呀。」久美不太會撒謊。

「妳們見過吧，什麼時候？」

「昨天。」久美低聲說：「我眞是笨蛋。」

「因爲妳根本沒必要說謊。結果怎樣呢？讓妳受罪了，眞是對不起。」

「也沒有啦，還不是跟以前一樣。她只是瞪著我，在石井家門口走來走去。我後來幫洛基洗澡……」

久美的語氣有些不對，眞一知道絕對不是「跟以前一樣」。

「那傢伙對妳做了什麼？」

沉默一陣子後，久美回答：「她跟我說話。」

過去樋口惠都沒有直接跟久美接觸，只是遠遠地看著她。這眞是令人意外的舉動。對了解過去樋口惠做事態度的眞一而言，他覺得樋口惠應該早就會逼問久美：妳是眞一的朋友嗎？知道眞一人在哪裡就告訴我？可是爲什麼樋口惠沒有這麼做。或許是同一年齡層的女孩之間有一道看不見的障礙阻隔了彼此吧。

「她跟妳說了些什麼？」

「她問我石井太太不在家嗎？」

「嬸嬸不在家嗎？」

「她去買東西了。」

久美跟她說石井良江不在後，樋口惠抬頭看了二樓的窗戶一眼，然後回頭對久美說：「妳幾歲？」

久美嚇了一跳，隔著渾身是泡沫的洛基回看了樋口惠一眼。樋口惠高挑眼角顯得氣勢凌人，但不像是精神錯亂的樣子。

久美回答：「十六歲。」

「不錯嘛。」樋口惠說：「生活輕鬆、不知辛苦，只要煩惱自己的事就夠了。」

然後扭頭便離去了。

「我聽了很生氣！」久美氣憤地說：「不知道誰才是只煩惱自己的事情，我很想給她大叫回去！」

「還好妳沒那麼做，萬一她撲了過來可就糟了。」眞一笑著說。

聲音聽起來是笑聲，但反映在電話亭玻璃牆上的人影一點笑容也沒有。

「你不跟負責的檢察官、律師談談她的事嗎？」

「已經在電話中談過，他們說會立刻制止她的。」

「可是沒什麼用吧。至少現在還是每天來呀。」

大人的忠言、哭勸或警告，對樋口惠是起不了作用的吧。眞一對此也不抱期待，他反而認爲這是他和樋口惠之間的戰爭。

戰爭？爲了什麼而戰呢？眞一腦海中浮現了剛剛在電視看見「嫌犯T」痙攣般不斷搖晃的枯瘦膝蓋。心中有話能對社會正當發言的人，才不會做出那種失禮的動作。可是用這個來做判斷的標準太危險，T也有T說話的權利呀……。

是不是誰能夠越迅速、越有效果地將想說的話表達出來，盡可能讓媒體廣爲宣傳，就能獲得社會的相信呢？現在善惡判斷的標準就是這個，所以T才肯出面接受採訪。樋口惠之所以要讓眞一和樋口秀幸見面，也是認爲那是讓樋口秀幸的說辭能對社會宣傳的最佳手段吧！

大家在下意識之間都知道是這麼回事。宣傳決定了善惡、決定了正邪、分辨了神與魔。法律、道德規範其實只存在於外圍。

樋口惠會不會對著媒體說話呢？下一步，她是否會採取這種手段呢？在她激烈的情緒下隱藏著戰略性的頭腦，她是否會命令自己這麼做呢？

16

「嫌犯T」之後也充斥在電視新聞和報紙週刊的報導中。自從發現古川鞠子的屍體以來，他的存在對毫無進展的事件而言，正好是一大刺激。

他個人對於媒體的態度、距離始終如一。可以上電視、接受拍攝、變聲處理；但說話的內容千篇一律。只是熱心地控訴過去遭到冤枉，堅決否定跟該事件的關係。

然而進入十一月後，情況整個改變。最早和T接觸的電視台是HBS，這一次又是他們捷足先登。十一月一日晚上七點播出了HBS緊急報導新聞節目。

這一次是T現場實況演出。

與其說是緊張，應該說是在興奮莫名的氣氛下，黃金時段的特別節目按原訂計畫開始了。

攝影棚裡除了負責引言的主持人和助理外，邀請的來賓有推理小說作家、女性評論家等人。在他們的座位旁邊隔著一道偏光玻璃製成的屏風，田川就坐在屏風的那頭。

被稱之爲「T先生」的他，在畫面上不是以原來的聲音接受訪問，觀眾也只能看見模糊的身影。偶而爲了讓觀眾能感受到他確實的存在，不時會拍出他的膝蓋、腳尖、手的動作等特寫。

包裹在褪色牛仔褲裡的他的膝蓋依然搖晃得很厲害。雙手爲了抑制晃動而壓在膝蓋上，使得肩膀顯得僵硬，展現出比之前上節目時更加憤怒的情緒。彷彿是要指責什麼人似的，他的頭部前傾，對於提問的話語也反應激烈。很顯然地透過過去的專訪，他已經十分清楚自己所扮演的角色。

他扮演的是被犧牲者的角色。

二十一日的特別節目可以說是媒體再度扯搜查總部的後腿。但總部沒有召開有關田川被嫌疑的公開記者會，也沒有禁止媒體的報導，而是採取妥協的做法。在發給記者的文字說明中承認田川的名字列在搜查對象的名單中，曾經也對他採取過監視的行動；並公布古川鞠子遺體被棄置的時間裡，田川的不在場證明已經被確認的事實。田川雖然稍有嫌疑但缺乏決定性證據，所以警方已經解除戒心。但從字裡行間可以讀出：目前共同搜查總部並不打算做出確保其身分的手段；田川在總部內的「嫌犯」地位也相對下滑當中。

換句話說，經過這樣處理警方可以委婉表示這次走漏風聲的情報其實不太具有價值。要吵要鬧是媒體的自由。

ＨＢＳ首當其衝，田川也毅然對立。他之所以擺出「生氣」的姿勢，就是因爲警方的這種態度。當初在專訪中他明明說過：「完全不知道自己已被列入這一連串事件的嫌疑犯」，但是在今天節目中卻有許多新的說法：「我發現自己被跟蹤，感覺很害怕。」「朋友打電話告訴我，說警察來問過有關我的前科什麼的。」

ＨＢＳ的態度與其說是觀察警方的反應，拿田川可能是眞凶作爲提高收視率的賭注；更應該說是將田川定位在「因爲有前科所以被當作嫌犯的被犧牲者」，同時也是對共同搜查總部盡做些無謂調查，無法進一步找出犯人線索的傲慢與沒有效率進行批判。ＨＢＳ認爲目前的這種做法得分比較高，因此節目的架構是從一開場先回顧事件概要；與田川如何接觸和聽他的控訴；之後探討處理這類案件的日本警方技術之不純熟；比較歐美做法列出問題點，節目進行中不時穿插田川的發言。

另一方面還在攝影棚架設了二十幾台的電話機，接受觀眾以電話或傳眞方式提供資訊。在特別來賓發言與田川回答問題之際，此起彼落的電話聲便成了背景配樂。其目的是要讓全國觀眾看見有許多的資訊進來，而且儘管只是一些資訊，電視台的態度還是很愼重處理。

有馬義男是在家裡看電視的。

十月二十一日下午的社會新聞，一開始「Ｔ」出現的時候，義男並不知道，他在忙著看店。到了傍晚客人越來越多時，才有人告訴他：已經抓到老爹家的犯人了。他趕緊回去打開電視。雖然只是看見報導的後面，加上後來的客人幫他補充說明、有人拿「日本日刊」的晚報給他看，總算知道個大概。

剛開始聽見時，內心充滿了期待，簡直都快要窒息了。犯人抓到了？光是聽見這句話，整個人興奮得微微顫抖。可是好不容易讓自己冷靜下來，蒐集各方面的說法和公開的資訊後，那股全身顫抖的興奮變成了冰冷的失落一路滑向腳尖。

可是他還是收看了HBS的特別節目。怎麼可能不看呢？雖然這個「T」受到懷疑是個錯誤，不，弄錯的可能性看來很大，可是他還是無法不看「T」。隔著偏光玻璃看不清楚他的臉型、形體，十分遺憾，義男知道只要撤去屏風讓他清楚看見活生生的對方，他就能判斷對方是不是殺害鞠子的兇手。沒有理由，他也說不出根據何在，他就是能夠判斷。

因爲鞠子一定會告訴他的，說：就是他、就是這個男人。就像開啓天眼一樣，一道明亮的閃光落在義男的腦海裡，照見鞠子手指的方向。

節目正好回到話題人物田川的部分。來賓之一的推理小說作家問起他租車在大川公園附近徘徊被人目擊時的活動是什麼？是目擊證詞有錯，還是他根本就沒有去公園呢？

「我沒有去……。」變聲處理過的田川回答：「可是已經是兩個月前的事了，我記不太清楚。」

「一開始爲什麼要租車呢？」

「因爲要拍照。」

「那你記得是要去哪裡拍什麼的嗎？這跟你不記得晚飯吃什麼，意思有些不太一樣。」

田川開始支支吾吾說不出話來，主持人立刻插話說：「可是記憶這種東西本來就是很曖昧的。」

接著另一個來賓立刻說話：「沒錯，畢竟爲什麼要租車，那是個人的自由吧？又不是有什麼可懷疑的，追究人家使用租車的目的，根本就是妨礙隱私權。犯罪的搜查固然重要，可是也不能侵犯了同樣重要的個人自由，不是嗎？我覺得個人自由應該擺在第一順位考慮。」

「這麼一來，犯罪搜查幾乎是無法進行了。」

「才不是這樣子。都是因爲我們的警方組織還停留在過去的做法。抓到犯人就嚴刑逼供，所以過去不知製造了多少的冤案呀？」

義男心想：這個節目究竟是爲什麼而做的？他們在吵些什麼？有什麼幫助嗎？

廣告畫面中斷了兩個特別來賓的爭論。電視上出現一個跟鞠子同樣年紀的女性，那是即溶咖啡的廣告。接下來是化妝品廣告，還是年輕女性主演的，畫面中呈現一個擦著新口紅的嘴唇嘟起。然後是女性內衣的廣告，一個身上只穿著胸罩的女性打開門，從快遞人員手上接下包裹的內容。這個報導被人分屍棄屍在公園垃圾箱、被縊死後丟到公園溜滑梯、埋在土裏化成白骨後被遺棄在別人家門口等年輕女性遇害事件的特別節目，其所贊助的廣告竟然都是些活潑美麗的年輕女子影像。而且這些影像如果搞不好，很可能會驅使某種具有危險想像力的人做出什麼危險的事來。

義男親眼看見、親耳聽過、雙手也觸摸過鞠子的過去、她的消失、回來成爲一堆白骨……。在他眼裡廣告中年輕女性亂舞的艷姿，並非是在爲商品做宣傳，而是爲了其他的目的而存在。他覺得這些廣告似乎在呼籲：畫面上的女孩就像我們的玩具、漂亮的玩具、一換再換的玩具、抓來殺掉、埋起來也無所謂的玩具……。

殺死鞠子的，不是什麼人，而是接受呼籲的人們，不是嗎？出面呼籲的不是鞠子呀！不是右手腕被切斷的女性呀！也不是那個倒楣的高中女生。明明是別人出面呼籲的，受害的卻是鞠子她們的存在。這種情形是什麼時候開始的？是誰開始了這種情形？有誰能夠制止這種狀況呢？

至少不會是電視台——電視台是沒用的。義男心裡這麼想著，關上了電視。但這時攝影棚的畫面取代了廣告，情況也完全轉變。

會議室裡的刑警大聲通知後，武上衝到走廊上，篠崎跟在他後面。兩人一踏進會議室，看見電視畫面正從接電話中心的電話特寫切換到攝影棚裡主持人身旁的電話。

「犯人打的電話嗎？」武上指著畫面大聲地

問：「在哪裡？哪一支電話？」
「現在正在連到攝影棚上的電話。」
「有錄下來嗎？」
「已經在錄了。」篠崎回答，並探身將音量調大。
畫面中的主持人一臉緊張地接下話筒，貼在耳邊。「喂——」口齒清晰地就像不會演戲的人。
「喂——」
透過麥克風，對方的聲音響亮地傳了出來，就是那個變聲器的聲音。
「犯人是打到攝影棚蒐集資訊的專線上去。」武上身邊的刑警說明：「好像是在廣告時間打的。電視台立刻轉到這支電話上。」
畫面下方打出了專線電話的號碼，以及目前線路十分擁擠的字幕。
「向坂先生，你好呀。」變聲器尖銳的聲音直接叫出主持人的姓名：「我一直有在看這個節目，很有意思嘛。」
主持人完全嚇呆了，抓著話筒的手不斷顫抖。
「請問……請問你是哪位？」
「我嗎？我沒有名字呀。」
武上反覆聽的錄音帶就是這個語氣，一定是那傢伙沒有錯！
主持人用力吸了一口氣，下定決心說：「剛剛你打電話給我們專線時，說你是這個案件的兇手，還說有些事想要說才打電話來的。是嗎？」
尖銳的聲音高興說：「沒錯，我是那麼說的沒錯。你們好像不太相信我說的嘛？」
「你所說的都是眞的嗎？」
「我何必要說謊呢？」
攝影棚裡一陣慌亂。
「那麼你就是犯人囉？」
「你們可以這麼認爲，不過我是無名小卒。」犯人再度笑了：「跟那位出面上電視卻又故意將身體藏起來的T先生相比，我眞的是無名小卒。」
畫面拍攝T。偏光玻璃這邊的人影和另一邊的特別來賓一樣大小，抓著話筒的主持人則位置較爲前面。

「你是因爲想表達什麼，所以才打電話來的，是嗎？」

「你不必對我說話那麼客氣，我可是女性之敵，是日本國民之敵呀！」

「可是我們還不知道你是否是眞的犯人呀。」

「那麼你們跟警察是一樣的，跟被你們批評沒用的警察是一樣的。」

畫面角落出現助理拿著大字報對著主持人提示。然後有人走過那裡遮住了攝影機。

「我是要跟T先生說話才打電話來的。」變聲器說：「我有些事跟他商量，可不可以讓他聽電話？」

主持人眼光游移，他在尋找工作人員的指示。爲了幫助慌亂的主持人，一位特別來賓大聲說話：「你的聲音整個攝影棚都聽得見，而且你也是邊看電視邊打電話的吧？所以你直接跟T先生說話就可以了。」

偏光玻璃後的T重新坐直了身體。

「不行，別出餿主意！」變聲器嘲諷地說：「我想把T先生從屛風後面拉出來。自己什麼也沒做，就想利用別人出名。我要看看這傢伙長得什麼德性？也要讓全國的人瞧瞧他的廬山眞面目！」

「這傢伙想要幹什麼？」篠崎低聲道。

武上瞬間直覺認爲——這是一場交易。就像犯人對有馬義男做的一樣，他又要來一次了。

「我要提出交換條件。」變聲器說：「對偉大的T先生。」

武上雙手抱胸，瞇著眼睛注視畫面。剛剛變聲器說的話正逐漸在他的腦海裡沉澱，落在底層深處裡。

「自己什麼也沒做，就想利用別人出名。我要看看這傢伙長什麼德性？」

這種揶揄對方、輕蔑對方的說法，通常是不會在這種情況裡出現的。應該是學生時代的朋友吹噓自己成名了，但其實自己的實力比他強才可能說吧；或是地方上出了奧運金牌得主，有些人沒有得獎也跟著坐上凱旋車，於是底下會有人說話。好不容易完成的「豐功偉業」——也許沒那麼偉大，但至少是件「好事」，偏偏跑出一個無能的人趁機想要沾光，這些話應該是對這種人說的才對吧。

看來這個聲音尖銳的變聲器是將一連串的殺人事件當作「好事」、「厲害的事」、「常人做不到的事」而自傲。殺人其實是他積極表現自我的手段吧？就像登山者挑戰世界高峰？一如運動家追求世界記錄？所以一旦出現有人想擅自利用他的「功績」，自然會出面加以反擊？

「T先生，你聽見了嗎？我在跟你說話呀。」

變聲器大聲呼喚，坐在偏光玻璃後面的田川一義顯然很緊張。攝影機只拍攝了他肩膀以下的部分，身體搖晃得更加厲害，看起來就像是畫面不穩定一樣。

「你想要說什麼呢？」主持人盡可能保持聲音的鎮定問說：「你說的交換條件是什麼？」

「我要T先生出現在電視畫面上，說出他的本名。」

在一旁皺著眉頭聽他說話的特別來賓——推理小說家說話了：「如果T先生答應你的條件，那你也願意在媒體上露面嗎？同時也報上姓名呢？」

犯人尖聲大笑。透過變聲器傳出來的笑聲，就像從前科幻片中出現的敵方宇宙人一樣，音色顯得脫離現實。

「只有在你寫的那種合理主義的爛小說裡，才有那種犯人出現。我可沒有那麼笨呀。」

犯人的說法引起了攝影棚內一陣笑聲。推理小說作家神情嚴肅，完全看不出受到犯人嘲笑的影響。只是如果他發現站在畫面角落的女助理也笑了，肯定會張牙舞爪。

「你說的交換條件是什麼？如果T先生當場露面，你要提供什麼呢？」主持人抓緊麥克風逼問，那樣子讓武上聯想到被上鉤大魚要得團團轉的釣魚人。這場戲的主導權顯然是操控在變聲器手上。利用一支電話操控，相信他心裡一定覺得很爽吧！

「HBS有沒有做逆探測？」

「應該沒有吧。大概也不行，反正對方肯定又是用行動電話打的。」篠崎搖頭說話時，電視畫面的下方出現字幕寫著：「現在電話和傳眞的受理已經暫停，敬請原諒。」

可是特別設置的接電話中心還是響個不停，而且比之前還要吵鬧。

「我所要提供的東西很簡單。」變聲器接著說：「很簡單卻也很重要。」

「你要提供什麼呢？」

「就是大川公園發現的右手腕，她的其他部分。」

這時畫面突然轉換成廣告。

「搞什麼鬼呀！這是……。」前畑昭二丟出手上的遙控器：「在最重要的時候，爲什麼要進廣告嘛？」

滋子坐在昭二旁邊，跟他一樣盯著畫面看，不過她趁機喘了一口氣，拿起了香菸。

「有什麼辦法呢？什麼廣告在什麼時間播放，全部都輸入電腦控制了，現場也沒辦法立刻改變呀。」

「要是犯人一不高興將電話切了，HBS要如何負起這個責任呢？」

HBS沒有逮捕犯人的責任，今天的情況也是來自犯人單方面的接觸。如果說媒體有權隱匿採訪來源，那麼HBS就沒有義務對警方報告今天節目上發生的詳細狀況。可是滋子覺得昭二的話說得很對，這個變聲器的傢伙，對於自己的發言——尤其是他認爲提供很重要的交換條件時被打斷了，他說不定會很生氣。他就是這種人。

好不容易冗長的廣告時間結束，接著是播音員介紹說：「以上節目是由下列廠商提供……。」然後又是：「接下來的時間是由下列廠商提供……。」電視台眞的是不懂得變通呀！

終於一切都結束，畫面回到了攝影棚，只看見主持人一臉的蒼白。

「收看本節目的觀眾朋友，眞是非常對不起。」聽著主持人悲痛的說話聲，武上一邊搔著頭皮。會議室裡的刑警們也都一一咋舌、呻吟。

變聲器的聲音切斷了電話。根據主持人的說

明，廣告一開始，變聲器就怒吼說：「你們根本就沒有心要聽我說話。」同時掛上了電話。孩子般歇斯底里的反應，是這犯人可能的舉動。

「果然給搞砸了。」武上說。

「至少連個電話也該好好接著吧。」

「大概不會再打來了吧！」

「今天晚上是不可能的了。」

「好不容易可以取回遺體的說！」

不對，這種情形下，不能說是「取回」遺體。武上心裡認爲：應該說是犯人好心送回的，但他沒有說出口。看來被上鈎的大魚耍得團團轉的，還不只是HBS呀。

電視上不斷重複電話結束的錄影畫面。偶而會穿插攝影棚的畫面，接電話中心的電話像發了瘋似地全都響個不停。大概是觀眾打來責罵的電話吧。

偏光玻璃保護的田川一義，似乎恢復了平靜。犯人的電話切斷，應該只有他最放心吧。

可惜的是不能看見犯人提出交換條件時，田川如何反應？武上眞的很想親眼目睹，不僅可以蒐集犯人的情報，也可以蒐集田川的情報。而且可以判斷田川和犯人之間是什麼關係？是陌生人還是某種共犯關係？是在其他方面有關，但在這個事件上無關嗎？也許能從中找到一點點線索也說不定。

武上走出會議室，準備回到自己的座位上。還沒走完一半的走廊，篠崎已經喊著追上來了。

「武上，又打來了！」

武上立刻回去，正好看見主持人努力抓著衣領上的小蜜蜂麥克風說話的樣子。

尖銳的聲音說：「如果你們答應不會有像剛剛那樣的干擾，我就繼續說下去。」

主持人答應不會再進廣告了。武上不知道現場是否能那麼輕易做到，但是如果電話再度中斷，相信節目負責人一定會人頭落地，所以他們會努力做到吧。

「剛剛我已經說過了，交換條件就是這樣。T先生必須在現場露臉，然後我將那個右手腕的主人遺體送回。」

「你一定會遵守約定嗎？」

「一定，因爲是我提出來的條件。」

「T先生，因爲是這種情況，你可以嗎？」主持人對著偏光玻璃的方向詢問。

似乎是等了很久，特別來賓紛紛表示意見。

「這怎麼可以？豈不是讓T先生一個人負責嗎？」

「必須維護T先生的權利才行……。」

評論家一副準備吵架的態勢，眼睛充滿鬥爭的光芒：「你以爲自己很厲害嗎？像你這種只會偷偷殺人，而且專挑弱女子，然後打電話來亂說的人，其實最差勁不過了！你知道嗎？你根本就是史上最爛的人渣！」

「你是說不要只是弱女子，要我去殺個大男人就可以了嗎？」尖銳的聲音問：「你是建議我去做這種事囉？」

武上想起來了，之前犯人和有馬義男通電話時說過同樣的話。不對，不是和有馬義男，而是和他店裡工作的店員說的吧。他記得讀過報告：「你給我仔細看著，死老頭。下次要是死了個男人，那可是你害的喲。」

評論家不認輸地回道：「你說這些話是想威脅我，可是我才不吃你這一套。」

「我那有威脅你。我本來就不想跟你這種自稱是評論家的人打交道！」

「你說什麼？」

「你評論了什麼？你有什麼資格可以在那裡說大話呢？世上的事情是你這樣隨便說說就能評論的嗎？我倒要聽你怎麼解釋？」

聽著兩人你來我往的對罵，武上不禁覺得背上一股寒氣上身。這傢伙是不是變了一個人？

依然是一嘴巴的歪理，依然以高姿態面對媒體和事件關係人，依然是尖銳的語氣，連遣詞用句也沒甚麼差別。

可是就是哪裡不一樣。有一種很微妙的、決定性的不同。武上不認爲剛剛那個因爲廣告切入而生氣掛上電話的人，和現在這個跟評論家打舌戰的是同一人。

「是不是換了一個人？」他不禁出聲詢問：

「不太一樣吧？打電話的人換了吧？」

「你是說犯人嗎？」篠崎不解地反問：「是嗎，感覺不出來耶。」

「武上你想太多了。」一位刑警說：「這種會掰歪理的傢伙，世上找不到幾個呢！」

是嗎？是我的錯覺嗎？

關於這些案件是同一犯人幹的還是有共犯，目前還沒有定論。搜查會議上還無法產生決定性的共識。這種明顯跟性犯罪有關的連續誘拐案件，多人共同做案的情形在日本算是少見；尤其發展到殺人案件的情況更是前所未有。因此也有可能是單獨犯案，但缺乏證據顯示。考慮犯人的機動力，也有意見認爲多人犯案的可能性較高。這也是儘管在某些事件發生的重要時間點上田川有不在場證明，但他的嫌疑卻不見得完全解除的理由。

犯人有兩組嗎？

「跟你說這些也沒什麼用。」變聲器說：「問題是T先生，我要聽聽他的意見。他肯不肯答應我提出來的交換條件？到底怎麼樣？」

偏光玻璃後面的田川身體晃動得更加厲害了。在無所遁形的攝影棚裡，只能躲在偏光玻璃後面不斷晃動身體的這個男人，顯得十分的滑稽。攝影棚裡沒有任何人是站在田川這邊的。

可是他毫無動靜，不管主持人怎麼呼喚，他就是不應聲。武上豎起耳朵想要聽聽：是否夾在他身上的麥克風能夠傳出他急促的呼吸聲或身體激動產生的衣服摩擦聲？

「這可是你成爲英雄的機會呀。」變聲器說：「不過T先生，你實在太小看媒體了，我可要給你一點忠告。現在的你只因爲有前科，就被抓不到犯人而緊張的警方懷疑成被犧牲者的角色。可是那也只是現在，畢竟你不是純粹的代罪羔羊。你只是因爲值得懷疑而被懷疑，世人也很清楚這一點。就連電視台也是等你沒有利用價值後，拿走你站上被犧牲者表揚的舞台樓梯，不管你的死活。」

武上不禁十分佩服犯人的這番說話，他說的很對。大部分頭腦正常的人都知道這個道理，卻不見得能訴諸言語。

「抓住我給你的機會，至少還能成爲一小部分的英雄，比較說得過去。」

田川扭曲的背影有些動搖了，似乎想要站起身來。武上也緊張地身體前傾。

「對！就是這樣。」變聲器在發出聲音喝采。

「笨蛋！他該不會眞的想露臉吧？」篠崎出聲說：「他根本不知道這將是怎麼一回事！」

田川從椅子上跳下來。主持人立刻揚聲制止：「T先生，眞的可以嗎？」

田川又坐了回去。可是武上知道他還是很在意變聲器說的「成爲一小部分的英雄」。

不只是犯罪的人，容易幹下某種案件的人之所以會偏向案件的方向，其實不是因爲激情、我執或金錢慾望，而是犯了英雄主義。這是武上長年從事這個工作所學到的眞實。不論是酒醉打架，最後殺死了人；還是手持器械強盜，最後射殺了人質；還是只因爲被人按喇叭就刺殺後面的駕駛人；或是因爲在車廂內吸菸被人制止，而將對方拉出車廂推下月台，這些都是因爲犯了英雄主義。自己是英雄，其他人跟我是不一樣的。我就是英雄，絕對錯不了，那些傢伙憑什麼對著我說東說西，簡直是不想活了……。

你們這些只配爬在地上的人們呀，都跪在我這個英雄面前吧。這就是他內心的聲音。沒有人比他更喜歡「英雄」這字眼，更希望君臨天下、倍受讚賞的感覺了。現在田川所扮演「受到不當壓迫的被犧牲者」，其實就「殉教者」而言，也是一種偉大的英雄！

所以田川一定會站出來。武上緊盯著電視畫面裡躲在偏光玻璃後面的扭曲人影。

「你的行動關係著那個可憐的右手腕主人的命運呀！」變聲器說：「她能不能回家，就看你怎麼行動了。T先生。」

變聲器說話的方式很沉穩，像是在激勵著對方，卻令人感覺不出他自身的興奮。武上不禁更加疑惑：他是不是變了一個人？這傢伙跟一開始打電話過來的人、跟過去打電話給有馬義男、電視台、坂崎搬家中心的人，難道眞的是同一個人嗎？

過去的傢伙雖然裝著氣定神閒的樣子，但最後總是自己先熱了起來。他的確頭腦不壞，但很容易爲一點小事而動怒，說話也跟著大聲亂說。甚至要求有馬義男承認「我是可憐的糟老頭」，根本就是一種歇斯底里的狀態。

可是現在的尖銳說話聲不一樣，他比以前的人還要顯得——應該說是「成熟」吧！

「現在你能做的，而且是最正確的事，就是接受我的交換條件。」變聲器以一種苦口婆心的語氣規勸：「如果不聽我說的話，你一定會後悔的。」

偏光玻璃後面的田川坐在椅子上抬起了頭——至少畫面上看起來是這樣。對著麥克風問說：「眞的我一出現在鏡頭前，你就會歸還那個右手腕的主人遺體嗎？」

攝影棚裡安靜無聲，只有電話鈴聲響個不停。但是所有演出的人都屏氣凝神看著田川的方向。

「那當然。」變聲器回答。

「你一定要遵守約定。」

這時原本攝影棚裡十分吵雜的電話鈴聲一起停止了。

田川一義在沉默中緩緩起身，一邊很在意胸口的麥克風，一邊從偏光玻璃的內側走出來。站在鏡頭前，站在全國觀眾的面前，現出了他的眞面目。

「這傢伙……。」喝到一半的咖啡杯停在嘴邊，前畑昭二吃驚地說話：「原來是這傢伙？這傢伙長這樣呀！」

現身的「T先生」自稱是「田川一義」。「田」字剛說完，保護隱私權的變音裝置才解除，只聽見他眞正的聲音說出「川一義」三個字。聲音比想像的要柔和好聽。

他是個細長高瘦、一身都是骨頭的男人。襯衫搭配牛仔褲的裝扮，和一頭沒有梳理的頭髮，看起來比實際的二十五歲還要年輕四、五歲。

「看起來就是沒有責任感的長相。」昭二繼續批評：「像這種長相的人，最近倒是四處看得到，不是嗎？」

滋子坐在昭二身旁的沙發椅上，雙腳盤著，手指上夾著一根點燃的香菸，眼睛則直視著電視中田川的臉。她沒有回應昭二徵求同意的詢問，而是下意識地咬著牙齒思考。

剛剛打工回來的塚田眞一坐在廚房吃晚飯，他手上拿著碗筷一動也不動地注視著電視。

「他眞的答應犯人了。」眞一說：「他眞的肯出面了。警方會怎麼樣呢？有沒有在看電視呢？」

因爲滋子一臉害怕地沉默不語，昭二便回答眞一說：「還能怎麼樣？是因爲他在上電視的時候，眞犯人打電話過來，這個人又不是犯人。」

「也有可能是一開始就設計好的。」

由於昭二說話聲音太大，滋子用遙控器加大電視音量。

變聲器什麼都沒說，田川一義聲音膽怯地報上姓名後也沒有說話。於是主持人出來打圓場：「喂……，你還在電話線上嗎？喂……。」

「是的，我還在。」對方答覆了。

「你也看到了，田川先生做到了你的要求。」

「是呀，他還蠻年輕的嘛。」

滋子的眼睛因爲香菸而瞇了起來。變聲器居然說對方「蠻年輕的」，他才被人推斷是年輕的男性呢！

「田川先生，謝謝囉。」變聲器說：「可是你只是自我介紹還不夠。」

「這是什麼意思？」主持人問。田川整個人也緊張得更加僵硬。

「田川先生不是有前科嗎？什麼時候做過什麼事，不妨說來聽聽？之前他不是說那些全部都是被冤枉的嗎？既然如此說出來聽聽應該無所謂吧。」

「可是……這未免……。」

「本人要是不方便說，你代替他說也可以。」變聲器笑說：「總之只要說得讓觀眾們聽清楚就好了。」

「這樣不算違反約定嗎？你剛剛是說只要田川先生露臉就可以了，不是嗎？」

「既然犯人要他說明什麼時候做過什麼事，那就高高興興說給他聽嘛！」

「全國觀眾應該也很喜歡聽吧！」

會議室裡的刑警們你一句我一句地揶揄。武上則是一手撐著下巴看電視看得入迷，臉上表情十分嚴肅。

一開始打電話的時候，變聲器顯得很生氣。跟在別人屁股後面湊熱鬧──這樣的說法也許不太恰當，但他生氣的性質與原因多少表現在其中。

可是現在欺負站在鏡頭前面的田川，感覺上變聲器已經不再生氣了。但也不只是不懷好意地要求對方「公開前科」，而是別有目的。

攝影棚裡主持人和變聲器還在你來我往的爭論，田川的臉色越來越蒼白。確實過去他在節目中曾經不斷辯解「我是被冤枉的，眞兇另有其人」，但現在卻又不敢開口。是不是在上次的節目之後，有什麼重要人士──如律師之類的，忠告過他，要他謹言愼行，不要自掘墳墓呢？

武上心中覺得這是極有可能的。突然間會議室的門開了，有人走進來。他推開擠在電視機前的人群，拍拍武上的肩膀說：「武上！」

武上回頭一看，原來是秋津信吾。眼神顯得緊張，兩道濃眉拉成一直線。

「你來一下，有電話進來了。」

武上立刻走出會議室。秋津大步穿過走廊，用肩膀推開總部辦公室的門。

「什麼電話？」

「有關田川的消息。住在大川公園西側大川公園別莊的住戶打來的。」

兩人一走進辦公室，看見一群人圍在角落的電話前，中間是井上刑警負責接電話。坐在旁邊的神崎警長立刻站起來，對著武上點了一下頭。

「是一位叫做桐野容子的家庭主婦，三十歲。」秋津遞上耳機說：「她說她的小孩曾被開車的年輕男人誘拐過，就是田川，絕對錯不了！」

有馬義男站在辦公桌上的電話機前，十分猶豫。

電話機的旁邊攤開著一本名片簿，來過店裡的刑警名片夾在豆腐公會委員、大豆批發業者、保健所職員、信用金庫對外辦事人員等名片之中。共同搜查總部刑警們的名片就像石堆裡的金屬一樣，散發特殊的光芒。其中武上悅郎的名片上，還有用原子筆寫的辦公桌專線電話號碼。當時他將名片遞給義男時說：有什麼事，隨時都可以打電話聯絡，別客氣。

隔壁公寓裡的「有馬班」還在努力執勤。他也可以直接過去找他們，但那些刑警看在義男眼裡太年輕了，感覺上沒辦法對他們說出這麼重要的事情。武上的話，他覺得比較容易說話。而且武上就像義男兒子的年紀一樣，給人一種安心感，或許是他獨特粗獷的長相產生的氛圍吧！

剛剛義男一直想說的是：他覺得好像變了一個人。現在隔著田川一義在跟主持人對話的「變聲器」，與之前和義男通過好幾次電話、嘲笑義男、撕裂義男心情的人好像是不同的人。他無法具體說明是哪裡不同了，有什麼證據可以顯示，只是感覺「就是不一樣」。

我知道，一定是換了一個人。在廣告切入，那傢伙生氣掛上電話後，又再打電話進來，就是那時候換人的。沒錯，現在的「變聲器」是另外的人。

可是他會相信嗎？不會說是我想太多就把我一腳踢開吧？對方也許會說「有馬先生是你的錯覺吧，我們都不那麼認爲呀！」；但如果義男的直覺是對的，表示犯人至少有兩個或兩組人。這對搜查總部是個很大的線索，而且今後的辦案方向也會全然改變才對。

打電話跟他們說吧？還是放棄呢？

通過耳機傳來的女人說話聲有些顫抖的哭音。井上不斷安慰對方並想知道詳情。桐野容子邊哭邊說，內容卻多半是重複的。

「桐野太太，請妳鎮定一點。我來將妳說過的話整理一遍。妳聽看看有沒有說錯？」井上說：「桐野太太的女兒，也就是長女舞子，讀小學四年級。舞子今年六月和朋友到大川公園玩，回來的路上被一個年輕男人叫住了。這是剛開始的情形，對嗎？」

「對，你說的沒錯。」桐野容子連忙回答：「舞子是去練習騎腳踏車的。那孩子還不會騎，不過有輔助輪的話她是會騎。本來是說朋友要教她，結果兩人吵架，朋友就先回家了。那孩子一個人在傍晚五點的時候還在公園裏，我之前明明告訴過她五點之前一定要回家。」

「桐野太太，我知道了。就是在舞子一個人回家的路上被人叫住了吧？」

年輕男人看她一個人推著車子，於是走上前說：「好像很重的樣子，我幫妳推吧。」

「舞子因爲媽媽說不可以和陌生人說話，立刻就逃回家裡。是這樣子嗎？」

「沒錯。可是那個男人卻跟在她後面。舞子是眞的是用跑的逃回家。」

「妳還記得是六月幾號的事嗎？」

「日期我有點……。」

「應該是六月初的事吧？那麼第二次的情形怎樣？」

「我想是經過了兩三天，舞子又說要練習騎腳踏車，可是我有些擔心，就陪她一起去了。因爲下面的寬子才兩歲，我抱著她一起去。那天傍晚，也是五點半左右吧，我們正準備回家走到公園門口時，寬子說要尿尿，我帶她去廁所。我跟舞子交代在門口等我們，結果出來一看，只剩下腳踏車在那裡，舞子不見了。」

桐野容子大聲呼喚女兒的名字，廣大的公園裏沒有什麼人，路上和樹叢間一片靜寂。

「我嚇死了，不斷叫著舞子的名字到處找。結果舞子從公園門口跑了過來，一臉蒼白地大哭。她緊緊地抱住我說：差點被奇怪的人帶上車，就是上次的那個人。我一看舞子的臉，右眼皮破了流出血。我問怎麼回事？舞子哭說：她推開那個人的手想逃，結果臉被打了。那個男人用手背打舞子的臉呀，因爲手上有戒指，傷了她的臉。舞子還記得說是銀色的戒指。」

當時害怕得曾經想要報警，但還是先回家跟先生說，結果被先生罵說：都怪妳不小心。婆婆也說：這麼丟臉的事，不需要跟外人多說。還說：小孩被色狼看上，就是媽媽沒用的證據！

「沒辦法我只好忍耐，可是以後舞子便不能出去玩。我也害怕，所以上下學開始接送。但晚上還是經常睡不著。而先生和婆婆只知道罵人，完全不爲我想。」

因爲之後沒有再去公園，也就沒有遇到那個奇怪的男人。可是到了七月，接到兩次無聲電話，附近鄰居也好心警告我說：窗外常有年輕男人在偷看。我們母子嚇得簡直快要發瘋了。

「我家是住在公寓的一樓，平常曬洗衣服的時候會很小心，也盡量不要走到陽台外面。」

「到目前爲止都是維持這種型態在生活嗎？」井上問。

「是的。進入暑假後，舞子好不容易才敢跟朋友一起出去玩。她一個人是不敢出門的，我也不讓她出門。」

「我知道了。桐野太太妳剛剛看了電視，發現那個想帶走舞子的奇怪男人就是田川一義嗎？」

「是舞子發現的。」

「因爲看見他的臉？」

「不是，先是看見了戒指。那個人不是戴著銀色的戒指嗎？舞子看見後就哭說：就是那個人！」

武上雙手按住耳機，對著井上點點頭。

「之後，那男人不是露臉了嗎？她看到臉後，更是確認沒錯。舞子嚇得抱住我不放。」

「現在舞子在妳身邊嗎？」

「沒有，我是一個人，從家門口的公共電話打電話給你們。要是在家裡打的話，一定會被婆婆切斷。」

「妳說的我都清楚了，桐野太太。」

神崎警長不斷點頭催促，井上看見後立刻反應說：「謝謝妳提供的重要資訊，請不必擔心。我們會到府上拜訪，詳細記錄桐野太太說的話，同時讓妳確認田川和他車子的照片，可以嗎？」

「可是……我怕被先生和婆婆罵呀。」

「我們會說明清楚，解開他們的誤會。被奇怪的男人盯上，絕對不是舞子和桐野太太的責任。當然我們也會安排讓妳們安心地生活。這樣可以嗎？

電話掛上後，請妳趕緊回家等候。現在接電話的我是警視廳的井上動，我們會有幾個人過去，其中也有我。我們馬上就去府上，請等我們一下。」

「你們不會開警車來吧？那會……。」

「放心好了，我們不開警車，會很安靜地過去。」

井上掛上話筒的同時，武上也拿下了耳機。

「我來準備田川的照片和剛剛的節目錄影帶。」武上邊起身邊對神崎警長說：「還有六月時那傢伙租車的照片。」

「總算知道那傢伙租車是幹什麼了。」秋津心有不甘地握拳垂打說：「可是爲什麼之前沒有人說？大川公園別莊也去過好幾次了，過去的問訊中根本沒有一點風聲！」

「大概是太害怕婆婆的淫威吧！」

害怕跟事件有關聯、考慮到體面的問題，不管怎麼問就是三緘其口的人其實不少。特別像這次被婆婆說是做媽媽不行，小孩才會被壞人盯上的膽小媳婦，社區裏應該還有很多。

總部的辦公桌上放有一台液晶小電視，早已拉長天線轉到剛剛收視的頻道。因爲井上接電話時按了靜音，現在不知是誰又將聲音恢復正常。

變聲器已經切了電話。攝影棚裏的來賓正開始討論，田川不再回到偏光玻璃後面，而是滿臉通紅地坐在主持人旁邊的位置。接電話中心的鈴聲不斷，節目女助理將整數的觀眾傳眞交給了主持人。

「這個變態的傢伙！」秋津對著電視畫面上的田川一義大罵：「我要掐斷你的脖子。」

武上的視線從畫面移開，和神崎警長對看了一下。這時他還沒有辦法釐清自己內心浮現的疑慮，但卻能抓住警長心中所想的事情。

那是令人毛骨悚然的推論，簡直令人難以立即開口整理脈絡。

會不會「變聲器」早就知道田川在大川公園附近做了什麼事？

因爲知道，所以要求田川在電視機前露臉的嗎？其實是希望被害人——可能不只是桐野舞子一個人，認出田川的臉後報警。犯人是賭這個可能性，所以故意設計讓田川的臉出現在電波上的吧？

搜查總部裡紛紛嚷嚷，武上小聲地說出自己的想法，並問神崎說：「是我想太多嗎？」

「還不知道呢。」神崎搖頭說：「太早下斷言很危險，也有可能是偶然。」

「武上，請給我最新地圖！」準備出門的秋津大聲呼喚。

武上將剛剛的電話錄音帶取出來，起身離開辦公桌時說：「幫我準備到田川一義家的搜索令。」

神崎警長嘴角帶笑地說：「要求本人主動到署裡接受問訊。我看這個英雄現在是不會逃避了！」

HBS的特別節目結束後，有馬義男還是坐在電話機旁邊考慮。名片簿依然攤開著，隨時準備可以打電話的姿態。可是他還是下不了決心。

節目一結束，木田從家裡打電話過來問：老爹有沒有看電視？

「好像在看一齣奇怪的鬧劇！不過我倒是從頭看到尾。」

「還好吧？」

「我沒什麼事呀。」

「我倒是氣死了，連晚飯也吃得不痛快。」

看來木田是喝醉了。

「讓孝夫這麼擔心，眞是對不起。」

「老爹爲什麼要道歉，你沒有必要道歉的。」口齒有些不清晰：「老爹這樣是不行的，你是被害人耶。鞠子遭遇那種不幸，連老爹和眞智子都被害得很慘，不是嗎？可是你卻不生氣反而道歉。老爹一點錯都沒有呀！」。酒醉的聲音不斷重複說著。

義男聽他說了一陣子後，才猛然想起問說：「孝夫，剛剛看電視的時候，有沒有覺得很奇怪？」

「哪裡奇怪？」

「就是廣告進來電話切斷過一次呀，在那前後的犯人——就是那奇怪的說話聲好像是不同的人，我覺得。」

木田一時之間不能會意：「什麼意思？」

「孝夫不是也跟他通過電話嗎？那個時候的傢伙和今天節目後面跟田川說話的人不一樣吧？你不

覺得嗎？」

「是嗎……？我沒有什麼感覺耶，老爹很有自信嗎？」

「也不是那麼有自信啦，所以不知道該不該跟警方說呢。」

「如果是不同的人會怎樣？」木田低喃道：「有什麼問題嗎？也就是說今天打電話到電視台的傢伙是假的囉！」

「不是，不是這樣的。」

木田不是很會喝酒，也不太喜歡喝酒。但他現在卻醉得口齒不清，大概是無法清醒地收看該節目吧？義男心想：我也該喝醉酒就好了。

鞠子失蹤以來，義男就斷絕酒精。一開始是想在她平安回家之前不喝酒，等到她化成白骨回來，義男的目標也改了。

理由只有一個，就是健康。他希望多活一天也好。

鞠子回來的時候，有馬班的刑警跟他保證說：絕對會逮捕犯人！這個仇我們一定會報的！

可是究竟要等多少時間呢？一年？兩年？據說殺人案件的時效是十五年。也許要花上整整的十五年也說不定。

到那一天爲止，有馬義男還不能死。所以他不喝酒也戒了菸，定時服用降血壓的藥，睡不著的晚上也勉強自己躺著休息，食之無味的飯也當作是藥逼自己吞下。即便痛苦地活著，義男也要祈求老天將年輕就被殺死的鞠子壽命給他；如果不能讓鞠子復生，就請將剝奪她的歲月給我這個老頭，義男不求「死」而祈求有一雙強健快跑的腿……。

「老爹，你怎麼了？還好吧？」喉嚨裡像是哽住東西一樣，木田語音含混地繼續說著，聽起來像是半帶哭泣：「幹嘛要看那種節目呢？我也是越看越覺得奇怪。老爹也是奇怪，眞是可憐，我實在搞不懂老爹你。」

木田的妻子好像在旁邊搶他的電話，只聽見一陣雜音後，換成她的聲音說：「有馬先生嗎？對不起，我是聰子。眞是不好意思，我家老公喝醉了，跟你胡說八道。」

「沒有啦，孝夫倒是難得喝醉酒呀。」

「看電視的時候就越來越怪了。」聰子淚聲說：「他一邊喝酒一邊含著淚說：從小就看著鞠子長大。然後就吵著一定要給你打電話。」

聰子不斷道歉，義男安慰過她後才掛上電話。然後抱著頭沉思了好一段時間。

這時電話鈴又響了，他以爲又是木田打來的，拿起話筒一聽——

「死老頭！」是變聲器的聲音。義男不禁站了起來。

「你還活著嗎，死老頭。難道不覺得比孫女活得久很丟人嗎？」

義男的心臟開始很久以來沒有經驗過的劇烈跳動。這聲音是一向聽到的聲音，是過去一直被強迫聽到的聲音。有種生氣的情緒、帶點鼻音的孩子氣聲音。

對了，義男發現到了。在鏡頭前引導田川說話的聲音和義男耳朵聽到的聲音不同，就在於大人和小孩的差別。這傢伙雖然有種難以預測的危險，但總是很孩子氣。

「你……。」義男好不容易從乾燥的喉嚨說出：「你怎麼又打電話過來？」

「少囉唆！」變聲器怒吼說：「不要質問我！跟我道歉，快呀！」

又生氣了，簡直就像小孩的歇斯底里。雖然感覺心跳得越來越厲害，義男還是說出了口：「你是爲了發脾氣而打電話來的嗎？沒錯吧？」

「爲什麼打電話是我的自由。」

「是嗎？你是和同伴吵架了吧？」

突然一陣沉默，義男吸了一口氣說：「你不是一個人，我說的對吧？我不知道你們是兩個人還是三個，總之不是你一個人做這些案子的吧？說不定你是被人指使的吧？」

可以聽見對方的呼吸急促，是我說對了嗎？我射中了紅心嗎？

「你剛剛在電視機前隨便掛電話，被同伴罵了吧？結果打電話給電視台的角色被人取代了吧？於是你覺得不高興就來找我這個老頭出氣，我說的沒錯吧？」

義男的手心裡都是汗水，他等著對方說話。

「笨蛋死老頭！」就像吵架吵輸的小孩一樣，邊逃跑之際還邊吐下一句狠話，對方掛上了電話。

義男握緊話筒，彷彿想要從裡面榨出一些眞實的片段。他閉上眼睛告訴自己：一定錯不了，現在的做法沒有錯。我的確是給「犯人」重重的一擊，對方第一次有了動搖。

我不能夠焦急。雖然很小，也是個勝利。我總算知道對方也是個人。我有時間，時間會站在我這邊，我一定能逮捕到犯人的……。

聽完有馬義男的主張，共同搜查總部立刻將HBS特別節目的錄影帶送去做聲紋分析。

之前打給媒體、受害人家屬的電話錄音資料也同樣做了聲紋分析。結果推論：提到將古川鞠子皮包丟在大川公園垃圾箱的電話、要求有馬義男到廣場飯店的電話、打給日高千秋母親的電話，都是同一人所爲。

可是這一次——

・打到節目中的人和迄今爲止特定的通話對象是同一人嗎？

・特別節目的廣告前後，兩次打電話來的人是否是同一人呢？

這兩點必須加以澄清。但分析使用的材料是錄自電視的錄影帶，因爲HBS拒絕交出直接錄自犯人電話的錄音帶。有關廣告之後打來電話的人，因爲只有打到節目裡的通話資料，不管搜查總部怎麼要求想要直接的錄音帶，電視台就是不肯答應。

分析進行得極其愼重。如果有馬義男的想法是對的，廣告前後打電話來的是不同的人，那麼對於這一連串案件可能是多人做案的假設便有了佐證。過去也有人提到，就犯人的機動性來看很可能是多人所爲，只是苦於沒有證據而有所保留。但如果聲紋分析確定電話分別是兩個人所打的，將會是多數共犯的重要補充資料了。

接見有馬義男的刑警對他說明：因爲是很重要的鑑定，至少也要等上三、四天才有結果。還特別叮嚀義男說：這中間如果接受媒體採訪，千萬不能說這件事。

義男答應了。他知道這是有助於搜查的重要線索，也根本就不想做出妨礙警方辦案的事，所以決定沉默到底。可是他不懂什麼是聲紋，要怎麼分析調查也沒有概念。問了那名刑警，對方也說不出所以然來。結果問了其他同事，最後帶了一名鑑識班的年輕警察來說：這個人知道，有什麼問題就問他。義男有些不好意思地苦笑了。

「聲紋就是聲音的記錄軌道，最早是美國貝爾電話公司的科學家想到：分析和鑑別聲紋或許是識別個人的有效方法。我已經忘了那個科學家叫什麼名字。雖然不是很久以前的事，眞是對不起。」年輕鑑識官清楚地解釋說：「一開始是戰爭中接收到德軍通訊，於是開始了能否利用聲音做個人識別的研究。當時的成果不彰，直到一九六〇年，美國FBI才對聲音的個別識別有興趣，要求貝爾電話公司完成了今天聲紋分析的基礎。」

「你說的記錄軌道是什麼東西呀？」義男聽得一頭霧水。

「就是將人的聲音錄在帶子上，經由特殊裝置閱讀過記錄在滾筒上。那是一種由好幾條線構成的波浪狀圖形，就是聲紋。我想你可能在推理戲劇中看過，現在都是透過電腦閱讀和做資料處理的。」

聲紋不會有重複的，跟指紋一樣。只是作為個別鑑識的材料比指紋要困難些。

「其中之一是錄音媒體必須是高品質的才行，因爲分析結果很容易產生誤差，所以我們才希望拿到HBS的原版帶子。」

「簡短的交談不行嗎？」

「那倒是沒有問題，只要有九十秒鐘就夠了。這一次的倒是時間足夠。」

還有一個問題點是：同一個人的聲紋會因年紀增加而有所變化。因此在做比較分析時，單方面的聲音過久也會增加判斷的困難。

「不過跟這次的鑑定也沒有關係。不過因爲有這些困難點，所以在法院裡並沒有將聲紋當作不可動搖的物證。只能當作是狀況證據，在搜查階段作爲方向性的判斷資料而已。」

義男根據自己親耳聽見的——比起自己在電話中聽到的聲音，那個廣告前後撥來的電話聲，其整體氣氛應該是兩個不同的人。但是他很擔心機器無法清楚地判別。而且……。

「他們使用了變聲器，不是嗎？機器會不會被騙了呢？」

年輕鑑識官笑得就像警官學校招生廣告一樣的燦爛。

「你不必擔心，就算使用變聲器，聲紋也是不會改變的。只要做分析鑑定就一目了然。」

接著又揚起一邊嘴角地繼續說道：「讓你孫女遭到不幸的傢伙看起來好像很博學，但對這件事好像不很清楚。不只是聲紋，對行動電話也不很了解。」

這是義男頭一次聽見的說法，他驚訝地問：「行動電話怎麼樣了呢？」

「犯人好像以爲使用行動電話，就不會像有線電話一樣被逆探測。的確是不能像有線電話一樣地找到撥號電話機；但可以鎖定發訊的區域，可以查出是透過哪個轉接基地台的天線傳訊過來的。如果連這一點都不知道的話，電話公司怎麼跟客人收費呢？」

這些事情，不僅刑警們沒說，連新聞報導也沒有提過。義男抬頭看著鑑識官的臉，那是一張年輕、充滿活力的臉。

「所以說過去犯人是從什麼區域打電話來的，已經查出來囉？是嗎？爲什麼以前不告訴我呢？」

清新的鑑識官立刻低頭彎腰，顯然是話說得太多了。

「這就不是擔任鑑識的我所知道的。大概是因爲搜查上覺得不公開比較好吧。而且也沒有必要跟有馬先生說吧。」

「可是……。」

鑑識官擋掉想繼續追問的義男，他說：「雖然很難過，但還是請耐心等待聲紋分析的結果吧。有馬先生的直覺正確與否，看分析結果就知道了。而且搜查方針也會有所調整，說不定能更加接近犯人。」

沒辦法，只有等待了。過去不也一直在等待嗎，今後還是要等待吧。至少等待聲紋分析的結果只要三天，這一點時間不算什麼。過去不是有更多的時間毫無進展、前途黯淡地走了過來嗎？

可是這次的三天卻不一樣。

國家圖書館出版品預行編目資料

模倣犯／宮部美幸著.；張秋明譯－－初版.
－－臺北市：一方，2003〔民92〕
面；　公分.－－（宮部美幸作品集；1-4）
譯自：模倣犯

ISBN 986-7722-25-6（第1冊：平裝）
ISBN 986-7722-26-4（第2冊：平裝）
ISBN 986-7722-27-2（第3冊：平裝）
ISBN 986-7722-28-0（第4冊：平裝）

861.57　　92009059